孔夫子

吴礼权 著

復旦大學出版社

作者简介

吴礼权，字中庸，安徽安庆人，1964年生。文学博士（中国修辞学第一个博士学位获得者）。现任复旦大学中文系教授、博士生导师。曾任日本京都外国语大学客员教授、中国台湾东吴大学客座教授、湖北省政府特聘"楚天学者"讲座教授、中国修辞学会第十至十一任会长。

迄今已在国内外各大学术刊物发表论文二百五十余篇，出版学术专著《中国笔记小说史》《中国言情小说史》《中国修辞哲学史》《中国语言哲学史》《古典小说篇章结构修辞史》《修辞心理学》《现代汉语修辞学》《汉语名词铺排史》《政治修辞学》等二十余部。另有《中国修辞学通史》《中国修辞史》《中国辞格审美史》等合著九种。三十多岁即成为复旦大学百年史上最年轻的文科教授之一。学术论著曾获国家级奖四项、省部级奖七项、国家教育部科学研究一等奖一项、上海市哲学社会科学研究一等奖一项、专业类全国最高奖一项。2021年12月，学术专著《汉语名词铺排史》获中国语言学最高奖"北京大学王力语言学奖"（二等奖，第十九届最高奖）。

除了在中国语言哲学、修辞哲学、修辞心理学、政治修辞学与笔记小说史等研究领域有开拓奠基的独到学术建树之外，在文学创作领域也取得了丰硕的成果，赢得了学术界与读书界的高度评价。所著"说春秋道战国"系列长篇历史小说：《远水孤云：说客苏秦》《冷月飘风：策士张仪》《镜花水月：游士孔子》《易水悲风：刺客荆轲》《道可道：智者老子》《化蝶飞：达者庄子》和《王道梦》，自2011年开始陆续由云南人民出版社、台湾商务印书馆、暨南大学出版社以繁简体两种版本在海峡两岸出版发行。中国文学评论界认为，作者以一流学者的学术功底进行历史小说创作，达到了一般作家无法企及的高度。

名家推荐

　　吴礼权教授为大陆年轻一辈学者中的俊秀之士，三十多岁就以突出的学术成就破格拔擢为复旦大学百年史上最年轻的文科教授。吴教授不仅以修辞学与中国古典小说研究的突出成就享誉国内外学术界，而且在文学创作方面也崭露锋芒。所著《远水孤云：说客苏秦》《冷月飘风：策士张仪》两部长篇历史小说，二〇一一年和二〇一二年分别以繁、简二体在海峡两岸同步发行，引起广大的回响。

　　吴教授的历史小说在创作理念与写作风格上，与台湾著名的历史小说家高阳先生近似。吴教授的古文根底极好，史学基础扎实，对历史地理颇多涉猎。因此，创作的历史小说极有可观。他在史料处理上，能以史学家的眼光予以观照；在生活细节与风物描写等方面，又能充分发挥文学家的想象力；至于书写的语言，则善用他作为修辞学家铺采摛文、妙笔生花的特长。如果要对吴教授的历史小说特点予以概括，那就是八个字："实的更实，虚的更虚"，与古典历史小说巨著《三国演义》最为神似。

吴教授的这部历史小说《孔夫子》，同样体现了上述特点，既有厚重的历史感，又富有文学趣味，让人一览之下，欲罢不能。吴教授生动鲜活地再现了一个真实的孔子：那是一位有远见的政治家，也是一个不切实际的幻想家；是一位因材施教的好老师，也是一个不太称职的丈夫与父亲；是一位很有影响力的教育家，却始终是一个落魄潦倒的书生。在吴教授的引领下，我们深刻地认识到孔子的人格、见解、修养、怀抱、理想，甚至缺憾。他的平凡处，让我们备觉亲切；他的智慧处，给我们无限启示。

写历史小说能臻至这种境界，写孔子能写出这种味道，应该说是这部历史小说最成功的地方。

何寄澎 台湾大学中文系教授、原台湾大学中文系主任

复旦大学吴礼权教授的这部长篇历史小说《孔夫子》，实际上是一部用小说笔法写成的孔子传。它是一部很好读而又很耐读的书。好读，是因为它人物形象鲜活，语言流畅，读起来很有吸引力；耐读，是因为它内容丰富，知识性强，思想内涵深厚，且能深入浅出。

吴教授的这部小说以史料为依据，思接千古，视通百代，以编年纪事的基本架构和灵活巧妙的穿插倒叙，以无数精彩的对话

和戏剧化场面，带领我们重回两千多年前的历史现场，让我们仿佛置身于春秋时代特定的历史情境之中，陪同孔子度过他不平凡的一生，从他十五志于学、三十而立、四十不惑、到五十知天命、六十耳顺，直至他七十而从心所欲不逾矩和最后逝世。小说最可贵之处在于洗尽了历代统治者为把孔子装扮成圣人而涂抹在他身上的种种油彩，也荡涤了那些攻击谩骂孔子的不实之词，从而还给我们一个真实的、充满人情味而又极具人气的孔子。

在吴礼权教授笔下，孔子是一个有远大抱负的政治家，也是一个杰出的外交家，更是一个伟大的教育家，但这些远不是孔子形象的全部。吴教授所塑造的孔子既有着常人所不可及的地方，也有着与常人一样的喜怒哀乐和人性共同的弱点。正如作者在小说《卷首语》中所说，真实的孔子，其实就是我们日常生活中即之可温的邻家老伯。得意时，他会喜形于色，甚至手舞足蹈；失意时，他会垂头丧气，甚至大发牢骚；悲伤时，他会痛哭流涕，甚至呼天抢地；生气时，他也会破口大骂，显得毫无涵养。他有着崇高的理想，有着多方面的杰出才能，但他并不是登高一呼应者云集的英雄，相反经常处境尴尬，甚至狼狈到被人笑为凄惶无依的丧家狗。他一贯重视伦理亲情，可是作为丈夫和父亲却实在不称职。为了实现政治理想，他成年累月周游列国，东奔西跑，哪里还顾得上关爱妻子，教育儿孙！其实他心里不是没有他们，当他听到老妻在家寂寞死去、儿子也先他而亡，他与那些普通老头儿一样，痛不欲生，伤心得几次昏死过去。还有，他最讲究师道尊严，可是对学生却极为开明平等，没有几个学生真的怕他；他固然志存高远，高倡克己复礼，一心为天下大同的宏伟理想献身，可是他也很会生活，对饮食相当考究，宣布割不正不食，肉不新鲜不吃，没有好酱不吃！真实的孔子就是这样一个多面的、活生生的、充满了矛盾的性情中人。

总之，读《孔夫子》，会让你懂得，孔子原来并不是以往历史教科书中可望而不可即的所谓圣人，更不是不食人间烟火的神人，而是一个有着丰富感情、经历过无数挫折、一生很不得意的游士。他一辈子都在为理想奋斗，在现实中搏击和求索，是一个生活在理想与现实的矛盾之中、无比痛苦却又无法解脱的书生。

吴礼权教授写过不止一部历史小说和小说史著作，既有创作理论，实践经验也很丰富。在这部小说中，他刻意将书卷语与口头语、文言词与白话词恰到好处地糅合融会，使叙事语言显得优雅，人物对话显得活泼，以让读者能够真正体会到"文学是语言的艺术"之真谛。还采用"对话叙事"手法，使人物声口毕现，描述灵动如画。他力克历史小说往往冗长沉闷的弊病，有意要让读这本书的人像是在听一位老人亲切地"讲古"，或者像是在看一群朋友煮酒烹茶闲话古今。他希望读者不必正襟危坐，不必以聆听教诲的态度来读这部小说，而是放松心情，就像读一首诗、一阕词、一则小令那样放松、那样随意，以便收获一种愉快的阅读体验。

我很欣赏吴礼权教授的创作理念。我要补充的是，由于作者是一位语言学家，精熟儒家经典和历史故籍，并且旁涉野史杂传笔记小说，所以他的这部书在史学考订和文学描写上都达到了很高水平。读者不但能够从轻松阅读中获得艺术享受，而且可以得到不少知识，特别是历史和文化知识。如果你的阅历够深，又善于思考，那么书中对人性多方面的深刻揭示，对政治智慧、外交辞令、教育方法等的描写，都将给你一些启示，使你深感开卷有益之乐。

董乃斌 上海大学终身教授、原中国社会科学院文学研究所副所长

孔子可谓是中国最出名的一个人，不仅中国男女老幼时常念叨着他，就是外国人嘴里也时常冒出个"孔夫子"。正因为孔子太有名，写这样一个有名的人物，特别是以长篇历史小说的形式呈现他的形象，对很多人都是一种诱惑，却又是一种很大的挑战。就对史实的了解来说，研究历史的学者最有资格写孔子，但他们有一个难以回避的困难，就是难以用文学形象直观生动地呈现出孔子的音容笑貌；就形象塑造的技巧来说，专业作家最有资格写孔子，但他们对历史缺乏研究，即使有研究，也功力不够，心有余而力不足，所以难以写出历史的孔子；至于文学理论家与语言学家，虽然在创作理论与语言理论方面有优势，但未必有实践能力，就像美食家懂得美味，但未必能亲自下厨，所以他们也难写出理想的孔子形象。

《孔夫子》的作者，乃复旦大学中文系教授，是著名的修辞学家，也是中国古典文学专家，而且有过历史小说创作的成功经验，其长篇历史小说《远水孤云：说客苏秦》《冷月飘风：策士张仪》，由台湾商务印书馆与大陆云南人民出版社同步以繁简两种版本在海峡两岸同步发行，在读书界与文学界早有影响。本书则是吴礼权教授的第三部长篇历史小说。读这部长篇历史小说，如

果要问它给我们最深刻的印象是什么，约略说来，主要有三点：一是它让孔子走下了神坛，走进了我们普通大众之中；二是它还原了历史，呈现出一个真实的、鲜活的孔子形象，让人有一种即之可温的亲切感；三是它让《史记·孔子世家》中的孔子摘下了圣人的冠冕，让《孔子家语》中的孔子扯去了历史的面纱，让《论语》中与弟子坐而论道而又形象模糊的孔子清晰地浮现在我们眼前。

作者以小说家的丰富想象力与修辞学家的语言功力，通过一个个生动的故事情节与匠心独运的细节描写，让孔子生活的历史情境一一再现，让孔子这个历史人物踏着历史节拍，穿越时空，走过两千多年的历史征程，款款地向着我们走来，一直走到我们的心灵深处，让我们如沐春风，深刻难忘。

王向远　北京师范大学教授、中国东方文学研究会会长

目录

卷首语	/ 1
人物表	/ 5
第一章　少年心事当拿云	1. 葬母　　　/ 13
	2. 伤心飨士宴　/ 24
	3. 初出茅庐　/ 30
第二章　三十而立	1. 杏坛聚徒　/ 37
	2. 见景公　　/ 45
	3. 周室观礼　/ 50

第三章 奔　齐	1. 鲁国之难	/ 59
	2. 苛政猛于虎	/ 64
	3. 景公问政	/ 69

第四章 返　鲁	1. 祸在旦夕	/ 79
	2. 嬴博观葬	/ 84
	3. 山水故国情	/ 89

第五章 四十不惑	1. 昭公归葬	/ 97
	2. 隐公问礼	/ 104
	3. 阳虎馈豕	/ 111

第六章 知天命	1. 阳虎叛鲁	/ 119
	2. 中都执政	/ 130
	3. 代摄鲁相	/ 139

第七章 治国平天下	1. 强公室	/ 151
	2. 隳三都	/ 158
	3. 女乐风波	/ 163

第八章 去鲁适卫	1. 匡蒲之困	/ 173
	2. 见南子	/ 183
	3. 卫灵公问兵	/ 190

第九章 六十耳顺	1. 听其言,观其行	/ 197
	2. 刑不上于大夫	/ 206
	3. 无礼则手足无所措	/ 212

第十章 游 楚	1. 厄陈蔡	/ 217
	2. 叶公问政	/ 225
	3. 楚王欲封七百里	/ 232

第十一章 在卫	1. 吴鲁之战	/ 241
	2. 绝弦之哀	/ 247
	3. 齐鲁之战	/ 254

第十二章 哀公问政	1. 何为则民服	/ 263
	2. 民之所以生者,礼为大	/ 270
	3. 事任于官,无取捷捷	/ 275

第十三章 传道解惑	1. 季康子问学	/ 285
	2. 闵子骞问政	/ 290
	3. 子张问入官	/ 296

第十四章 从心所欲	1. 韦编三绝	/ 305
	2. 吾道穷矣	/ 317
	3. 梦周公	/ 325

附录 《论语》二十四则 / 339

初版后记 / 349

再版后记 / 355

卷首语

孔子是圣人,这在中国是妇孺皆知的。不过,这只是孔子身后人们对他的崇敬而已。至于"至圣""至圣先师""大成至圣先师""文圣""太师""文宣王""文宣帝""大成至圣文宣王""大成至圣文宣先师"等头衔,那都是虚的,是历朝统治者为了维护自己的统治,借助孔子的思想以钳制人们思想的政治权术,是为了榨取孔子的剩余价值而已。

其实,拂去这些让人眼花缭乱的外加光环,还原历史,孔子并非是让人不可接近的非凡人,而只是一个让人即之可温的邻家老伯而已:

得意之时,他会喜形于色,手舞足蹈,像个得意忘形的小人。

失意之时,他会垂头丧气,自暴自弃,说要"乘桴浮于海"。

悲伤之时,他会毫不掩饰,悲天跄地,哭得稀里哗啦,冉耕与颜回死时,他就是这样。

生气之时,他会破口骂人,毫无涵养,宰予听课不专心,被骂

"朽木不可雕也，粪土之墙不可圬也"。

他讲亲情伦理，却是一个不称职的丈夫，为了自己那不着边际的理想，周游列国，东奔西走，从不关心自己的妻子，那个从宋国远嫁而来叫亓官氏的弱女子，甚至在弥留之际也不能见上他一面。

他讲父慈子孝，却从未对儿孙尽到关爱与教育的责任。儿子孔鲤先他而死。孙子孔伋尚在襁褓，他便远离鲁国而去了他国。

他讲师道尊严，却没几个学生怕他，子路经常跟他顶嘴，宰予对他不以为然。

他讲"克己复礼"，恢复周公礼法和"天下大同"的宏伟理想，却也不忘美食，而且饮食还挺讲究，割不正不食，肉不新鲜不吃，没有好酱不吃。

……

当然，孔子也有不同于常人处，与我们的邻家老伯不同。

他博古通今，好学不倦，堪称万世师表。为了了解古礼，他专程远赴周都向老子、苌弘请教；为了提高琴艺，专程登门拜鲁国乐师师襄为师；为了了解上古官制，雪夜请教到访鲁国的郯子；为了了解古代葬礼，带领弟子奔波千百里，去观吴公子季札葬子。

他勤奋敬业，务实进取，堪称实干家。他做乘田吏与委吏时，使鲁国马肥牛壮，人口增加；做中都宰时，一年期满，便让满目疮痍、盗贼遍地的中都面貌焕然一新，民风大变，"四方诸侯则之"。

他娴于辞令，老成持重，堪称杰出的外交家。齐鲁"夹谷会盟"，他为鲁国相礼，与强邻齐国外交博弈，有理有节，迫使齐景公对他言听计从，完美地达成了鲁国的外交目标。

他心狠手辣，果断坚决，具备政治家的"厚黑"资质。他担任鲁国大司寇后的第一件事，便是诛杀坚持改革、反对复古的政敌少正卯，毫不手软，即使受到弟子们的质疑，也绝无后悔之意。

他诲人不倦，有教无类，是中国古代最杰出的教育家。他的弟子不仅遍及鲁国各地，而且齐、卫、宋等诸侯国都有。三千弟子、七十二贤人，是他普及教育、开启民智、培养人才的硕果，也是他对中国文化传承的卓越贡献。

他坚持理想，执着坚定，身处动荡变革之乱世，明知不可为而为之。周游列国，四处碰壁，急急如漏网之鱼，惶惶如丧家之犬，几次身处绝境，仍从容淡定，坦然自若，为理想而献身的勇气让人敬佩。

孔子是两千多年前的人物，是一个远去的历史影像。从《论语》中，后人看不出完整的孔子形象；由《史记·孔子世家》，我们不能看清孔子的音容笑貌；看《孔子家语》，人们也不能还原出一个清晰的孔子形象。正因为如此，对于孔子的认识，历来人们都是见仁见智，孔子在不同人的心中，形象都是不同的。

但是，不论怎么不同，有一点应该是相同的：孔子是人不是神，他有与普通人一样的喜怒哀乐，他身上可能有平凡人所没有的特质，但绝对具备平凡人所共有的人性弱点。他有我们现代人所缺少的某种气质，但绝对是生活于我们之中的肉身凡胎，不是可望而不可即的神祇，更不是不食人间烟火的神仙。

孔子是个理想主义者，但因为身处中国历史上巨大的社会变动时期，他抱守的理想不切实际，这就注定了他只能是一个失败者。他的理想只是镜中之月，水中之花，可远观而不可近亵，可向往而不可实现。

孔子是个失败者，也是中国历史上最大的成功者，因为任何时代的任何帝王将相、风云人物都不及他在中国历史上的影响力。

孔子的理想虽然永远只是理想,永远没有实现的可能,但却像一盏万古不灭的明灯,给人以希望,给人以力量,让人们觉得这个世界还有希望,还有为之努力奋斗的动力。

吴礼权
二〇二四年二月十四日夜于上海

人物表

主要人物

孔　　子　名丘，字仲尼，鲁国人。儒家学派创始人，著名教育家，号称有三千弟子，七十二贤人。被推崇为圣人、万世师表。

老　　子　即老聃，楚人，姓李名耳，道家学派创始人，著有《老子》(即《道德经》) 传世。曾做过东周守藏室之官。孔丘曾向他问学。

师　　襄　鲁国乐官，以击磬而著名，孔丘曾跟他请教过琴艺。

鲁昭公　鲁襄公之子，公元前五四一至前五一〇年在位。

鲁定公　鲁昭公之子，公元前五〇九至前四九五年在位。

鲁哀公　鲁定公之子，公元前四九四至前四六八年在位。

齐景公　齐国之君，公元前五四七至前四九〇年在位。

楚昭王　名珍，楚平王幼子，公元前五一五至前四八九年在位。

楚惠王	名章,楚昭王之子,公元前四八八至前四三二年在位。
卫灵公	卫国之君,公元前五三四至前四九三年在位。
郯　子	少昊氏后裔,郯国国君,鲁昭公十七年第二次朝鲁,孔子曾向他问学。
季　札	吴国公子。姓姬,名札,乃吴王寿梦少子。因封于延陵,故称延陵季子。
南　子	卫灵公夫人,美艳而放荡。孔丘曾与之相见,子路曾为此怀疑孔丘的人品。
季武子	鲁昭公时鲁国执政。
季平子	即季孙意如,季武子之孙,鲁国执政,将鲁昭公驱逐出境。
季桓子	即季孙斯,季平子之子,鲁国执政。
季康子	即季孙肥,季桓子之子,鲁国执政。
孟僖子	鲁昭公时鲁国三大权臣之一,孟懿子和南宫韬之父。
孟懿子	名何忌,世称仲孙何忌。孟孙氏第九代宗主,南宫韬之兄。孔丘早期弟子。
孟孺子	孟懿子长子,在齐师入侵鲁国时率孟氏家兵为右军参战,配合冉求指挥的以季氏家兵为主力的鲁国左军击败齐师。
邱昭伯	鲁昭公时权贵,因与季平子斗鸡而结仇,后联合臧昭伯、鲁昭公共同攻打季氏,结果失败。
仲孙大夫	鲁国大夫,曾为孔丘保媒,孔丘遂娶宋女亓官氏。
沈诸梁	楚国贤大夫,人称叶公,孔丘曾专门赴负函城见他。
晏　婴	即晏子,齐国之相,著名政治家、外交家。
高昭子	齐国权臣,与晏子有矛盾,孔丘曾为了借力于他以达到让齐国帮助鲁昭公复国的目的而做过他的家臣。

阳　　虎	即阳货，季武子家臣，面貌与孔丘极为相似。叛乱失败后，先逃至齐，后至晋。	
公山不狃	季孙氏家臣，盘踞季孙氏封地费邑，将费变成自己的独立王国，曾召孔丘到费。叛乱失败后，逃奔到了齐国，再转往吴国。	
简　　子	匡人，孔丘逃出匡地时，此人将孔丘误认为是阳虎，以兵围之。	
少　正　卯	鲁国大夫，主张政治革新，也兴办私学，被称为鲁国"闻人"。因与孔丘政见相左，孔丘当上鲁国大司寇后将其杀害。	
微　　虎	鲁国大夫，在吴国入侵鲁国的战争中，率领三百死士夜袭吴王驻扎的泗水大营，取得大胜。	
田　　常	齐国大夫。	
梁　丘　据	齐国大夫。	
桓　　魋	乃齐桓公之后，宋国司马，孔丘弟子司马黎耕之兄。孔丘到宋国时，曾企图加害于孔丘。	
史　　鱼	卫灵公之大臣，为人正直，深得孔丘推重。死后不葬，陈尸谏君。	
公　叔　发	卫国大夫，为人清廉而宁静。屡谏灵公而不听，乃铤而走险，举兵叛于蒲。	
颜　徵　在	孔丘之母，叔梁纥第三妻。	
亓　官　氏	孔丘之妻。宋国宗室女子，由宋平公挑选，鲁国仲孙大夫保媒嫁与孔丘。	
叔　梁　纥	孔丘之父，宋国贵族后裔，鲁国将军。	
孟　　皮	孔丘同父异母之兄，有残疾。	

宾牟贾　周都洛邑书生，曾与孔丘谈论《武》乐。

仲　　由　字子路，鲁人。孔丘早期弟子，有勇力才艺，以政事著名。后在卫国任职，曾任蒲邑宰，因卷入卫国内部权力斗争而被乱刀砍死。

颜　　回　字子渊，鲁人。孔丘弟子，是孔丘大弟子颜由之子，七岁拜孔丘为师。以德行著名，孔子称其仁。

颜　　由　字季路，鲁人。孔丘早期弟子，比孔丘小六岁，颜回之父。

端木赐　字子贡，卫人。以口才著名，有杰出的外交与经商才能。

冉　　求　字子有，鲁人。孔丘弟子，冉雍的晚辈，同属仲弓宗族。做过季孙氏家臣，有军事才能，率师击败齐国的入侵，立有大功。有才艺，以政事著名。

冉　　雍　字仲弓，鲁人，孔丘早期弟子。与孔丘第一批所收弟子冉耕为同一宗族，以德行著名。

冉　　耕　字伯牛，鲁人，孔丘早期弟子。奴隶出身，以德行著名，得恶疾而死。

曾　　点　字子晳，鲁南武城人。孔丘早期弟子，曾参之父。因性格豪放不羁而被人称之为"鲁国狂人"。

曾　　参　字子舆，鲁南武城人。孔丘晚期弟子，小孔丘四十六岁，曾点之子。志存孝道，故孔丘因之以作《孝经》。

秦　　商　字丕慈，鲁人。孔丘早期弟子，比孔丘小四岁。

南宫韬　字子容，鲁人。孔丘弟子。孟懿子之弟，又称南宫敬叔。以智自持，世清不废，世浊不洿，孔丘以兄长之女嫁之。

公冶长　字子长，鲁人。孔丘弟子。因懂鸟语而吃官司坐过牢。孔丘认为他品德高尚，将女儿嫁之。

高　　柴　字子羔，齐人。高氏之别族，孔丘弟子。其貌不扬，为人笃孝。曾为武城宰，后在卫国任职。

有　　若　字子有，鲁人。小孔丘三十六岁，孔丘晚期弟子，为人博闻强记。在吴国入侵鲁国的战争中，随鲁国大夫微虎率领的三百死士夜袭吴王驻扎的泗水大营，大胜。

闵　　损　字子骞，鲁人。孔丘弟子，以德行著名。孔子称其孝。

宰　　予　字子我，鲁人。孔丘弟子，以口才著名。

言　　偃　字子游，鲁人。孔丘弟子，以文学著名。

公良　儒　字子正，陈人。孔丘弟子。贤而有勇，家境富裕。孔丘周游列国，以家车五乘随行。

楚　　狂　原姓陆，名通，字接舆。楚国名士。因看不惯官场黑暗，又对楚国社会不满，遂把头发剪掉，假装发疯，从此不再做官，隐居山里，躬耕自食。因行为古怪，人称"楚狂"。

荣声期　郯之野人。

丘吾子　少时好学，周游天下，后事齐君为臣。在父母双亡、朋友尽散后，幡然醒悟，投水自尽。

相关人物

齐悼公　即公子阳生，公元前四八八至前四八五年在位。

卫出公　卫灵公之孙，太子蒯聩之子，公元前四九二至四八一年、前四七六至四五六年在位。

邾隐公　邾国国君，即位之初曾派使者向孔丘问冠礼。

子　　西　楚国令尹，楚昭王庶长兄。

叔孙辄	叔孙氏之庶子，曾与季氏家臣公山不狃一起叛鲁，失败后亡奔吴国。
侯　犯	叔孙氏家臣，据城叛主。
南　蒯	季孙氏家臣，据城叛主。
公之鱼	鲁国之臣，反对鲁定公迎回孔丘。
兹无还	鲁国大夫。
公宾庚	鲁将，与公甲叔子一起在夷地与吴国之师展开了殊死战斗。
公甲叔子	鲁将，与公宾庚一起在夷地与吴国之师展开了殊死战斗。
析朱鉏	鲁将，与吴军作战战死。
蘧伯玉	即蘧瑗，卫国大夫，卫灵公朝贤臣，深得孔丘敬重。史鱼曾多次向卫灵公举荐蘧伯玉。
弥子瑕	卫国的美男子，卫灵公佞臣，与南子有私情。
公子朝	卫灵公男宠，与南子有不伦之情。
颜浊邹	卫灵公之臣，子路的妻兄。孔丘在卫时寄居其家。
卜　商	字子夏，卫人，孔丘弟子。孔丘卒后，教于西河之上，魏文侯师事之，而咨以国政。卫人以为圣。
颛孙师	字子张，陈人。孔丘晚期弟子。小孔丘四十八岁。美男子，善于待人接物。
公西赤	字子华，鲁人。孔丘晚期弟子，小孔丘四十二岁。束带立朝，娴于宾主之仪。
澹台灭明	字子羽，鲁国武城人。孔丘晚期弟子，小孔丘三十九岁。有君子之姿。为人公正无私，重然诺，仕鲁为大夫。
商　瞿	字子木，鲁人。孔丘弟子，小孔丘二十九岁，好《易》。
冉　儒	字子鲁，鲁人。孔丘晚期弟子，小孔丘五十岁。

公孙宠	字子石，卫人。孔丘晚期弟子，小孔丘五十三岁。
叔仲会	字子期，鲁人。孔丘晚期弟子，小孔丘五十岁。
子服景伯	孔丘弟子。曾为鲁君与吴王会盟之相礼，为吴王向鲁国索要百牢之礼而据理力争。有外交才能。
樊 迟	孔丘弟子，参与冉求指挥的击败齐师入侵的护国战争。
漆雕开	字子若，鲁人。孔丘弟子，小孔丘十一岁。习《尚书》，不爱做官。
司马黎耕	字子牛，宋人，孔丘弟子。宋司马桓魋之弟。为人性躁，好言语，见其兄长行恶，常忧之，与之不睦。
巫马施	字子期，陈人。孔丘弟子，小孔丘三十岁。
高 庭	齐国之士，曾专程向孔丘请教学问。
孔 鲤	字伯鱼，孔丘之子。
孔 伋	孔鲤之子，孔丘之孙。
孔 蔑	孔丘侄子。
邹曼父	孔丘承嗣之兄。
苌 弘	字叔，又称苌叔。东周内史大夫。孔丘至周室参访时曾向其问乐。
长 沮	楚国隐士，孔丘到楚国去见叶公时曾向其问路。
桀 溺	楚国隐士，孔丘到楚国去见叶公时曾向其问路。
子鉏商	叔孙氏的车士，猎获麒麟。孔丘见麒麟死而预感将亡。

旁及人物

周景王	姬贵，公元前五四四至前五二〇年在位。
周敬王	姬匄，周景王之子，公元前五一九至前四七六年在位。

勾　　践	越国之王，公元前四九六至前四六五年在位。
夫　　差	吴国之王，公元前四九五至前四七三年在位。
文　　种	越王勾践之臣。
伯　　嚭	吴王夫差时太宰。
伍子胥	楚人，因父仇而奔吴，吴王夫差之臣。
蒯　　聩	卫灵公之子，卫太子。其母南子行为不检，羞而欲弑之，事败而逃往晋国。
季　　姬	齐悼公宠姬，季康子之妹，嫁前与其叔父季魴通奸乱伦。
公孙侨	字子产，又字子美。郑穆公之孙，郑简公时被封为郑卿，为郑国执政。
范宣子	晋国执政。
魏献子	晋国执政。晋国名将魏绛之孙，亦是晋国步阵战术的发明者。
赵简子	晋国正卿赵鞅，晋国执政。
智文子	即荀跞，晋国执政。
范　　鞅	晋大夫。
荀　　寅	又称中行寅，晋国中行氏第五代家主，鼓石为铁，铸为刑鼎。
窦犨鸣犊	晋国大夫，有才德，曾与舜华助赵简子稳定了晋国政局，后遭赵简子杀害。
舜　　华	晋国大夫，有才德，曾与窦犨鸣犊助赵简子稳定了晋国政局，后遭赵简子杀害。

第一章 少年心事当拿云

1. 葬母

"提起衣襟,左手向上,然后,放下衣襟,右手上抬。再做一遍。"

周景王十年,鲁昭公七年(公元前五三五年),七月初五,骄阳似火。日中时分,鲁国太庙左面广场的一棵大槐树下,一个峨冠博带、身材魁梧的年轻人,正在指导着三个八九岁的童子在行揖让进退之礼。虽然汗水早就湿透了他的长袍大裳,但他依然一丝不苟,一脸严肃,一个动作一个动作地给孩童们作示范,并不时对他们不规范的动作予以纠正。

"仲尼,你怎么还有心思在这教孩子习礼呢?家里出事了。"

孔丘正看着三个孩子举手投足有板有眼而感到欣慰时,突然冷不丁地听到有人在背后说了这么一句。猛然转过身来,发现竟是哥哥孟皮正拖着先天残疾的瘸腿一颠一颠,急急地走来,一边走一边抬袖挥汗,好像非常紧急的样子。

"伯尼,你说什么呢?"

"仲尼,你娘走了。"

"我娘走了?到哪去了?我早上出来时,她还在家里,没说要到哪里去呀?她要是到我外公家,也会事先跟我说呀。"孔丘不无困惑地说道。

"我说的不是这个意思,我是说你娘死了!"孟皮吼道,他已顾不得语气轻重了。

"什么?我娘死了?怎么可能呢?"孔丘睁大眼睛,吃惊地望着孟皮。

"死了约一个时辰了。"孟皮哭着说道。

"啊?"孔丘一声惊叫,随即一头栽倒在地。

孟皮与三个孩子见此,立即上前扶起孔丘。孟皮舒开孔丘系得紧紧的袍衫,在孔丘胸口一阵乱摸,三个孩子也一起帮助拍背摇臂。过了好大一会儿,孔丘才醒转过来。

醒转过来的孔丘,看看孟皮,又看看三个吃惊的孩子,突然一骨碌从地上翻身爬起,被舒开的袍带也顾不得系上,就发了疯似的向家里狂奔而去。

跌跌撞撞地跑回家,见母亲直挺挺地躺在灶台前,孔丘一下子扑到娘身上,放声大哭。

哭了好长一段时间,孟皮也一瘸一瘸地赶到了。左邻右舍听到孔丘声如洪钟、撕心裂肺的哭声,纷纷赶了过来。大家七手八脚,好不容易才将他从地上拉起来,扶到一边坐下。

"孩子,你娘这辈子不容易,没过一天好日子,活得累啊!现在死了,也未尝不是一种解脱。既然已经走了,哭也没有什么用,还是想想办法,怎么把你娘好好地给葬了。"一个白发苍苍的老婆婆走过来,不无悲伤地说道。

"婆婆说得对,这大热天,不能等,得赶紧收殓,入土为安呐!"一个老伯一边拍打着泣不成声的孔丘,一边冷静地说道。

"可是,拿什么来收殓呢?"孟皮沉寂了一会儿,忧虑地说道。

听了孟皮的话,大家不约而同地望了望家徒四壁的孔家,不禁摇头叹气。

过了好一会儿,还是老伯理智清醒,说道:

"孔丘,大家都是左邻右舍,看着你长大,知道你是孝顺的孩子。但是,你家就是这种情况,也没有别的办法了。我看这样吧,你先去房里找一些你娘平时换洗的衣服,让阿婆们给她净净身子,再换身衣服。然后,你再去找一张好点的席子过来。"

孔丘点了点头,挥袖擦了擦眼泪,就到房里翻箱倒柜去了。孟皮也跟了进去,一起帮助寻找。

与此同时,老伯又吩咐众邻居帮忙卸下门板,找来两条长凳,将门板架在上面。

过了好大一会儿,孔丘与孟皮才找了一套还算完整的旧衣服,交给年长的阿婆,然后就出门去找席子了。

年长阿婆接衣在手,前后翻了翻,看了看,摇了摇头。然后,顺手在灶台上拿了一块破布,在水缸里舀了一瓢水,倒在一只瓦罐里,搓了搓,支开男人们,就地给颜徵在清洗身子。然后,在众女邻的帮助下,给她换了衣服,并顺手给她拢了拢散在脸上的乱发。

与此同时,在老伯的指导下,孔丘与孟皮已将找来的席子平铺在刚才众邻架好的门板上。

"众乡邻,请帮忙,将孔丘他娘抬到席子上,帮助裹好。"

随着老伯的一声令下,几个青壮的男邻居迅急将颜徵在抬到门板的席子上放好。然后,又在老伯的指导下,将席子裹好。

孔丘一见娘被席子裹起,知道这就等于盖棺入殓了,不能揭开再看娘一眼了。于是,不禁悲从中来,放声恸哭起来。

老伯摸摸孔丘的头,又拍了拍他的后背,轻声地说道:

"孩子,哭吧。但是,哭完之后,要准备尽快让你娘入土为安,不能拖,天气这么热。"

说完,老伯出去了,其他众邻居也跟着出去了。

一时间,屋里只剩下了痛哭失声的孔丘与陪在一旁饮泣的孟皮。

又哭了好大一会儿,天渐渐黑了,孔丘的眼睛也哭得模糊了。黑暗中,孟皮摸索着点亮了灶台上那盏奄奄一息的油灯。微弱昏黄的灯光下,兄弟二人相对无语。

看看草席中被裹着的娘,孔丘不禁又哭了起来,但早已经哭不出声音来了。就这样,哭哭停停,不知不觉间,就到夜半三更时分。孟皮靠墙坐在地上睡着了,孔丘伏在娘停尸的门板上也睡着了,进入了梦乡。

"三娘,仲尼跟人打起来了。"

那是七年前的一个中午,颜徵在正在家中生火烧饭,突然孟皮拖着一条瘸腿急急忙忙地进来报告道。

"丘儿为什么跟人打起来了?他不曾与人争吵过一句,怎么会跟人打起架来了呢?皮儿,你是否看错了人?"

"三娘,俺没看错,您出去看看,不就知道了吗?在屋后大榆树下,仲尼正一个打仨呢。"

颜徵在一听,知道这是真的了。灶膛里的火都来不及熄灭,就匆匆赶了出去。转到屋后一看，果然在大榆树下，孔丘正跟三个比他大几岁的孩子打成一团。

"丘儿，你在干啥？怎么跟人打架呢？姥爷怎么教你的？你读书习礼，就为了打架吗？"

听到身后有人这样喊，原来扭打成一团的四个人顿时停了手。那三个孩子回头一看，见是孔丘他娘，立即拔腿一溜烟地跑开了。而孔丘一见是娘，则耷拉着脑袋，垂手而立，一言不发。

"丘儿，你为啥跟人打架？"

孔丘看看娘，又看看跟来的孟皮，没有回答。

颜徵在看儿子欲言又止的样子，猜想他有什么不得已的苦衷。又想到，儿子是个死要面子的人，虽然孟皮是他哥哥，当着哥哥的面，教训他恐怕也有伤他的自尊心，遂连忙说道：

"别杵在那了，快跟娘回去说清楚。"

回到家，颜徵在立即关上门，说道：

"现在可以说了吧，为什么跟人家打架？"

没想到，儿子仍然不回答自己的问题，而是突然放声大哭起来，这倒让颜徵在为之愕然。遂连忙放缓语气，抚了一下儿子的头，温柔地说道：

"丘儿，这里就你跟娘两个人，你有什么委屈可以跟娘说。但是，你一定要实话实说，为什么要跟人打架？"

"他们骂我是杂种！"

颜徵在一听，不禁为之一惊，瞪大眼睛说道：

"他们果真这样骂你？"

"娘，俺没说谎，他们几个人都是这样骂俺的。"

顿了顿，颜徵在稳定了一下情绪，平和地问道：

"丘儿，你知道什么叫'杂种'吗？"

"不知道，反正是骂人的话，不是什么好话。"

"不知道，是吧？那娘告诉你。你见过马，见过驴，见过骡吗？"

"见过。"

"那么，你知道骡是怎么来的？"

"不知道。"

"那么，丘儿，娘告诉你，骡就是杂种，它是马与驴所生。"

"哦，原来是这样。"

见儿子瞪大了眼睛，一种恍然大悟的样子，颜徵在接着说道：

"马与驴不是一个种类，所以它们生下来的孩子叫杂种。你爹娘都是人，是一个种类吧，你是爹娘所生，怎么是杂种呢？他们这样骂人，是他们无知，没文化，没教养。跟这种孩子多接触有好处吗？除了骂人、打架，他们还能干什么？丘儿，娘告诉你，你爹和你娘都是上等出身的人。你爹是宋国贵族的后裔，身体里流着的是高贵的血液；你娘生于世代诗书人家，你姥爷是鲁国屈指可数的博学之人。俺们孔、颜两家都是高门大姓，'杂种'与俺们何干？"

"他们只骂俺，俺还能忍住，不会动手。他们还骂爹骂娘，实在气人，所以俺才动手。"

"他们骂爹娘什么？"颜徵在追问道。

小孔丘嗫嚅了半天，却始终不开口。颜徵在急了，几乎是吼叫了：

"丘儿,他们到底骂爹娘什么了,你说啊!"

小孔丘看娘发急了,低着头,用轻得不能再轻的声音说道:

"他们说俺爹老不正经,七十多岁的人了,还跟一个十几岁的少女'野合',在尼山脚下的麦地里打滚,生出俺这个头顶长个坑、可以盛水的杂种。"

颜徵在一听,顿时语塞,一时愣在了那里,半天说不出话来。

小孔丘见此,连忙问道:

"娘,难道他们说的是真的吗?"

颜徵在一听,突然醒悟,觉得非要跟儿子说清楚不可了,否则不仅会造成误会,还会在他幼小的心灵里留下阴影。整理了一下思绪,颜徵在装得镇静自若的样子,先淡然一笑,然后不紧不慢地说道:

"丘儿,这种没教养的孩子说的话,你也信吗?娘跟你讲吧,你爹娶你娘时,确实年近七十,娘也确实年仅十八。但是,你爹之所以在年近七十的高龄还要娶你娘,那是为了延续你孔家的香火,让孔家这支高贵的族裔不要断了后。你大娘跟你爹一连生了九个女儿,却没有生出一个儿子。所以,后来你爹又在大娘的鼓励下娶了二娘,生下孟皮。可是,孟皮先天残疾。爹认为孟皮不能延续孔家族脉,所以最后在大娘的鼓励下才向俺爹提亲,娶了你娘,生下了你这个聪明的小子。虽然在你三岁时你爹就离世了,但爹因为有了你,去得安心,走得宁静。"

"那么,爹娘压根儿就没有什么'野合'或是麦地里打滚的事喽?"

"傻孩子，当然没有喽。你想想看，你爹是宋国的贵族后裔，是鲁国体面的将军，娘是书香人家的好闺女，怎么可能在麦地里打滚呢？这种事，只有没教养的下等人才干得出来。"

"那么，他们为什么说俺是爹娘'野合'生下的怪胎呢？"

这一下，颜徵在又被这个聪明的儿子问住了。想了想，她笑了笑，慢条斯理地说道：

"傻孩子，你懂什么叫'野合'吗？'野合'不是在麦地里打滚的意思，而是指你爹娘结婚的年龄不合宜。按照古礼，男子娶妻年龄为二十，女子嫁人年龄为十八。你爹娶你娘时年近七旬，这不符合古礼，所以人家说这是'野合'，就是不正常的结合。但你爹也是事出无奈，是为了延续孔家香火才高龄娶妻啊！"

"哦，原来如此！"小孔丘终于恍然大悟了。

"丘儿，娘为什么让你读书学习，就是要你做一个有文化、有教养的人，一个懂礼的人啊！你看，那些野孩子，因为没文化，所以就乱说话，害得人际关系紧张，这多不好啊！如果他们也有文化，他们就说不出这种粗俗无知的话了，那丘儿也就不必生气而跟他们动手打架了。你看，因为他们的无知粗俗，害得我们的小君子孔丘跟人打架。要是丘儿以后有出息了，青史上写一笔：'孔丘少时与人打架'，那多不值啊！"

心里疙瘩解开了，小孔丘终于露出了灿烂的笑容。

突然一阵凉风吹过，原来靠墙坐在地上睡着的孟皮惊醒过来，听见孔丘笑出声来，以为他悲伤过度而发疯了。于是，连忙借着灶台上那盏奄奄一息的油灯微弱的光线，起身推了推伏在停尸板上的孔丘。

孔丘朦胧中睁开眼，看到孟皮，这才意识到刚才做了一个梦。也许是因为一天没吃没喝，又哭了一天，实在太累，没清醒一会儿，孔丘又伏到他娘停尸板上，手抚着裹娘的草席又进入了梦乡。

"娘，给。"一进门，孔丘就从袍袖里摸出一个小钱袋，恭恭敬敬地递给母亲。

没想到颜徵在头也没抬，继续缝着衣裳，更没有伸手去接儿子递过来的钱袋。

"娘，您怎么了？"

"你眼里还有俺这个娘啊？你现在有出息了！"

"娘，您这是说的什么话？丘儿永远都是您儿子，怎么有出息，也都是娘教育出来的。"

"那娘教育你去干下贱的事了吗？"颜徵在没好气地问道。

"娘，俺做过什么下贱的事？"

"你以前背着娘不读书，跑去给人赶马车，还自鸣得意，跟人夸耀自己驭车的技术高明，还说'富而可求也，虽执鞭之士吾亦为之'。现在好了，越来越有出息了，竟然给人家当起了吹鼓手，丧曲吹得万人空巷，好不得意哦！"

"娘，您说什么？俺不明白。"

"丘儿，你今年几岁了？"

"十五。"

"那娘问你，你都十五岁了，堂堂一个男子汉，身上流着宋国贵族高贵的血，受着鲁国当代耆宿颜氏的教育，怎么为了几个钱而低下高贵的头颅，给人当起了丧葬吹鼓手呢？丘儿，你知道今天娘看到你在稠人广坐之中吹着丧乐，不以为耻，反以为荣的样子，娘是怎样的心情，娘当场想找块石头撞死的心都有。丘儿，你能体会到娘心里滴血的感受吗？你想想，如果你爹与孔家列祖列宗地下有知，知道他们引以为荣的孔丘不求上进，干着这样的贱业竟然还自鸣得意，那他们是怎么想呢？"

"娘，别说了，儿知错了。丘儿只是心疼娘辛苦，想为娘减轻点负担，尽自己之所能，挣点钱贴补家用，免得娘深更半夜还为人家缝补浆洗。既然娘认为丘儿做得不对，那么丘儿今后再也不会为人驾车、吹丧曲了，丘儿会一心向学，学好本领，做一个高贵的人，将来报效国家，光宗耀祖，青史留名，以此告慰孔氏列祖列宗，报答娘的养育之恩。"

"好，娘等着哦！"

颜徵在笑了，孔丘也释怀了。

"仲尼，快醒醒，还在做梦呢！天都亮了。"孟皮一觉醒来，发现孔丘还伏在他娘停尸板上睡觉，遂连忙起身推了推他。

孔丘揉了揉惺忪的睡眼，惊讶地望了望孟皮，然后又看着裹在草席中的娘，想到刚才梦中娘的微笑，不禁悲从中来，又放声大哭起来。

"仲尼，别哭了，哭也不能把你娘哭活过来，还是想想办法，怎样安排你娘的葬礼吧。昨天老伯已经说过，天气这么热，不能耽搁的。"

孔丘一听，终于冷静下来。现实的问题摆在面前，不能回避。目前最急迫的是让娘早点入土为安，才算是对得起娘。

于是，兄弟二人商量了一阵，就分头求告左邻右舍的乡亲们，帮助料理丧事。

第二天一大早,在曲阜城内许多热心人的帮助下,颜徵在的丧葬事宜一切都按照古礼准备妥当。可是,出殡的时辰到了,孔丘却仍然打听不到父亲到底葬在何处。因为父亲去世时,他才三岁。长大后,问母亲,她也不甚了了。因为母亲不是正室,父亲发丧时,没有资格参加,所以她只听人说丈夫葬在防山,具体位置则一无所知。

"孩子,都这个时候了,你还打听你父亲的墓地,来不及了啊!"邻居老伯劝慰道。

"是啊,孩子,我们都不知道你爹当初葬在何处。再说,当时也没树碑,现在一时怎么找呀?"一个老婆婆也劝说孔丘放弃合葬父母的想法。

"伯伯、婶婶,大家说的都不错。可是,夫妇生同枕,死同穴,乃是古礼。为人之子,父母生前不能孝养,死后不能为其合葬,如何还算得了是人呢?"

大家见孔丘这样说,既同情又无奈,只得摇头叹息,爱莫能助。

僵持了很长时间,在长辈们的劝说下,孔丘只得同意按时出殡。

当长长的出殡队伍在哀乐声中缓缓走到五父之衢时,走在队伍前头、身穿麻布丧服、脚蹬菲草之鞋、手拿哭丧棒的孔丘突然停了下来,回转身来让抬棺的乡邻停下了灵柩。

一时间,浩大的送丧队伍与行走的路人都被堵在了五父之衢,车不得过,人不得行。孔丘当街跪倒在地,放声大哭,以头叩地,连连哀求左右行人道:

"各位高邻、众位乡亲,有知道鲁将叔梁纥防山之墓的,乞请垂示,使孔丘为父母合葬这个小小的心愿得以实现。"

说完，孔丘又连连向周围及过路之人叩头，直叩得满头是血。大家都看得心有不忍，但又爱莫能助。多少次，孔丘为此而昏死过去。

苍天不负苦心人，日中时分，曾被孔丘之父叔梁纥过继为承祧嗣子的同宗兄弟邹曼父，闻讯与母亲赶来奔丧。曼父娘扶棺哭过一阵后，听说孔丘停棺不行的原因，立即拉起孔丘，说道：

"丘儿，快起来，婶娘知道你爹防山之墓的具体位置，俺给你带路。"

于是，大家终于松了一口气，浩浩荡荡的送丧队伍又开始移动了。最终，颜徵在得以与丈夫叔梁纥合葬在了防山。

2. 伤心飨士宴

周景王十年，鲁昭公七年（公元前五三五年），九月十八日，一大早，鲁国执政季武子的冢宰府前便开始热闹起来，因为一年一度的飨士宴就在这天如期登场了。

冢宰府的十八名家臣分两排站立，每排各九名，两两相对，从府前台阶下一直站到街道边缘。所有迎宾家臣都衣冠整齐，垂手而立，目不斜视，作毕恭毕敬之状。

来自鲁国全境的老少各色士子，有的步行缓缓而来，有的坐着高大的马车呼啸而至；有的独自一人踽踽而至，有的结伴说笑而来。

"欢迎，欢迎，请！"

每当有人到来，十八位迎宾的年轻家臣都这样齐声有礼地问候。

当士子们穿过十八位迎宾家臣构成的迎宾甬道,鱼贯而入时,在季孙氏冢宰府开阔的庭院里,沿着进入正厅的通道两旁,早已迎候在此的两支乐队钟、鼓、磬、埙、笙、竽等乐器一起奏响,两个妙龄少女轻舒素手,拨动筝弦,启朱唇,缦声唱起时尚的迎宾曲《鹿鸣》:

呦呦鹿鸣,食野之苹。我有嘉宾,鼓瑟吹笙。吹笙鼓簧,承筐是将。人之好我,示我周行。

呦呦鹿鸣,食野之蒿。我有嘉宾,德音孔昭。视民不恌,君子是则是效。我有旨酒,嘉宾式燕以敖。

呦呦鹿鸣,食野之芩。我有嘉宾,鼓瑟鼓琴。鼓瑟鼓琴,和乐且湛。我有旨酒,以燕乐嘉宾之心。

所有走过的嘉宾,一边欣赏,一边说笑着抬步升阶登堂。

时近正午时分,从远道赶来的最后一批士子也陆续到达。

"欢迎,欢迎,请!"

就在迎宾家臣躬身施礼相迎之时,从冢宰府走出一个身高八尺、魁梧壮硕的汉子。远看颇有一种气宇轩昂的威仪,但近观则让人觉得其一举一动中都透着一种趾高气扬的味道。

"宰臣好!"当大汉临近时,所有迎宾家臣几乎异口同声地高声问候道。

这大汉不是别人,乃是季武子家臣,亦是季孙氏冢宰府总管,所以家臣们都称之"宰臣"。他姓阳名货,因为长得一副凶神恶煞的样子,犹如一只张牙舞爪、时刻都想吃人的老虎,故人赠外号"阳虎"。

阳虎一边点头响应家臣们的问候,一边站在冢宰府大门口最高一级台阶上,居高临下地眺望着三三两两、零星而至的远道之士渐渐走近。

看着最后一批参加飨士宴的士子进了冢宰府,阳虎又在门口站了一会儿,向远处望了望,见再也没有别的士子朝这边赶过来,便大手一挥,对众位迎宾家臣吩咐道:

"午时已到,准备撤退,关门入府。"

话音未落,突然见一个年轻人正朝着冢宰府飞奔而来。众迎宾家臣没有犹豫,立即分两排站回原位,准备迎接。

待这位年轻人走近,大家这才看清,这人年十七八岁,身高约在八尺开外,阔额方脸,浓眉大眼,面貌酷似阳虎,但看起来不像阳虎那样咄咄逼人,而是一脸的正气。只见他足蹬双层厚底丝履,身穿青领士子长衫,头戴殷朝流行的章甫帽。众迎宾家臣见这位年轻人虽然着装如此不合时宜,古里古怪,但都认为这肯定是一个读书的士子。于是,大家情不自禁毕恭毕敬地站直了身子,然后躬身施礼,齐声说道:

"欢迎,欢迎,请!"

年轻人对他们点点头,就准备迈步入府。但是,站在门前台阶上的阳虎突然伸出一臂,拦住了他,说道:

"慢着,你是谁?"

"我是孔丘。"

"孔丘?孔丘何许人也?"

孔丘一听阳虎语带轻蔑之意,顿时非常气愤,明明以前见过,还夸奖过自己学问大,怎么今天就装着不认识了呢?于是,立即理直气壮地高声说道:

"孔丘乃鲁国之士也。"

"鲁国之士？我记得今天冢宰宴客名单中没有孔丘这个人啊。"

孔丘先是感到诧异，为之一惊，但转瞬就镇定下来，不卑不亢地反问道：

"既然今天是冢宰的飨士宴，怎么可能没有孔丘之名呢？"

"是啊，是飨士宴！但宴请的是士啊，你是士吗？"

孔丘一听，更加愤怒了，于是不免生出了怨怼之意，反问道：

"阳管家果真不认识孔丘？"

"当然不认识。在下不知曲阜还有孔丘，更不知孔丘亦为士林中人"。

孔丘见这个奴才如此装疯卖傻，故意刁难自己，遂气不打一处来，一种与生俱来的血统优越感，使他顾不得谦恭，以不无骄傲的口吻，一字一顿地说道：

"孔丘不仅是士林中人，而且先世还是宋国贵族。"

"哦，阳货真是孤陋寡闻了，说来听听。"

"说了谅你也不懂。"

"你是嫌俺老粗？"

"孔丘倒是没有这个意思。"

"好，那就说说你的贵族史吧，也好让阳货长长见识。"

"孔丘乃宋国后裔。先祖微子启，是殷朝帝乙的长子，纣王同父异母之兄，亦是封疆千里的诸侯，在殷朝的朝廷中官至王卿士。"

"微子启？没听说过。"阳虎以为孔丘在胡诌历史，跟自己吹牛。

孔丘心知其意，决定说得更详细点，让这个无知的家奴长长见识，遂接着说道：

"微，乃诸侯国名，属公、侯、伯、子、男五级爵位的第四级子爵。当初周武王伐殷纣王，灭殷，封纣王之子武庚于朝歌，为诸侯，以奉殷商之祀。武王死后，武庚勾结周之管叔、蔡叔与霍叔谋反。周公旦摄政，辅助周成王出兵东征，历二年，平定之，擒武庚与管蔡霍三叔。周公遂命纣王同父异母之兄微子接替武庚为诸侯，并作《微子之命》以申明法令，立其国于宋。原殷民亦随之迁徙到新建之宋，遂有宋国。而微子本人则到周朝中央政府任职，被周天子封以'贤'号。微子有弟，曰仲思，名衍，亦名泄。仲思承袭微子之爵，故国号微仲。仲思生稽，是为宋公稽。其子孙袭国，爵位虽屡有变迁，但级别皆不过其祖，故仍以旧爵相称。因此，微子及其弟虽为宋公，但仍沿用微之名号。真正称公，始于仲思之子稽。"

阳虎见孔丘如此咬文嚼字地掉书袋，遂不耐烦地说道：

"宋国称公，与你们孔家何干？"

孔丘一听，非常生气，遂正色说道：

"如何没有关系？阳管家请听好！宋公稽生丁公申，丁公申又生愍公共与襄公熙。而襄公熙则生弗父何与厉公方祀。厉公方祀以下，则世袭为宋国卿。弗父何生宋父周，宋父周又生世子胜。世子胜生正考甫，正考甫则生孔父嘉。五世嫡亲血统结束，再分出诸侯的同族。这样，就有了后来一支以孔为氏。"

阳虎见孔丘说得凿凿有据，虽然仍然撇着嘴，但内心则不得不开始承认其有高贵的身世与血统。

孔丘察其心防已经崩溃，遂一鼓作气说道：

"孔父这一名号，历史上有一种说法，认为是周天子所赐。因此，孔父这一支的子孙从此就以孔父或孔来命名其宗族。孔父生子，名曰木金父。木金父生睪夷，睪夷生防叔。防叔因华氏之祸而逃亡于鲁。防叔生伯夏，伯夏生叔梁纥。叔梁纥，即孔丘之父也。如果阳管家对宋国历史不了解,那么鲁国的历史,特别是叔梁纥为鲁将,为鲁国立下过不世之功,应该是清楚的吧。"

阳虎见孔丘还跟自己摆起谱来,不仅炫耀自己高贵的出身,而且还夸口其父叔梁纥的功劳,心里更是反感。于是,故意装胡涂说道:

"阳货不闻叔梁纥对鲁国有什么功劳。"

"鲁襄公十年四月,晋悼公欲与南方大国楚国抗衡,以图霸业,乃召鲁襄公、宋公、卫侯、曹伯、薛伯、杞伯、邾子、滕子、小邾子、齐世子光等十三国诸侯会盟。晋国荀偃、士匄以偪阳国亲楚为由,请求用兵于偪阳,以此打通伐楚通道。当以晋军为首的联军向偪阳城进攻时,却遭到了偪阳国军队顽强的抵抗。攻城很多天,联军都未得手,反而损失惨重。一日,鲁国孟孙氏家臣秦堇父押送粮草辎重至偪阳城下。偪阳人为了补充困城的补养,打开城楼上的悬门,意欲出城夺取鲁国这批粮草辎重。鲁将秦堇父和狄虎弥见城门悬起,以为有机可乘,立即率军杀入城内。可是,鲁军刚入城至半,突然城上悬门落下。原来偪阳人意欲将鲁军切割成城外与城内两部,分而歼之。就在这千钧一发之际,家父叔梁纥跃马飞奔过去,双臂发力,硬是死死撑住了下滑的悬门,鲁军入城之兵得以安全撤出,从而避免了鲁师全军覆灭的厄运。"

"阳货怎么没有听说有这样的事呢?"

孔丘见阳虎这样说,更是为其父抱不平了,遂又说道:

"也许是因为年代久远的缘故,那时阳管家还没生出来吧,不知者不为怪。那孔丘就给阳管家说一件近事吧。鲁襄公十九年齐鲁防邑之战,十万齐军包围了我防邑城,增援的鲁军为其势所威慑,观望而不敢救,守将臧纥绝望地准备引剑自刎。就在此时,家父叔梁纥率鲁国三百死士拼死杀入城中，救出臧纥，并率兵与齐兵展开了殊死搏斗，最终打退齐师。当时若无家父叔梁纥，鲁国今日何有防邑之城？"

孔丘说完，感到无限自豪。但阳虎却面无表情，丝毫不为所动，只是冷冰冰地说了一句：

"防邑之战虽有其事，但恐非叔梁纥一人之功吧。"

孔丘一听，顿时怒不可遏，遂不无嘲讽地说道：

"阳管家既对宋国历史不了解，对鲁国历史也不了解，那么，凭什么说孔丘不是士呢？"

阳虎听出孔丘话中的嘲讽与轻蔑之意，遂立即翻脸，恶言相向：

"你说的大英雄叔梁纥的故事，俺阳货通通没听说过。俺倒是听说过一个叔梁纥老不正经的故事，他年近七十，还见色起意，在尼山脚下的麦田里与一个不满十八岁的少女野合，然后生下一个怪物。这个怪物头顶有一个坑，下雨天能盛水。他整天跟人讲什么周公之礼，穿着稀奇古怪的衣服，戴着不三不四的帽子，到处招摇撞骗，自称是有学问的士。"

"阳虎，你，你……"孔丘一听，顿时气得发抖，语不成句。

"你，你，你什么？哈哈，哈哈！小子们关门。"

随着阳虎一声令下，季孙氏冢宰府朱红的大门便重重地关上了。

3. 初出茅庐

飨士宴的风波，伤透了孔丘的心，强烈地刺激了他的自尊心。

从此，他更加刻苦读书，发誓一定要成为天下第一博学的士，让阳虎这个狗眼看人低的奴才看看，也让季武子这个鲁国尸位素餐的执政看看。可是，没过三个月，季武子就于这年的十一月突然死亡，永远看不到孔丘被世人尊崇为圣人的那一天了。

周景王十一年，鲁昭公八年（公元前五三四年），八月二十七，行过冠笄之礼的孔丘，不仅在学业上更有长进，而且身体发育也已成熟，身高达九尺六寸，被世人称为"长人"。

"男大当婚，女大当嫁"，乃是天经地义的事。堂堂一表，凛凛一躯的孔丘，虽然没了爹娘，缺少"父母之命"，但"媒妁之言"还是有的。自从行过成人礼后，曲阜城里的许多媒人就没少上孔家的门。但是，一说到具体人选及其门第身世，往往都不合孔丘心意，所以最终都被他一一婉言拒绝。

周景王十二年，鲁昭公九年（公元前五三三年），六月十八，虽然天气大热，让人坐立不安，但孔丘仍与平常一样，静坐在家专心读着简牍。

日中时分，孟皮突然拖着一条瘸腿一颠一颠地闯了进来，还未进门就高声喊道：

"仲尼，仲尼，你在哪呢？"

孔丘被孟皮突如其来的叫喊打断了思路，连忙放下简牍，循声望去，就见孟皮正靠在门框上喘气呢。于是，笑着问道：

"伯尼，有什么事吗？"

"仲孙大夫的车马正往俺家过来了。"

"仲孙大夫与俺孔家从无交往，他不会屈尊来俺家吧。你是自作多情了。"说着，孔丘又拿起简牍读了起来。

"仲尼，俺没骗你，确实是往俺家来的。"孟皮急了。

"伯尼，那仲孙大夫来俺家所来何为呢？"孔丘再次放下简牍，反问道。

"是为你提亲而来。"

"你咋知道是为俺提亲而来呢？"

"他家小厮已经到俺家门口了，提早通知俺的。"

"哦，有这等事？"

就在孔丘还是将信将疑之际，孟皮已经急不可耐了，连声催促道：

"仲尼，还愣着干什么？快出门迎接仲孙大夫啊！"

孔丘犹豫了一下，最终还是放下了简牍，起身往门外走去。

来到门口一看，正好仲孙大夫的马车已经停下。孔丘一见，连忙上前，躬身施礼。宾主略作寒暄，便一同进屋。

分宾主坐定后，孔丘首先开口道：

"承蒙仲孙大夫厚爱，屈尊纡贵，莅临寒舍，孔丘实在感动莫名！"

"言重了。仲尼博学多艺，名扬天下。这次老夫应楚王之招，参加诸侯各国在陈国的盟会。其间，有宋国大夫向老夫问起宋室流徙到鲁国一支的近况，提到了令尊大人英雄盖世的事迹，还特别赞誉了仲尼博古通今的才学，赞赏之情溢于言表。老夫感到非常欣慰，鲁国有仲尼之贤才，何其有幸！交谈中，宋大夫提出一个建议，希望鲁宋应该继承历来联姻友好的传统。仲尼本是宋室后裔，如果能够与宋女联姻，那样就可以亲上加亲了，对于宋鲁睦邻友好关系的发展更加有益。老夫回国以后，立即向国君报告了，国君非常赞成这桩两国联姻的美事。国君要老夫负责此事，务必要玉成其事。至于嫁娶一应开支，均由鲁宋二国公帑负担。所以，仲尼就不必操心了,只等着迎娶夫人吧。"

说完,仲孙大夫爽朗地大笑了几声。

孔丘听了,简直不敢相信自己的耳朵,世上竟然还有这等好事。愣了半天,孔丘好像还在梦中一样。最后,还是站在一旁的孟皮催促道:

"仲尼,还不赶快感谢国君与仲孙大夫啊?"

孔丘一听孟皮的话,这才清醒过来,连忙翻身倒地,跪拜仲孙大夫的知遇之恩,感谢鲁君的齐天洪恩。

三个月后,在鲁国国君的关心下,在仲孙大夫的亲自操持下,孔丘迎娶了宋国贵族之女亓官氏。

刚迎娶了亓官氏不久,孔丘又有好事临头。鲁昭公九年(公元前五三三年)十月,仲孙大夫传令,任孔丘以委吏之职。虽然委吏只是一个微不足道的小官,职责是管理国家仓库,但好歹也是国家公务人员,对孔丘而言也算是有了一官半职。作为一个生活没有着落的书生,孔丘对委吏一职倍感珍惜。因此,对于所管理的仓库事务非常尽职尽责。为了改变以往仓库管理工作中的混乱局面,孔丘首创了登记与会计制度,入库与出库的财物由谁经手,何年何月何日以什么理由出入库,都一一载明于简册。为此,鲁昭公还专门表彰过仲孙大夫,认为他是为国举贤的好榜样。

就在仓库管理工作做得有声有色、深受朝廷上下好评之时,周景王十三年,也就是鲁昭公十年(公元前五三二年)的九月,孔丘又有喜事临门,结婚不到一年,亓官氏就给他生了一个大胖小子。鲁昭公听说,特意派人送来一条鲤鱼祝贺。为此,孔丘夫妇感到非常荣幸,特意为儿子取名鲤,字伯鱼,以表达对鲁昭公赐鲤的感激之情。

周景王十四年,也就是鲁昭公十一年(公元前五三一年)的三月,鉴于孔丘出色的工作表现,鲁昭公颁令,改任孔丘为乘田吏,职责是为国家管理牛羊畜牧。这一职务,相比于负责仓库管理的委吏,责任更大,难度也更高。而这正是鲁昭公要改任他为这一职务的原因所在,他要进一步考察孔丘的行政才能究竟有多大潜力。

孔丘不负鲁昭公期许,上任后虚心向饲养牲畜的前辈学习讨教,并研究牛、羊、马发情与配种的规律。结果,不到一年,不仅所饲养的牛、羊、马匹匹膘肥体壮,而且数量也大幅增加。这一下,可乐坏了鲁昭公,连忙召孔丘来见,问他饲养牲畜的经验。孔丘有问必答,应对得体。说到最后,鲁昭公突然由牛、羊、马的繁殖说到了鲁国人丁不旺的事,问孔丘道:

"鲁国虽然不大,但若论土地面积,只有这点人口,实在是太少了。楚人老聃所说的'小国寡民',就天下诸侯所有土地而言,鲁国面积不算小,'小国'还与鲁国不沾边,但'寡民'则是实实在在了。如此,不仅大片土地得不到垦殖,经济不能发展,而且一旦与敌国交起战来,恐怕连兵员都成问题。所以,寡人对此颇为担忧。"

孔丘一听鲁昭公这样说,不禁莞尔一笑,从容回答道:

"国君对于人口问题倒是不必担忧,增加人口与繁殖牲畜一样,要注意总结经验,按规律办事就可以了。"

鲁昭公一听,连忙追问道:

"那么,如何使鲁国人口迅速增加呢?"

"请问国君,按礼,男女婚配有什么规定?"

"男子三十而有室,女子二十而有夫。"鲁昭公脱口而出道。

"国君,您想想看,男子三十才结婚,女子二十才成家,这个规定是不是影响生育、影响人口增长的障碍啊?"

"当然。不过,周公之礼这样规定,我们也不能改变啊!仲尼二十成婚,乃是特例,是鲁宋两国政治联姻的需要。"

见鲁昭公一脸的无可奈何,孔丘莞尔一笑,从容说道:

"其实,周公之礼的规定本身没有错,而是错在世人理解上出了偏差。'男子三十而有室,女子二十而有夫',说的是男女婚配的最迟上限,要人们不要逾越这个最迟的限度。男子十六而精通,女子十四则就有生育能力。生育规律如此,为什么要死守'男子三十而有室,女子二十而有夫'的教条呢?如果男女都能遵循生育规律,在适龄阶段就婚配,那么人口不就自然增加了吗?"

鲁昭公一听,顿时恍然大悟,欣喜地说道:

"善哉!仲尼之言也!"

不久,鲁昭公就颁布了政令,纠正了人们婚配观念上的偏差。不出一年,鲁国的人口就明显增加了。

第二章 三十而立

1. 杏坛聚徒

经过委吏与乘田吏的历练，孔丘不仅行政能力得到了提高，充分展示了其先天即已具备的行政管理才干，而且在行政管理工作中因接触到了许多书简上所没有的问题，为了求解答案，他与社会各界人士广泛接触，不耻下问，因而获益甚多。

周景王二十年，鲁昭公十七年（公元前五二五年），十二月十五，郯国国君郯子第二次朝鲁。鲁昭公举行盛大的招待宴会，以示尊崇。孔丘早就闻知郯子的盛名，知道他是爱民如子的仁君，更是闻名天下的大孝子。除此，孔丘还知道，郯子虽是贤君，但总觉得鲁国才是周礼存续的正宗所在。所以，他两次朝鲁以表达对周公的尊崇。这次朝鲁，鲁国朝廷上下不仅更加了解了其贤能，还进一步领略了其博学。

郯子的到来，让孔丘欣喜若狂。因为他一直想了解远古时代的官制问题，苦于典籍上找不到，问宿者前辈也没人知道。这下好了，终于找到人了。不过，欣喜了一阵后，孔丘还是清醒了过来，知道自己目前尚不具资格参加国宴，自然没有机会接近郯子而向他当面请教。正当孔丘一筹莫展之际，孟皮与邹曼父两兄弟给他出了一个主意，让他在国宴散席后，到郯子下榻的国宾馆等候。那天正好大雪，孔丘冒着严寒，在雪地里足足等了一个时辰，终于等到了郯子，又幸得仲孙大夫的引荐，这才如愿得到了郯子的指教，让他大长了学识。

向郯子问学后不久，孔丘为了提升自己的琴艺，又专门向鲁昭公告假，专程到鲁国临城，拜师襄为师。师襄是鲁国著名乐师，不仅击磬技艺高超，琴艺之精也无人能出其右。孔丘拜他为师学习了一个月，不仅对琴的形制及其演变等知识有了充分了解，还掌握了弹琴的吟、猱、绰、注、撞、进复、退复、起等动作，以及托、擘、抹、挑、勾、剔、打、摘、轮、拨刺、撮、滚拂等技法。最后，还在师襄的指导下练习了《文王操》等名曲，并达到了出神入化的境界，让师襄大为赞赏。

告别师襄，回到曲阜城，孔丘对自己更有信心了。至此，他不仅精通作为士与贵族必须掌握的礼、乐、射、御、书、数"六艺"，对《诗》《书》等古代文献典籍也非常熟悉并有所研究，而且还通过向郯子、师襄问学，对于世人少有了解的失传之学，如远古时代的职官制度、文王之乐、周公之礼等都有所洞晓。

也正是因为通过这几次问学，他逐渐认识到，要想"克己复礼"，恢复周公礼法，使纷乱的世界重归昔日的宁静，使天下清平，百姓安乐，仅靠自己一个人奔走呼告是没有用的。只有大量培养人才，使自己的政治理念为更多人了解认同，并让了解认同的人走上执政之路，将其理念付诸实施，自己的理想才能真正实现。

那么，如何使更多的人认同自己的政治理念，并成为执政者来实施呢？思来想去，孔丘还是觉得只有一个途径，兴办教育，培养学生，储备人才。

周景王二十三年，鲁昭公二十年（公元前五二二年），八月二十七日，是孔丘虚岁三十岁的生日。与往年一样，这天中午，孔丘从乘田吏官署回到家，见妻子亓官氏烧了满满一食案菜肴。一家三口高高兴兴地吃过午饭后，孔丘并没有起身到官署上班的意思。亓官氏不解地问道：

"夫君今天不要去官署上班了吗？"

孔丘顿了一顿，然后才慢慢说道：

"我正要跟你商量一件事，我想辞了乘田吏之职，开办学校。"

"夫君，你发疯了？乘田吏虽然官小职低，但也是一份稳定的工作，可以保证俺一家老小温饱呀！再说了，开办学校，那是多大的一件事呀？需要场所，需要相关设施，这需要多少钱啊？俺们如何能筹集到那么多经费呢？"

"夫人，这件事俺已经想了很久，之所以一直下不了决心跟夫人开口，就是因为经费问题。如果不是因为经费没有着落，俺早就辞了这个碌碌无为的乘田吏之职了。"

"夫君，俺不懂，您辞了乘田吏之职而兴办学校，又是图个啥呢？"

"世风日下，周室式微，诸侯做大。天子管不住诸侯，父亲管不住儿子，丈夫不像丈夫，妻子不像妻子。如此国不国，君不君，臣不臣，父不父，子不子，礼法何存，规矩何在？"

"现实本就如此，夫君还想如何？"

"正因为现实如此，俺才立志要改变这一切。"

"那么，如何能改变呢？"

"俺想开办学校，培养学生，为国家储备人才，逐步改变这种状况。"

"夫君是个有远大志向的人，也是个非常博学的人，夫君之所为，当然都是有道理的。只是为妻要提醒夫君，现实就是现实，'学在官府'是大家都知道的常识。夫君要兴办私学，这在鲁国没有先例。所以，除了经费难以解决外，要国君同意恐怕也不容易吧。"

"这两个问题，俺都想到了。仲孙大夫对俺一向爱护有加，俺想先跟他商量一下，请求得到国君的支持。"

亓官氏听了，没有再说什么，只是默默地点了点头。

想到做到，是孔丘一向的作风。与妻子亓官氏商量以后，第二天孔丘便找仲孙大夫商量。

"仲孙大夫，孔丘一直承蒙您关照爱护，才有今天。而今，孔丘有一件事在心里想了很久，不能定夺，所以特意向您请教。"

"仲尼，你的情况老夫清楚，所以跟老夫就不必客气了，有话直说吧。"

"孔丘想兴办私学，教化年轻人，为国家培养人才，希望为鲁国的振兴，为天下的安定做点事情。"孔丘稳了稳神，怯怯地说道。

"好哇！只是自古以来都是'学在官府'，你办私学，优势何在？"

"官学虽是正统，但大多数官学都官僚气十足，教学方法僵化，并不能培养出什么治国平天下的优秀人才。况且官学里的学子都是达官贵人的子弟，养尊处优惯了，在官学里并不好好学习。这种现状，想必大夫也是知道的。"

仲孙大夫听了孔丘这番话，沉默了一会儿，最后重重地点了点头。

孔丘见此，立即接着说道：

"贵族子弟有学习机会而不好好学习，而贫寒子弟渴望学习文化却不得其门而入。为了提升全民的文化素养与道德水平，难道不应该给予贫寒子弟教育机会吗？"

"当然，当然。"仲孙大夫连连称是。

"贫寒子弟不能入官学，这是不可改变的现状。为了让更多想学习文化的贫寒子弟有一个学习向善的机会，现在唯一的办法也只有兴办私学了，有教无类。"

"有教无类？"仲孙大夫一愣。

"是啊，难道学文化、受教育只是贵族阶层的特权，而普通大众不能有份吗？"

"从理论上说，当然受教育的权利是人人应有的。但是，兴办私学，在鲁国没有先例。再说了，即使国君同意，教育经费、教育场地、教育设施，等等，如何解决？仲尼，你个人有办法解决这一大堆的问题吗？"仲孙大夫直视孔丘，问道。

"大夫考虑得非常周到，确实如此。孔丘也已想过，只要国君同意，教育经费、教育场地、教育设施等问题都不成问题。"

"不成问题？仲尼，你乃一介书生，难道现在有了什么特别的生财之道，发了大财吗？"

"那倒没有。孔丘以为，既然筚路蓝缕办私学，那么只能一切因陋就简。俺可以自任教师，天当房，地当席，只要不刮风下雨，随处都可成为课堂。让学子们在生活实践中学习、思考，在交流讨论中求知益智。凡有志于文化学习者，不论富贵贫贱，一视同仁，只要他带一束干肉作为敬师之礼,孔丘也不嫌弃,一定好好教他,让他学习成才。"

"那好,老夫明日就跟国君汇报,希望国君支持你。如果能够办好私学,对于官学也是一种促进,对于培养鲁国人才,促进鲁国安定和谐,振兴鲁国,相信都是有益的。"

"非常感激大夫的支持与理解!"

过了三天,消息传来,鲁昭公不仅相当爽快地同意了孔丘兴办私学的想法,还指示仲孙大夫在可能的情况予以经费上的支持。

孔丘获悉后,高兴得像个孩子似的,再也顾不得士之优雅的形象,飞奔着回到了家中。还没进门,就上气不接下气地向妻子亓官氏报告道:

"夫人,国君已经同意俺兴办私学了,还指示仲孙大夫给予经费上的支持。"

亓官氏一听,心里的石头落地了。她虽心里不赞成丈夫辞去乘田吏的官职去办什么私学,但是看着丈夫办学努力获准后的兴奋模样,她只得报以欣喜的笑脸予以祝贺与鼓励。

还没等妻子开口说话,孔丘旋踵即欲离去。亓官氏一见连忙问道:

"夫君,怎么还没进门,就又要离开呢?"

"夫人,俺到官署把乘田吏的事务交接一下,明天就正式辞职办学。"

"怎么那么急?"

亓官氏话音未落,孔丘已经飞快地转身离开了。

第二天,一大早孔丘就着手办学的准备工作了。当闻讯赶来的乡邻二十多人聚集到孔府门前时,孔丘立即兴奋地对大家说道:

"各位乡亲高邻，国君已经批准孔丘兴办私学。有愿跟孔丘学习的子弟，不论富贵，不论贫贱，不论老少，都可自由入学。只是目前孔丘没有办学条件，所以只能因陋就简，准备以舍下后园空地为教学场地，筑坛授徒，还望大家鼎力相助。"

大家一听孔丘要筑坛授徒，不论老少，不分贵贱，都能免费接受教育，觉得是开天辟地以来未曾有过的新鲜事。许多年轻人听了，一蹦三尺高，立即转身回家拿镐头、木锨等家伙，准备筑坛。不一会儿，拿着工具的一帮年轻人，蜂拥而至孔府后园干开了。有的除草，有的平地，有的挖土，有的运土，有的垒土。至于土坛选在园中何处为宜，经过大家热烈的讨论，最后选在了园子正中央的两棵高大而有年头的银杏树之间。这样，便于孔丘坐坛授徒时可以有个东西遮阳挡风。后来，这个讲坛便被称为杏坛。

杏坛筑就以后，孔丘指导几个年轻人用木锨将坛上松土拍实。接着，又让人找来一张旧席子，放在坛上。最后，孔丘脱履坐上草席，端坐其上，等着众人行拜师之礼。

可是，孔丘坐在坛上等了约一顿饭的工夫，也没一个人到坛前来行拜师之礼，大家都立于坛下推推挤挤，交头接耳。见此，孔丘又申明了一下"有教无类"的办学宗旨，鼓励大家接受教育。

一番语重心长的勉励，终于打动了坛下不少年轻人的心。孔丘话音刚落，从人群中就挤出一个人来，抢步奔到坛前，双膝跪地，郑重其事地向坛上的孔丘行了一个拜师之礼。待他起身抬头时，孔丘这才看清，原来是隔巷而居、比自己只小六岁的颜由（字季路）。孔丘非常感动，连忙欠身还礼。

颜由退回人群后，又有一个年轻人上前，拜倒在坛前。大家一看，原来是鲁国南境武城人曾点（字皙），因性格豪放不羁，而被人称为"鲁国狂人"。

见年长的颜由与狂士曾点都已拜孔丘为师,秦商(字不慈)犹豫了一会,也上前跪拜于坛前,向孔丘行起拜师之礼。秦商之所以犹豫了一会,乃是因为他也是鲁人,只小孔丘四岁,平时与孔丘是以好友相处的。

颜由、曾点、秦商等三人行完拜师礼后,好长时间都不再有人响应。孔丘承嗣之兄邹曼父、同父异母之兄孟皮看了,心中不免着急。于是,为了鼓动大家积极拜师学习,也相继跪倒在坛前向孔丘行起拜师之礼。

大家一见,气氛立即活跃起来。既然孔丘自家兄长也拜起师来,年龄与孔丘相仿的年轻人就打消了拜师的顾虑。至于比孔丘年纪小的,大到二十八九,小到八九岁的,更是深受鼓舞。大家纷纷有样学样,鱼贯而至坛前,依次向孔丘行拜师之礼。

就这样,开坛第一天,孔丘就收了二十几位八岁到三十岁左右的弟子。虽然不多,但孔丘已经心满意足了。

第二天,孔丘就正式登上杏坛,给新收的第一批学生授业。他授业没有课本,除了识字教育之外,常常联系社会现实生活,就学生提出的各种问题予以深入浅出的解答。其间虽也会借题发挥,如说到社会的阴暗面时不禁大发牢骚,说到乱臣贼子的倒行逆施时更是义愤填膺,情绪激动;但更多时候,则是就具体问题进行鞭辟入里的剖析,让学生感到受益匪浅。

随着"有教无类"的平民教育新理念在民众中口耳相闻,孔丘筑坛授徒的名声也日益得到广泛传播,仅仅一个月就聚起鲁国各地前来求学的一百多名学子。这些人既有出身贵族家庭的,如鲁国贵族孟懿子(鲁国孟孙氏第九代宗主,名何忌,世称仲孙何忌)、南宫敬叔（孟懿子之弟，又称南宫韬、南宫括，字子容）等，也有出身贫民甚至是奴隶身份的，如秦商、冉耕（字伯牛）等。除此，鲁国之外的邻国年轻人也有慕名前来曲阜的。如弁人仲由（字子路）等，就是专程从卫国赶来向孔丘拜师求学的。

到鲁昭公二十年（公元前五二二年）十月中旬，不到两个月时间，聚在孔丘杏坛前向他问道求学的弟子就已有近二百人。孔丘的人气骤然上升，在鲁国的影响也日益扩大，鲁昭公而今也对他另眼相看了。

2. 见景公

其实，随着杏坛聚徒规模的日益扩大，随着"有教无类"教育理念的深入人心，孔丘的影响与名声早已越过了国界，甚至连鲁国东邻大国的齐景公与名相晏婴也对之刮目相看。

周景王二十三年，鲁昭公二十年（公元前五二二年），十月二十六，齐景公携齐相晏婴访鲁，展开"睦邻之旅"，第一天就向鲁昭公提出要见见杏坛聚徒的孔丘。

鲁昭公一听，很是得意，以自己国家有孔丘这样的天下闻人而高兴。于是，立即作出安排，第二天齐景公就在国宾馆与孔丘会面了。

宾主相见，客套寒暄了一番后，依礼坐定，齐景公就开口了：

"夫子淹通古今，好学不倦，弟子满天下，寡人早就耳有所闻，仰慕已久，只是无缘相见，不能当面向夫子请教，怅恨久矣！今日相见,何其幸哉?"

"贤君谬赞,丘实不敢当!丘何人哉,贤君何人哉?贤君治大国举重若轻,齐国经济繁荣,社会安定,人民幸福,天下何人不知贤君之能?"

"先生言过其实矣。寡人之国虽大,但无论经济实力,还是军事实力都还不强。寡人治国虽也尽心尽力,但效果总是不尽如人意。"

"贤君何以这样说?"孔丘不知齐景公说这话的意思是什么,于是虔诚地问道。

"齐自分封立国以来,就是一个大国。但除桓公时期较为强大外,一直都非诸侯国中最强者。而相对来说,秦国就不一样。秦僻处西部荒远边陲之地,周初还是一个游牧于秦亭周边的嬴姓部落,直到平王东迁,因助迁有功,始封为诸侯。平王赐岐山以西之地,乃成一附庸小国。但不出百年,到秦穆公时便蔚然而为大国,实力超过很多诸侯大国,这是为何?请夫子不吝赐教!"

"秦国的强大,乃因秦穆公善用人才。由余、百里奚、蹇叔、丕豹、公孙支,就是辅佐穆公成就霸业的五位奇才。但是,这五人都不是秦国本土之士,而是穆公千方百计从他国招引的客卿。秦晋崤山之战,秦军大败,孟明视、西乞术、白乙丙三员秦国猛将亦为晋军俘获,秦国东进的计划受挫。秦穆公痛定思痛,乃设计将由晋投戎的由余招为谋士,委以重用。由余在西戎生活多年,了解戎人情况,知己知彼。穆公对由余言听计从,放手任用。由余在穆公的支持下,不断对戎人用兵,最终陆续灭掉西戎十二国,为秦辟地千里。为此,周王赐金鼓,予以庆贺。穆公霸西戎,乃由余之功也。"

齐景公点点头,表示赞同。

"百里奚,本为虞国大夫。晋献公借道伐虢成功后,回师伐虞,百里奚与虞公、大夫井伯等便成了亡国君臣。晋献公知百里奚贤能，欲加重用，但百里奚宁死不屈，不为其用。秦穆公五年（公元前六五五年），穆公遣公子絷往晋，代其向晋献公求婚。晋献公允请，将长女嫁之。并听晋臣之计，将不愿屈从为官的百里奚作为奴仆随公主陪嫁到秦国。但在前往秦国的途中，百里奚趁秦公子絷不备，中途脱逃了。秦穆公与晋献公之女成婚后，查核晋国陪嫁奴仆，发现少了一个奴仆百里奚，遂追问公子絷因由。公子絷不以为然，说少的只是一个奴仆，无关紧要。但是，穆公朝臣公孙支则以为不然。他是从晋国投奔到秦国的武士，知道百里奚其人，遂将百里奚的才能向秦穆公大大夸说了一番。求贤若渴的秦穆公一听，不禁为之怦然心动。立即下令，不惜一切代价，也要将百里奚找到。"

"那是怎么找到的呢？"齐景公知道结果，但不了解具体过程，所以这样问道。

"百里奚中途脱逃，慌不择路，逃到晋楚边境，被楚人所获。楚人以为是晋国奸细，欲送官处死。百里奚辩说自己并非晋人，而是虞国人，原本是为富家牧牛，因晋灭虞而逃难至楚。楚人见百里奚憨厚之态，且年近七旬，遂相信他不是奸细，留他在楚国牧牛。百里奚牧牛有方，所牧之牛皆膘肥体壮。楚成王闻之，乃令其往南海放马。"

"那么，后来呢？"齐景公更有兴趣了。

"后来，百里奚的下落终被访查清楚。秦穆公得知，大喜过望，立即备厚礼，欲遣使往楚，迎回百里奚。公孙支闻知，谏道：'厚礼而迎百里奚，臣以为不可。楚王令百里奚南海牧马，乃不知其为贤才也。今大王致楚王以厚礼，岂不是告知楚王，百里奚乃旷世奇才也？如此，楚王岂肯送还百里奚？'秦穆公情急，问道：'依卿之计，如何是好？'公孙支建议说：'当以普通奴仆视之，以五张羊皮赎回即可。'秦穆公允请，遣使而见楚王，说：'秦有奴隶百里奚，畏罪潜逃到贵国，望大王允臣之请，将之赎回治罪。'然后献上黑色上等羊皮五张。楚王不知就里，允请而放了百里奚。"

"百里奚回到秦国以后，怎么样？"齐景公连忙追问道。

"百里奚一回到秦国，秦穆公立即召见，但一见是个年过七旬的老者，不禁大失所望，脱口而出道：'惜乎，老矣！'百里奚亦脱口而出道：'君过矣！若逐鸟于天，擒兽于地，臣确乎老矣；若运筹帷幄，治国安邦，臣不为老也。'秦穆公听百里奚竟然说出这番不卑不亢、掷地有声的话，不禁为之肃然起敬。遂连忙起身绕席，恭敬有加地请教道：'寡人欲秦民富国强，超越列强，不知先生有何良策？'百里奚应声答道：'秦虽西陲荒远之国，然有地利之便，诸侯各国，无有过之者。秦凭雄关险隘，进可攻，退可守。积粮储才，厉兵秣马，以待天下有事，一举可霸天下。'秦穆公一听，认为百里奚确是目光如炬，诚为天下奇才，不禁喜形于色，立即任之为上卿，准备委国政于他。"

"结果如何？"齐景公急切地问道。

"没想到，百里奚却谢绝道：'上卿之位，臣实不敢受之。臣有一友，名曰蹇叔，乃天下奇才，胜臣百倍。为秦国计，臣请任蹇叔为上卿。'"

"秦穆公同意吗？"

"秦穆公从谏如流，立即命人携重金，前往蹇叔隐居之所，请其出山。蹇叔了解详情后，为使百里奚安心留秦，建功立业，遂欣然从命。蹇叔至，穆公问道：'百里先生对您推崇备至，不知先生有何良策以教寡人？'蹇叔回答道：'天下诸侯，强手如林，秦不能立于其中，乃威德不足也。'秦穆公又问道：'依先生之见，如何才能威德足以服诸侯？'蹇叔道：'严法度，则诸侯不敢欺之；爱百姓，则国君必受拥戴。若要富国强兵，则须教民以礼，别贵贱，明赏罚，戒贪戒躁。臣以为，当今诸侯之强者，不复有昔日之霸气象。而秦则如日之初升，雄霸天下可期也。'秦穆公以为然，乃任蹇叔为右相，百里奚为左相。百里奚又荐蹇叔之子西乞术、白乙丙于穆公，穆公任之为将。未久，百里奚之子孟明视亦投秦，穆公亦任之为将。五张羊皮得五贤，这便是穆公用人的境界，亦是其过人之处。"

"秦国能在穆公时迅速崛起，当然与为君者知人善用，从谏如流的雅量有关，但也与为臣者为国举贤的雅量有关吧。"齐景公问道。

"贤君说的是。秦穆公能得二相三将，就是因为公孙支的知人荐才之功！没有公孙支，就没有百里奚；没有百里奚，也就没有蹇叔，当然更不可能有西乞术、白乙丙、孟明视三员秦国猛将。事实上，秦穆公也不是从一开始就特别重视人才，而是受到伯乐的影响与启发。"

"夫子所说的伯乐，是不是那个传说中善于相马的秦国人？"齐景公连忙问道。

"贤君说的是。伯乐是秦国最善相马者，但到穆公时，已垂垂老矣。穆公为此感到忧虑，遂问伯乐：'您的年岁大了，不知子孙中有无能继承您事业的？'伯乐喟然长叹道：'臣之子孙皆不才，能识得良马，但识不得天下之马。良马，可从形貌筋骨上看出；天下之马，若灭若没，若亡若失，可遇而不可求，非有慧眼不可识之。不过，臣有采樵担薪之友九方皋，其于相马之术，不在臣之下，请召试之。'穆公见之，使九方皋求天下之马。三月而后返，报曰：'已得之。'穆公问：'在何处？'九方皋回答说：'在沙丘。'穆公又问：

'何马？'答曰：'母马，黄色。'穆公令人至沙丘取之，则为一匹公马，黑色。穆公大为不悦，召伯乐而抱怨道：'您真是看错人了！您所荐之人，马之雌雄颜色尚不能辨别，又如何能识得天下之马？'伯乐喟然长叹道：'君有所不知，善相马者，得其精而忘其粗，见其内而忘其外。见其所见，不见其所不见；视其所视，而遗其所不视。马之优劣，不在其颜色、体貌，更不在其雌雄，而在其天生品性。今九方皋忘马之颜色、体貌、雌雄，必是专注于马之品性。臣敢断言，九方皋所求之马，必为天下之马。'于是，穆公令取马试之，果为千里良驹。由此，穆公得到启发，顿悟治国之要在于得才，遂下令招贤，广罗天下英才。由此，秦由荒僻小国一跃而为天下强国。"

孔丘说到此，齐景公重重地点了点头，似乎若有所悟。

3. 周室观礼

杏坛授徒，与弟子相处，让孔丘增加了不少快乐。随着名声的扩大，来自诸侯各国的弟子接踵而至，杏坛更加兴旺热闹。在快乐与热闹之中，孔丘暂时忘却了不为世用的精神苦痛。转眼间，两年过去了。但是，到第三年，即周景王二十五年，鲁昭公二十二年（公元前五二〇年）的四月，平静了几年的天下又风波陡起。

五月初，从周室传来消息，周景王崩逝，其子猛继位，史称周悼王。周悼王大位尚未坐稳，王子朝便联络旧官僚、百工以及灵、景之族造反，杀悼王而自立。晋人闻之，立即起兵勤王，匡扶周廷，立景王另一子匄，是为周敬王。闻知这一变故，孔丘不禁感慨万千，深为周室式微、人心不古而感到痛心疾首。

第三年，也就是周敬王二年，鲁昭公二十四年（公元前五一八年）春，鲁国三大权臣之一孟僖子病重。临死前，他把两个儿子仲孙何忌（即孟懿子）、南宫韬（即南宫适，又称南宫阅、南宫敬叔）叫到跟前，交代说："礼，乃做人之根本。非礼，则无以立于世。我死后，你们必须拜孔丘为师，好好学习。"孟僖子死后，仲孙与南宫遂遵父命，虔诚投在了孔丘门下。其中，南宫敬叔拜师学礼之意最为诚恳。因此，孔丘也最信任他。一次，孔丘与南宫敬叔闲聊，话说得投机，脱口而出道：

"我听说楚人老聃博古知今，知晓礼乐之起源，明白道德之指归，堪为我师。所以，我想前去拜访他，请教礼乐、道德之精蕴。"

南宫敬叔为人非常聪明，一听便知老师的弦外之音，是想让他向鲁昭公请示并给予支持，遂立即回答道：

"弟子谨受命。"

第二天，南宫敬叔就晋见鲁昭公，说道：

"臣受先父之命，拜孔丘为师。先父有言：孔丘，圣人之后也。其先祖弗父何，本为宋国之君，却将国家让给弟弟厉公。至正考父时，则辅佐戴公、武公、宣公三君。宋君三次任命嘉奖，他却一次比一次谦恭。因此，其传家宝鼎铭文曰：'一命而偻，再命而伛，三命而俯。循墙而走，亦莫余敢侮。饘于是，粥于是，以糊其口。'"

"什么意思？"鲁昭公没听明白孔丘传家宝鼎铭文的意思。

"哦，铭文的意思是说，第一次接受任命，正考父躬着背；第二次弯着腰；第三次则俯下身。走路贴着墙脚，但却没人敢欺侮。以鼎煮粥，果腹度日。其节俭谦恭的情形可见！因此，臧孙纥有言：

'圣人之后，纵不能当国治世，亦必受明君重用而有一番作为。孔丘少而好礼，大概就是这种人吧。'臣父离世，嘱臣必以孔丘为师。今孔丘欲往周，观先王之遗制，考礼乐之所极。此为大业也！国君何不资以车驾？臣亦请求国君，允臣偕行，以长见闻。"

"诺！"鲁昭公爽快地答应道。

第二天，鲁昭公便下令拨付孔丘车一乘，马二匹，并指示有司加强对其出行的保护措施。

鲁昭公二十四年（公元前五一八年）三月初五，在南宫敬叔的陪同下，孔丘前往周室观礼。此时正值春暖花开，天气晴好。师生二人轻车快马，一路谈天说地，述古道今，上至治国安邦，下至百姓日用。不知不觉间，四月初一就到达周都洛邑，前后行程不及一个月。

一入周都洛邑，师生二人就被天子王城的气势所吸引。停车安顿未稳，师生二人就迫不及待地出门，去观周室宫殿庙堂等建筑。他们首先来到天子明堂，看见四道宫门之间的墙上并列刻着尧、舜、桀、纣的画像，旁边各有善恶褒贬的评语，以及国家兴衰、治乱得失的警示格言，还有周公辅佐成王听政，背倚斧扆（绘有斧形图案的屏风）而受诸侯朝见的图像。

孔丘仰望这些图像，来来回回地看了好几遍，最后，回过头来对南宫敬叔说道：

"看了这些图像，就可以了解周之所以兴盛的原因了。"

"先生为什么这样说？"南宫敬叔不解地问道。

孔丘看了看南宫渴切求知的眼神，从容说道：

"察镜者可以照形，观古者可以知今。一国之君不知借鉴前代治乱得失的经验，使国家沿着和谐安定的道路前进，结果必然会人亡政息。为政轻忽，不知危机之所在，不察前代灭亡之原因，就像一个人倒行而想超越别人一样，岂非胡涂至极？"

"先生说的是，弟子谨受教。"南宫敬叔恭敬地答道。

师生二人一边说着，一边在宫廷有司的导引下恭敬有加地迈步进入天子明堂。参观一番后，又请教了执事者有关天子明堂的建筑规制等。之后，就转往周太祖后谡之庙参拜。

未近太庙，二人远远就看到庙堂右阶之前，有一尊高大的金人铸像。走近一看，见金人嘴上竟然贴有三道封条。师生二人不解其意，乃围金人转了一圈，发现金人背后刻有一个很长的铭文。南宫敬叔看了半天，不明其意，乃问道：

"先生，这个铭文是什么意思？弟子看不明白。"

孔丘见问，遂指着铭文，一字一句地给南宫敬叔解释道：

"这个金人是古代说话谨慎之人。立此金人，意在告诫后人，不要多说话，多说话就会多失败。不要多事，多事则多患。安乐之时要保持清醒，多加警惕；做事之前要多加考虑，思之周延，才不至于失败而后悔。不要以为说话无关紧要，说错了也无伤大雅，其实很多时候都是祸从口出，影响深远。不要以为自言自语，别人听不见，其实神灵时时都在监视着你。小火初起不加控制，等到变成熊熊大火，就无法扑灭了。涓涓细流不加堵塞，就会积小成大，汇成大江大河。纤纤蛛丝不予剪断，就有可能织成罗网。小树幼苗不拔，不要几年就会长成大树，可以用作斧柄。诚能出言谨慎，便是幸福之源。嘴巴能损伤什么？其实它是祸患出入的门户。强横之人，不得好死；好胜之人，必遇劲敌。盗贼憎恨财主，民众怨怼国君。圣人君子知不可妄自尊大，居万民之上，所以放低姿态，屈身下人；自知不可居众人之前，所以甘心屈居人后。谦恭温和，谨慎修德，就会让人敬仰；表现柔弱，谦卑居下，则反而无人超越。人人争趋彼处，我独坚守此处；人人变动不居，我独坚定不移。智慧过人，却深藏不露，不向别人夸耀自己的技艺。如此，我虽尊贵，他人也不会嫉妒而攻毁。这样的境界，何人能够臻至呢？江海地势虽低，却能纳百川，因为能谦卑处下；苍穹在上，不与人亲近，而能让人对之敬畏有加，甘居其下。以此为戒，方能立于不败之地！"

南宫敬叔听了，不住地点头称是。孔丘又回头对他说道：

"你把铭文上这些话记下来，它说的道理合情入理，真实可靠。《诗》曰：'战战兢兢，如临深渊，如履薄冰。'一个人立身行事，若能如此，还会口无遮拦，祸从口出吗？"

"弟子谨受教！"南宫敬叔虔诚地回答道。

接着，师生二人就进了太庙仔细瞻仰了一番，并向人请教了有关太庙祭祀的礼仪，以及朝廷的法度等。

出门时，孔丘喟然长叹道：

"丘今日始知周公之圣明，以及周武王能够称王天下的真正原因。"

回到驿馆，孔丘好像还沉醉于周公时代。南宫敬叔不时发现他精神恍惚，一人独坐时总在自言自语。

在周都观游了三天后，南宫敬叔提醒孔丘道：

"先生，您来周都除了观光，还有问礼、问乐之事呀！要不，弟子明日就去接洽，如何？"

孔丘想了一想，说道：

"那好。你先打听到苌弘先生的住处，我们后天拜访他，请教一下古乐的问题。然后，再拜谒老聃，约定拜谒的时间，我想好好请教一下有关礼的问题。"

"弟子遵命！"

第二天，南宫敬叔就出去将老师所交代的事情都办妥了。毕竟他在鲁国是朝臣，有实际行政工作经验，办事颇是干练。

第三天，孔丘在南宫敬叔的陪同下拜访了苌弘。苌弘早就听说孔丘其人，并为其好学深思的精神所感动。因此，关于乐的问题，凡是孔丘问到的，他都知无不言，一股脑儿地全盘托出，毫无保留。孔丘没有问到的，苌弘也主动告知，大有"宝剑赠英雄"的意味，丝毫不存垄断知识以炫世人的想法。

第四天，在南宫敬叔的陪同下，孔丘又如约在周王室的藏书楼见到了头发雪白、长须飘胸、仙风道骨的周王室史官老聃。

在恭敬地问候揖让致敬之后，孔丘也不绕弯子，直接说明此行不远千里求教的诚意。老聃还之以礼，对孔丘也敬重有加，遂将所知有关三皇五帝时代的古礼，以及周朝之前的夏、商之礼，悉数一一指陈。对于周公之礼，老聃不仅如数家珍，说起来滔滔不绝，还不时从库房中艰难地搬出相关记载的竹简或木简，让孔丘听得如痴如醉。

请教完有关礼的知识后，孔丘突然又想到"道"的问题，遂诚惶诚恐地问道：

"先生有言：'道生一，一生二，二生三，三生万物。万物负阴而抱阳，冲气以为和'。意思是不是说，'道'生太极，太极裂而为阴阳。阴阳二气对立，但交会之后则生出第三者。由第三者再生变化，遂有了天下万物。"

"老朽谬说，不承想仲尼竟了若指掌，知之甚深，真是佩服之至！"

孔丘本以为这个问题问得唐突，没想到老聃竟夸奖起自己，遂

深受鼓舞,又接着问道:

"阴阳消长,化育万物。人为万物之一,为什么人与鸟兽昆虫不同,生命化育之期各有奇偶,气分不同呢?"

老聃一听,先是呵呵一笑,然后不急不徐,从容说道:

"这其间的道理,一般人难以明白,只有通晓'道'之奥蕴的人,才能从中推求出它们的本源。"

"丘生性愚鲁,孤陋寡闻,望先生明以教我。"孔丘急切地请求道。

"天为一,地为二,人为三,三三得九,九九八十一。一代表日,日之数为十,故人类十月怀胎而生。八九七十二,偶与奇相承。奇代表辰,即日、月交会之点,位在十二支之五。辰为月,月代表马,故马孕育十二月而生。七九六十三,三代表斗。斗星代表狗,故狗三月而生。六九五十四,四代表时,即季节。时代表猪,故猪四月而生。五九四十五,五为音。音代表猴,故猴五月而生。四九三十六,六为律。律代表鹿,故鹿六月而生。三九二十七,七代表星,星代表虎,故虎七月而生。二九一十八,八代表风。风为虫,故虫八月而生。余下则各随其类属特征。鸟、鱼生育于阴,却属于阳,故皆卵生。鱼游水中,鸟飞云间,故到立冬季节,燕、雀即入大海化为蛤蜊。蚕食而不饮,蝉饮而不食,蜉蝣不饮不食,万事万物皆有不同。介虫与鳞虫,夏季进食,冬季蛰伏。吞咬进食的动物卵生,居有八穴;咀嚼进食的动物胎生,居有九穴。四足动物无翅,长角动物无上齿。无角无前齿者,油脂呈膏状;无角无后齿者,有油如脂状。昼生者类父,夜生者似母。所以,阴极代表雌性,阳极代表雄性。"

孔丘听了连连点头,十分佩服老聃的智慧。而南宫听了,则一头雾水，不知所云。但是，看到老师与老聃谈得如此投机，又不便插嘴相问。之后，孔丘又向老聃请教了一些其他问题。谈了两个时辰，看看时候不早了，孔丘便与南宫敬叔一边感谢，一边起身告辞。

老聃也不慰留，只礼节性地送到门口。但是，在跟孔丘、南宫作揖拜别时，老聃却突然叫住了孔丘，说道：

"老夫听说有这样一句话：'富贵者赠人以财，仁者赠人以言。'老夫不能富贵，却徒有仁者虚名。所以，老夫就送仲尼一句话吧。"

"赠人以言，重于金石珠玉；劝人以言，美于黼黻文章；听人以言，乐于钟鼓琴瑟。先生赠丘以言，胜似连城之璧，其价无限。"孔丘一边行礼，一边说道。

老聃拂了一下飘胸的长须，从容说道：

"当今之士，大凡资质聪颖，且善察万物者，却都喜欢讽嘲非议他人；学识渊博，辩才无碍者，纵使宽宏通达，却又喜欢揭他人之短，常陷自己于危境。为人之子，当思父母养育之恩，不要只想到自己；为人之臣，当有尽忠报国之心，不要存有抱怨之意。"

老聃说完，孔丘深施一礼表示感谢。然后，恭敬有加地回答道：

"先生之言，乃金玉之论，丘谨受教！"

然后，二人举手相别，各作依依不舍之状。

从周都返回鲁国，孔丘学识又比以前大有精进，所传之道更令人心服。随着名声扩大，诸侯各国的学子从四面八方涌到了曲阜。一时间，孔丘门下弟子更多了。

第三章 奔齐

1. 鲁国之难

"娘，鲤儿饿死了，爹怎么还不回来？"

周敬王三年，鲁昭公二十五年（公元前五一七年），八月十八，时已过午，小孔鲤几次跑到门口张望，都不见他爹孔丘回来，于是忍不住再次向他娘抱怨道。

亓官氏也感到奇怪，平时丈夫出门都是准时回来吃饭的，他是一个非常刻板的人，做事总是非常有规律，怎么今天到现在也不回来呢？莫非出了什么事？

正在亓官氏心里七上八下之时，小孔鲤从门口急急跑进屋里，边跑边兴奋地喊道：

"爹回来喽！爹回来喽！"

没想到，孔丘进门后，全然没注意妻儿焦急而兴奋的表情，自顾自地一屁股坐到席上，气呼呼地说道：

"哼，一个小小的卿大夫，竟敢八佾舞于庭。是可忍，孰不可忍？"

"什么八佾舞于庭？"亓官氏不明白丈夫的意思，连忙问道。

"八佾舞是周天子祭祖大典时所用的一种舞蹈，一佾为一列，八佾就是八列。每列八人，八八六十四，由六十四人组成一个队列载歌载舞，以娱祖先。按照周礼，八佾舞只能由周天子祭祖时使用，诸侯不可使用，否则就是僭越。但是，鲁国可以例外，因为鲁国是周公封地，周公辅佐成王有功，成王允许鲁国用天子所用礼乐，包括八佾舞。"

亓官氏一听，倒来了兴趣，遂连忙问道：

"那诸侯用什么舞呢？"

"按周礼规定，诸侯只能用六佾，也就是六列，每列八人，共四十八人的方阵。诸侯之外，还有卿大夫、士也可以用佾舞。但是，卿大夫只能用四佾，即三十二人的队列；士用二佾，共十六人的队阵。"

"那么，夫君刚才说到八佾之舞，怎么那么生气呢？"

"唉，真是岂有此理！今天是国君祭祖的大典，往年都是由季平子主持。今年孟懿子与南宫敬叔向国君建议，按照周礼，祭祖大典应该由国君自己主持。还建议让我襄助。结果，季平子表面没意见，心里却埋怨国君。国君让他操练八佾舞的事，他虚应故事。今天，祭祖大典开始，不但没有八佾舞的队伍出现，而且连季平子本人也不见。国君非常着急，派人去问。不问不知道，一问吓一跳，这个乱臣贼子竟然在家中歌舞作乐，八佾舞于庭。"

说完，孔丘不停地捶打地下的坐席。

亓官氏了解丈夫，他是个非常拘礼之人，自从到周室观礼回来后，更是不胜向往周公时代。今天发生这样的事，他岂能不生气而感到痛心疾首？但是，现实已然如此，鲁国已是"三桓"的天下。国君早已是傀儡，也不是一天两天的事了。生气有什么用，痛心疾首有什么用？除了伤害自己，又能起到什么作用呢？

想到此，亓官氏便跪到孔丘的身边，好言宽慰他。说了半天，在小孔鲤不断叫饿的情况下，孔丘终于消了气，与妻儿一起坐到了食案前，勉强吃了一个馍馍。

八月十九，一夜未眠的孔丘一大早就爬了起来，一边揉着太阳穴，一边走到自己后园。那里有他授徒讲学的杏坛，看到杏坛，他就想起有来自诸侯各国的数百个弟子，他觉得还有希望能改变这个世界。

就在孔丘对着杏坛凝神，思绪万千，感慨万千之时，曾点突然急急忙忙地跑来了，向他报告了一个惊人的消息：鲁昭公已经被季平子驱逐出境，逃往齐国避难去了。

孔丘一听，脑袋嗡的一下，大叫了一声，便一头栽倒在地。

曾点急忙上前抱起孔丘，又摇又叫，半天才见老师睁开眼睛，恢复了平静。

曾点扶起孔丘，又从近旁搬来一块石头，让老师坐下。

"到底是怎么回事？真有此事吗？"孔丘坐下定了定神后，又立即追问道。

"确有其事！国君昨天晚上就被赶出了城门，在夜幕中带着几个随从逃走了。"

见曾点说得凿凿有据，孔丘不得不信。但仔细一想，觉得不对，曾点不在宫内为官，他怎么能知道鲁国的宫内政变呢？想了一想，孔丘突然对曾点说道：

"阿点,你去把南宫叫来,说我有话要问他。"

"好,先生。"说完,曾点一转身就走了。

过了约一个时辰光景,曾点带着南宫敬叔回来了。

"季平子果然造反了?真把国君给驱逐了?"南宫还没走到跟前,孔丘就迫不及待地追问道。

南宫敬叔默默地点点头。

"这种大逆不道的事,你怎么不制止呢?"孔丘直视南宫,愤怒地质问道。

南宫敬叔连忙低下头,惶惶不安地低声说道:

"事发突然,弟子确实一点都不知情。即使知情,先生也知弟子没有回天之力。"

南宫这话说的也是事实,鲁国国政虽由季孙氏、孟孙氏、叔孙氏三家共掌,但季平子是冢宰,实际控制权在季平子手上。至于孟孙家,自父亲孟僖子过世后,在朝中的权力是由哥哥孟懿子接任,南宫并无实权。

孔丘见南宫说得诚恳,也就体谅了他的苦衷。于是,就缓和了口气问道:

"这事因何而起?怎么一点迹象也没有?"

"先生,您有所不知。昨日季平子不参加国君祭祖大典,除了在家八佾舞于庭外,还招来郈昭伯在家斗鸡作乐呢。"

孔丘一听,更是气断肝肠了。

"季平子招郈昭伯到家中斗鸡,并不是因为他们关系好,而是二人长期争权夺利,彼此互相不服,要分出个高低的心理表现。上一次斗鸡,季平子将自己鸡的翅膀都涂上了芥末,结果郈昭伯的鸡无论如何凶猛,结果都被弄瞎眼睛而斗败。后来,郈昭伯暗中察访,了解到真相。昨天当季平子邀请他前往季府斗鸡时,他想起以前的旧仇,遂心生一计,以其人之道,还治其人之身,在鸡的爪子上绑上了金钩。结果,无论季平子的鸡多么厉害,最终都被郈昭伯的鸡弄瞎了眼而斗败。"

"结果呢?"南宫话还没说完,孔丘就急切地追问道。

"结果,季平子大怒,拽住郈昭伯到国君那里评理,并当场要杀郈昭伯。最后,被家兄等众人劝住。郈昭伯感到受了奇耻大辱,越想越气,遂恶从胆边生,联合与季氏一向不和的臧昭伯,秘密求见国君。国君因昨天上午祭祖之事正记恨着季平子,遂横下一条心,答应与郈昭伯、臧昭伯合兵一处,决定晚上对季孙氏发动突然袭击,一举铲除其势力,重拾君权。"

南宫说到此,还来不及换口气,孔丘又追问道:

"接下来,情况又是如何呢?"

"开始挺顺利,因为季平子完全没想到国君会来这一手,也想不到他能借到郈昭伯与臧昭伯二家之兵。当三股兵力将季府团团围住时,季平子因完全没有准备,仓促之间组织兵力应对就显得非常被动。攻打了约一个时辰,就在季府大门将被攻破之时,弟子兄长与叔孙氏家的支持力量突然从天而降,从背后杀得国君与郈昭伯、臧昭伯的队伍措手不及。之所以孟孙与叔孙二家拖到最后才发兵来救季平子,那也是经过矛盾反复之后才作出的决定。他们认为,'三桓'之间虽有矛盾,但利益上本为一体,一荣俱荣,一损俱损。若国君扳倒了季平子,君权回归,则孟孙、叔孙二家也就岌岌可危了。在此利益平衡下,这才有孟孙、叔孙二家军队合兵来救季平子的事。季平子见有救兵来援,立即组织兵力冲了出来,与来援之兵对国君率领的军队形成前后夹击之势。很快,国君率领的军队就垮了,国君本人也被季平子抓住。"南宫说道。

"啊?季平子这个逆贼,竟敢以下犯上,实在是太可恶了!"孔丘气得要咬断钢牙。

"季平子抓住国君后,据说当场就想处死国君,意欲取而代之。幸得家兄与叔孙大夫极力劝谏,这才饶过国君,但却连夜打开城门,将国君逐出了曲阜城。据说,国君出城时,身边只有十几个人跟随。弟子问了一下在现场的士兵,据说是往东而去,大概是投奔齐国去了。"

当南宫说完,孔丘这才不得不相信这一切都是真的。傻了好大一会儿,孔丘这才自言自语地说道:

"国不可一日无君,鲁将不国也!"

说完,突然身子一歪,从坐着的石头上滑落下来,倒在了地上,半天都不省人事。

2. 苛政猛于虎

鲁国突如其来的变故,让孔丘周室观礼归来后所憧憬的理想顷刻间化为泡影。而今鲁昭公都被季平子驱逐出境了,这个国家还可能恢复到周公礼法的时代吗?乱臣贼子犯上作乱竟然到了这种赤裸裸的程度,这个天下还有救吗?

痛苦思索了三天,尽管解散来自各国的弟子于心不忍,抛妻别子违背人伦常理,但最终孔丘还是作出了离开鲁国的决定。为了鲁国,他必须追随鲁昭公到齐国,而且要想方设法说服齐景公出来干预,帮助鲁国恢复政治秩序,让鲁国社会重新回到正常的轨道上。

下定了决心,并对相关之事作好安排后,周敬王三年,鲁昭公二十五年(公元前五一七年),八月二十三日,一大早,孔丘就在颜由、子路、曾点、冉耕、秦商等几十个弟子陪同下,驾着一架旧马车,悄然离开了曲阜城,追随鲁昭公往齐国而去。

一路上,大家看到老师心情沉重,都没有人说话。空旷的山野与驿道上,只有马车发出的"哐啷""哐啷"之声,空气好像凝固了似的。不过,这种压抑的气氛,第二天就被率性耿直的子路给打破了。

"你们怎么都变成哑巴了?两天了,怎么都不说一句话,人都快要憋死了。"

时近正午,当马车停下,大家坐到路边一棵树下准备打尖吃点干粮时,子路终于爆发了。

"师弟,先生不是教导过我们,'食不言,寝不语'吗?你难道忘了?"颜由年长于子路,看着老师紧绷的脸,出来打圆场道。

没想到子路不懂颜由的用意,不仅不就此打住,反而立即把颜由顶了回去:

"这不还没吃饭吗?说句话就不行啦?"

秦商机灵,见子路说话很冲,知道他怨气挺大,遂以退为进地说道:

"人的嘴巴就是两个功能,一是吃饭,二是说话。吃饭是为了延续生命,留得有用之身,做大事,做好事,造福于社会与国家;说话是为了表达思想,倾吐感情,让我们大家彼此了解,相互学习,共同进步。是不是?"

大家一听,不禁非常敬佩秦商的口才。于是,连声附和道:

"不慈说得对。"

"既然大家认为我说得对,那大家就先吃饭,吃饱了,我们就有劲头了,又可以快快赶路,还可以尽情说话,是不是?"

秦商这几句话,不仅说得几位同门师兄弟一致点头称是,而且也让坐在一旁一直心事重重、一语不发的孔丘侧脸向秦商看过来,眼光中流露出的赞赏之情让大家看得一览无余。

颜由见此,连忙给孔丘递上干粮和水,同时招呼大家快点吃了好赶路。

虽然干粮比不上平时吃的饭菜可口,但逃难途中能吃上干粮、喝上水,也让大家感到很知足了。神情变得轻松起来后,秦商对子路打趣地说道:

"现在饭吃过了,水也喝过了,你可以说话了。"

子路是个缺心眼的人,他不知道秦商是为调解气氛而说这个话的,以为真的让他随便说话了。于是,转过身来,对着孔丘,张口就来:

"先生,此次昭公被逐,错在昭公,还是错在季孙氏?"

"太放肆了,阿由!为师早就说过:'义不讪上,智不危身',你不记得了吗?"孔丘也率直地说道。

"但是,先生也说过:'修辞立其诚'。所以,弟子有话直说,不藏不掖。此次政治风波,总有人错,不然如今怎么搞得如此君不君、臣不臣、国不国的呢?"

大家见子路竟然引老师的话来反驳老师,都为他捏了一把汗,生怕老师又要生气了。没想到孔丘不仅没有生气的意思,而且还看着子路,笑着说道:

"阿由,你继续说。"

"按照先生的说法,'义不讪上',对于国君的错误不提出批评,看似给了国君面子,符合了'义'。但实际上是害了国君,使他在错误的道路上越走越远。'智不危身',就是让大家都明哲保身,不得罪人,这不是教人都做滑头吗?如果这样,那只能是坏人得势,好人受气了。就像季平子那样的坏蛋越来越得势,先生这样的谦谦君子却要受气逃离鲁国。"

一向粗莽的子路,今天竟然说出这样一番话来,不仅让师兄弟们大感意外,就是孔丘也始料不及,没想到这个外表粗鲁的莽汉却还有这等独立思考的精神,不禁对他刮目相看了。于是,孔丘情不自禁地点了点头。

之后,大家又说了一些闲话,秦商抬头看了看天,起身说道:

"时候不早了,还是趁早赶路,早点到达齐国,也好早点有所作为。"

大家连忙从地上爬起,拍拍屁股上的灰,就开始套车上路了。

行行重行行,师生一行一连走了十几天。一天,经过泰山脚下,忽然有女人凄凉的哭声隐隐从山坳中传来。孔丘立即让马车停下,弟子们也都停下了脚步,大家都伸长脖子倾听。

最后,大家都确定是有女人在哭,而且哭得好像非常悲惨。于是,孔丘命冉耕等大部分弟子在原地等候,自己带着颜由、子路、秦商、曾点等四人,循着女人的哭声找了过去。走了大约烙十张大饼的工夫,在不远处的山脚下,看到了一个女人正跪地痛哭。待到走近一看,原来一个老妇人跪在一座新坟前,一边往坟顶上撒土,一边悲伤地哭泣着。

"大娘,您这是哭谁呀?"子路抢步跑过去,问道。

那老妇人见突然有这么多人过来,没有回复子路的话,反而哭得更加悲切了。

哭了好长时间，大概是已经哭不动了，老妇人这才止住了哭声，抬头望了望孔丘，又看了看围在他身边的几位弟子，以为孔丘是什么官老爷，于是哭诉道：

"老爷，您不知俺们百姓的苦哇！"

孔丘知道她错认人了，但此时他不想纠正，而是连忙问道：

"大娘，您这是在哭您丈夫吗？他是怎么死的？今年高寿？"

"俺丈夫早在二十年前就死了。"妇人摆手摇头道。

"那您这哭的是……"孔丘连忙追问道。

"俺哭的是俺儿子，今年才三十岁，他爹也是三十岁时死的。俺真是苦命啊！"说着，老妇人又放声大哭起来。

"请节哀保重，生活还得继续。"孔丘看老妇人哭了很久，声音都哑了，于是劝道。

"保重有什么用？丈夫没了，儿子如今也没了，让俺一个老太婆如何再活得下去？"

孔丘一听，不禁非常悲伤，一时无语。

"大娘，那您丈夫与儿子得的是什么病，这么早就走了呢？"秦商见此上前问道。

"俺丈夫没得什么病，俺儿子也没什么病，都是健健康康的人。"

"那为什么会突然都这么过早地离开呢？"曾点也插上来追问道。

"他们都是被老虎给吃了，埋在这坟墓里的，只是他们的几根骨头与几件衣裳。"说着，老妇人指了指新坟旁边的一个旧坟，示意那就是她丈夫的坟墓。

"既然这里有老虎，丈夫已经被老虎给吃了，那为何不带儿子离开这里呢？天下如此之大，哪里不能存身？"子路也上来插话道。

老妇人看看这些穿着长袍大袿的年轻人,不禁失望地摇摇头,说道:

"你们有所不知,天地虽然很大,但却没有俺们老百姓的存身之处。虽然这里有老虎,俺们也知道随时都有危险,但这里官府衙役不会来,没有徭役,没有赋税。只要不被老虎吃了,俺们自耕自食,还能活下去。出了这山坳,恐怕俺们早就饿死了。"

孔丘听了,不禁悲从中来,深深地长叹了一口气。然后,回过头来看了颜由、子路、秦商、曾点等弟子一眼,脱口而出道:

"苛政猛于虎也!你们记住,如果有一天你们当政,千万不可实行苛政害民!"

"是!弟子谨受教!"四人齐声答道。

走出山坳,孔丘师生一行又继续往齐国方向而去。

3. 景公问政

经过一个多月的奔波颠沛,周敬王三年,鲁昭公二十五年(公元前五一七年),九月三十,孔丘携颜由、子路、秦商、曾点、冉耕等一众弟子,终于到达了齐都临淄。

临淄街道齐整,道路宽广,两旁屋舍俨然,店铺林立,街上行人摩肩接踵,熙熙攘攘,一派繁荣的景象。不像鲁国之都曲阜,街道狭小,道路坎坷不平,市井萧条,一派没落破败之象。孔丘与弟子们都是第一次来临淄,对比曲阜,不禁在内心深切感叹,齐国不愧是大国。

因为一心想着为鲁昭公复国之事,所以孔丘进了临淄,第一个念头就是想去拜访晏子,希望通过他的引荐,能够见到齐景公,进而游说他,让齐国以大国之威出面干预,使鲁国权臣季平子知难而退,不敢进一步胡作非为,从而实现昭公复国的目标。

盘算已定,第二天孔丘就让弟子颜由持名帖往齐国相府,希望跟晏子约定一个时间,亲自登门拜访,先做好晏子的思想工作。然后经由晏子从旁协助,游说齐景公。

第三天,孔丘如愿见到了晏子。晏子对他的接待与招待都极为客气,但却总是回避替他引见齐景公的话题,对于有关齐国帮助鲁昭公复国的事,晏子更是刻意回避。这让孔丘感到很失望,但又很无奈。

拜访晏子没有达到预定的目标,孔丘为此还被弟子们抱怨,认为他看错了人。但孔丘并不以小人之心度君子之腹,他始终认为晏子跟自己只是"道不同,不相为谋",在是否助昭公复国问题上存有观点上的分歧。但观点上的分歧,并不表明晏子的人品值得怀疑。对此,他反复向弟子们说明。弟子们虽对晏子有怨言,但却因此更坚信自己的老师是个正人君子。

既然晏子的门路走不通,那么只好另想办法了。如果能够直接晋见齐景公,取得他的信任,不愁最后达不到目的。想到此,孔丘连忙召集众弟子,商讨如何才能见到齐景公。

"这种事还商讨什么,先生名满天下,报上名来,齐君能够不见先生吗?只要他见了先生,先生把道理跟他说清楚,不就结了吗?"子路为人率直,想问题也较简单,率尔说道。

"师弟,你想得太简单了!虽然以前齐君访鲁时曾召见过先生,不过,那只是对先生的学识与影响表达敬意,是一种礼节而已。真正涉及国家利益，恐怕他就未必对先生有求必应了。"秦商一针见血地指出了子路想法的不切实际。

"师兄这个话说得有理。此一时也，彼一时也。当初齐君主动召见先生，只是表达对贤者的敬重之意，是为自己赚取重贤敬贤的名声；而今，鲁君被逐而逃到齐国，先生主动求见，齐君焉能不知先生所为何事？他知道先生为鲁君复国之事而来，避之唯恐不及，怎么可能还召见先生呢？这个社会，就是这么现实！"颜由也不无感慨地说道。

一直沉默不语的曾点，听了颜由与秦商的话，似有所悟。他先看了看孔丘，再扫视了一眼围坐在一起的其他师兄弟，以试探性的口气说道：

"齐国政坛最有权势的人，除了晏子，还有高昭子，这是人所共知的。据说，晏子与高昭子一直不睦，矛盾不可调和。而且相比之下，高昭子更显强势。既然晏子不肯帮忙，那么先生何不去找高昭子？"

"师弟这个想法非常好！利用晏子与高昭子的矛盾，我们可以借力使力。只是先生与高昭子完全没有交集，如何能够结交他呢？"秦商提出了问题。

大家一听，觉得这确实是一个很难解决的问题。如今这个社会，都是势利得很。人与人之间，要么彼此有交情，要么彼此之间有利益交换，不然想别人帮助你，门都没有。

"先生跟高昭子没有交情，是因为过去彼此没有交往。如果现在先生去找他，以后不就有交情了吗？"就在大家都沉默不语，一筹莫展之时，子路又率尔提出了自己的看法。

"师弟说的也是。事实上，现在也只有找高昭子这条路了。不管能不能攀上高昭子,总要试试看。试了,总有一半的成功希望。"

大家听秦商这样一说,都默默地点头。

最后,孔丘看了看众弟子,问道:

"诸位还有什么好的想法,不妨都说出来看看。如果没有更好的办法,明天就请颜由到高昭子府上,听听他的口气,然后我去求见他。为了国君能够复国,一切在所不惜!"

第二天,颜由奉孔丘之命,前往求见高昭子。没想到,高昭子听说是孔丘的得意弟子颜由来求见,不仅没摆架子,反而热情接待,而且还因颜由说话得体而对他大加赞赏。二人谈到投机处,高昭子突然脱口而出道:

"人言:'名师出高徒。'由季路之才,可知令师之贤。令师之名,老夫早已耳闻。若令师不弃,是否可为高府家臣?"

颜由一听高昭子要自己的老师做他的家臣,不禁非常气愤,这不是侮辱人吗?他想立即回绝,但想起老师以前说过"小不忍,则乱大谋"的话,又想到昨天老师"一切在所不惜"的决绝表态,他最终还是忍住了怒火,平静地回答道:

"谢执政盛意,回去一定禀告先生。"

颜由回来,将情况一说,师兄弟们都嚷开了,认为高昭子这是对老师大不敬,不可接受。

但是,孔丘沉默片刻后,却坚决地说道:

"昨天为师已经说过,为了国君能够复国,一切在所不惜。高府家臣,我愿接受。"

众弟子一听,心里不禁为之一酸。但是,大家都了解老师对国君的一片赤诚之心,了解他不惜牺牲自尊而接受高府家臣之职的用意。于是,也就不再说什么了。

果然，利用高昭子这一步走对了。孔丘做了高昭子家臣之后不久，就见到了齐景公。

齐景公见了孔丘，似乎颇为高兴。寒暄过后，就直接上题了：

"昔日寡人访鲁，曾问夫子兴国之道，夫子答曰：'治国之道，在于人才。'并举秦穆公霸天下之事，寡人深以为然。这些年来，寡人治国也注意招揽人才，但是齐国至今不见强大起来，王霸之日更是遥遥无期，不知为何？"

孔丘看了看齐景公，呵呵一笑道：

"治国之道，除了人才，尚需节财，爱民。如此，才能得天下而赢民心。"

"节财，爱民？这和富国强兵有什么关系？"齐景公立即追问道。

"地之力有限，人之力亦有限，以有限之地力与人力，不可能生出无限之财力，故国君治国当思节财。有些诸侯之君，则不然。为了自己享乐，不惜妨民农时，大发徭役，大兴土木，为自己建筑高大的宫室。不仅生前挥霍奢侈，死后还要用无数金银珠宝殉葬。如此不知节财，如何能使国家富强呢？"

齐景公觉得有理，重重地点了点头。

孔丘见此，接着说道：

"兴徭役，妨农时，不仅影响百姓生计，也影响国家赋税收入。节民之力，便是生地之财。君不苦民所苦，民亦不爱其君也。民与君，乃是舟与水的关系。"

"此言何谓？"

"民犹江河之水，浩浩汤汤。君犹水上之舟，漂流其上。舟无水，则不能行；水进舟，则舟沉。水能载舟，亦能覆舟。因此，君主要知道爱民，离开百姓，则无国可治。君不爱民，民不爱君，则必人亡政息。"

孔丘话音未落，齐景公又问道：

"那么，治国的最高境界是什么呢？"

"君君，臣臣，父父，子子。"

"夫子请道其详。"齐景公不解，望着孔丘，请求道。

"为君者若爱民如子，尽为君之道，百姓必拥戴，国家必大治；否则，必民怨沸腾，国家大乱。为臣者若忠君爱国，尽为臣之道，则天下必然清平，人民必然安乐。为父者若以身作则，为子女做榜样，何愁子女不孝，家道不兴？为人子者若孝亲友弟，则家庭必然和睦，外人哪敢相欺？君明，臣忠，父慈，子孝，天下岂能不治平安定？所以，孔丘以为'君君，臣臣，父父，子子'，即是治国安邦的最高境界。"

"说得好！假若君不君，臣不臣，父不父，子不子，则纲常伦理荡然无存，天下必然大乱，纵使有万钟之粟，寡人岂能得而食之？"

齐景公刚说到此，就见宫中谒者慌慌张张地跑进来，禀告道：

"国君，不好了！周王使者到，说先王之庙遭火灾了。"

"是哪一位先王之庙？"

齐景公话音未落，不等谒者回答，孔丘便接口答道：

"此必周厘王之庙也。"

"夫子何以知之？"齐景公见孔丘说得如此肯定，立即追问道。

"《诗》曰：'皇皇上天，其命不忒。'积德行善之人，上天必报其德。灾祸的降临，情况亦然。厘王不遵周公之礼，擅改文王、武王制度，服饰五彩斑斓，宫殿高大巍峨，车马仪仗规模过度，奢侈浪费难以尽言。天下之主有如此者，天火焚其庙，理所当然。因此，孔丘作出如此推测。"孔丘望着满是狐疑神色的齐景公，莞尔一笑道。

齐景公不以为然，立即反驳道：

"如果这样说，上天为何当时不加祸于厘王本人，而要事后加殃其庙呢？"

"那是因为文王、武王的缘故。若当时加祸于厘王本人，则文、武二王必绝其嗣。今上天降灾，火焚其庙，乃彰显厘王之过，警示后世之君也。"

齐景公虽然认为孔丘说得有理，但对事实是否如此，仍心存疑虑。但没过一会儿，第二拨报信使者到，禀报说所焚者乃厘王之庙，齐景公终于心服口服了，对孔丘起身再拜道：

"善哉！圣人之智，过人远矣！"

从此，齐景公对孔丘更是刮目相看，尊敬有加。

第二年春天，齐国大旱，不少百姓死于饥荒。齐景公闻报，连忙找来孔丘，问道：

"今春，齐国大旱，不少地方都报告说有人因饥荒而死。这该如何是好？请夫子赐教。"

"天意难违，国君亦无回天之力。不过，孔丘以为，既有灾荒发生，那么只能面对。为今之计，只有节省开支，以赈济百姓。"孔丘沉思有顷，回答道。

"请问如何节省开支？"

"国君若是出行，不要再乘宝马良驹，只以驽马驾车；大小劳役，悉皆停止；驰车驿道，停止修整；祈福之仪，以币玉而代牲畜；祭祀之礼，不用太牢，不奏音乐。"

"这样做，能节省多少财力呢？恐怕不是治本之策吧。"齐景公质疑道。

"国君说的是。如此虽非治本之策,却是贤君自贬以拯百姓之礼,可以赢得百姓的拥戴。只有苦民所苦,才能赢得民心,共同渡过难关。"

齐景公以为然,遂依孔丘之计而行,终于渡过了难关。

通过与孔丘的不断接触,齐景公觉得孔丘确实是一个难得的人才,也是一个品德高尚的君子,所以他就想将孔丘留下来,为齐国所用。但是,这个想法一直得不到晏子的支持,所以他也就一直没有跟孔丘提起此事。

周敬王四年,鲁昭公二十六年(公元前五一六年),春末夏初之交的一天,齐景公正无事坐于殿中,望着窗外发呆。突然,有左右急急跑进来禀告,说有一只鸟先飞到殿上,然后又飞到殿前,正在展翅跳跃。齐景公听了,呵呵一笑道:

"这有什么奇怪?鸟儿本来就是飞上飞下,展翅跳跃的。"

"国君,不是这样。这鸟只有一只脚,很奇怪。所以,臣才来向您禀告。"

齐景公一听是一只脚的鸟,顿时来了兴趣,转身就出了宫,来到殿前。那鸟似乎也不怕人,见齐景公领着一大帮人出来围观,仍然旁若无人地在殿前展翅跳跃。

齐景公看了一会儿,终于确信眼前所见到的一切。心中不免起了怀疑,他怕这是不祥的征兆。于是,立即对左右说道:

"快,快,快去请孔丘孔夫子来见。"

约有半个时辰,孔丘应召而至。齐景公将所见情形向孔丘作了描述,孔丘呵呵一笑道:

"国君不必奇怪,此鸟名曰商羊,是一种预示即将有水灾的鸟。以前有孩童屈起一条腿,展开两臂,一边跳舞一边唱道:'天将大雨,商羊鼓舞。'此鸟今现于齐,恐怕水灾将至。国君赶紧通知民众修渠筑坝,疏通水道,不然就要受涝了。"

不久,果然大雨连旬,很多国家都遭受洪水灾害,唯有齐国因事先有了准备,没有受灾。

为此,齐景公不禁大为感叹道:"圣人之言,信而有征矣。"于是,他下定了决心,决意要将廪丘之邑赐给孔丘作为终养之汤沐邑。但是,孔丘却辞而不受。事后,他的弟子问他为什么不接受。他解释说:

"我听说古人有言:'当功受赏。'我对齐国无功,只是偶尔被齐君召见说说话,不当领受他的赏。我来齐国的目的,是为争取齐国的帮助,让鲁君复国。齐君明白我的意愿,却不愿意采取行动,反而赏赐城邑给我。所以,我不能领受。"

廪丘之赐,最终没有成为事实。这固然与孔丘的推辞不受有关,但更关键的因素则是晏子的反对。晏子认为,孔丘虽是正人君子,但观念迂腐。时代变了,人的观念也变了,他却执意要"克己复礼",力主恢复周公礼法,企图将已变化的社会重新扳回到周公时代,这是不切实际的。他还认为,孔丘提倡的古礼,繁文缛节,在日常生活中会让人束手束脚,不利于社会的发展。他指出,孔丘虽主张节财、节葬,却极重丧礼,这事实上又是在提倡铺张,不利于良俗公序的建立。更为重要的是,晏子还认为,儒生生性傲慢,为人处事太过固执,不宜为人之臣。因此,他认为,对于孔丘不可重用,更不可重赐。否则,会给齐国之臣一个错误的信息,从而改变齐国的社会发展导向,距离齐景公欲效齐桓公"九合诸侯,一匡天下"的目标会越来越远。最终,齐景公被晏子说服,从此再也不提封赏孔丘之事。

孔丘后来知道此事后，虽然没有怨恨晏子，但对于齐景公始终不肯帮助鲁昭公复国的事却一直耿耿于怀。而齐景公也因为晏子的关系，与孔丘的关系越来越生疏了。为此，孔丘心情非常抑郁。这之后，他也很少再去拜见齐景公。除了不定时地去看望在齐国避难的鲁昭公，就是与弟子一起切磋琴艺，以诗书之泽、弦歌之声来排遣郁闷，休养身心。

第四章 返鲁

1. 祸在旦夕

"先生,有一个齐国之士远道而来,说是专程来向您请教的。您见不见?"

周敬王四年,鲁昭公二十六年(公元前五一六年),十一月初二,一大早,子路就急急跑进来,向孔丘禀告道。

"有朋自远方来,不亦乐乎?快,快请他进来相见。"说着,孔丘便准备到门口迎接。

还没等孔丘走到门口,那人已经进来了。孔丘连忙让座,施礼。

宾主寒暄互揖,分位坐定后,那人就开口了:

"在下乃齐国僻远之士,姓高,名庭。今不远千里,爬高山,涉恶水,穿着草衣,提着薄礼,以虔诚之心前来拜谒先生,想就如何侍奉君子的方法,请先生指教。"

孔丘见高庭问的是这个问题,便不假思索地回答道:

"以忠诚之心辅之,以恭敬之心事之。行仁行义,不知疲倦。见君子则荐举,见小人则罢黜。去掉你心中的恶念,献出你的赤诚之心。学习君子为人处事之道,效法君子待人接物之礼。如此,远隔千里,亦亲如兄弟。反之,纵使与人对门而居,人亦不与你相亲。"

"先生意思是说,言行举止要学君子,礼仪规范要学君子。这样,就能与君子相亲,潜移默化,自己也就成了君子,是吧?"

孔丘点点头,继续说道:

"终日说话,务须谨慎,常思祸从口出之忧;终日做事,务须稳当,切记三思后行之诫。这些只有智者才能做到。只有注重自身修养者,才会常怀畏惧之心,以消弭可能产生的祸患;常存恭敬之意,才能避免可能出现的灾难。终身为善,若一言不慎,则一切努力皆化为乌有。可见,君子处世,一言一行能不谨慎吗?"

"先生之言是也!高庭谨受教!"

说完,高庭就告辞离开了。孔丘将他送至门口,目送他走远才回到屋里。

正在此时,冉耕急匆匆地进来,禀告道:

"先生,不好了!齐国与鲁国开战了,已经攻占了鲁国郓原。"

"齐鲁开战,是不是为了鲁君复国之事?"孔丘脱口而出道。

"弟子不清楚。"

"伯牛,那你快去套车,我马上去面见齐君。"

不一会儿,孔丘就穿戴整齐,走到门口时,冉耕已经套好了车,在等他了。

不到半个时辰,师生二人就抵达齐景公宫殿。但是,等了约半个时辰,齐景公才传出话来,让孔丘进去晋见。

见了齐景公,孔丘也没有太多客套,就直奔主题道:

"国君，孔丘听说齐国发兵攻打鲁国，还占了鲁国之地郓原，不知是否确有其事？"

"夫子消息好灵通呀！不过，这不正是大夫所希望的吗？"

"国君，孔丘不明白，这怎么是孔丘所希望的呢？"

"夫子至齐，不就是为了鲁君复国之事吗？"

"确实是为鲁君复国之事来请求齐国的帮助。"

"那么，寡人派兵攻打鲁国，不正是大夫所希望的吗？"

"可是，孔丘并没说要齐国出兵攻打鲁国呀！"孔丘直视齐景公说道。

"寡人如果不出兵，如何能干预鲁国国政，让鲁君复国呢？"齐景公反问道。

"孔丘是想借齐国之威，震慑一下鲁国执政的'三桓'势力，最终能以外交的方式予以解决。并没有希望齐国直接出兵，更不会希望齐国攻占鲁国的土地呀！"

齐景公见孔丘竟然跟自己讲起理来，不禁哈哈大笑起来，说道：

"寡人之国方圆千里，郓原不过区区弹丸之地，寡人何尝有过要取鲁国土地之念？寡人取郓原，实为鲁君计也。"

"是为鲁君计？"孔丘睁大眼睛，吃惊地问道。

"正是。寡人已将鲁君安置在了郓原，并派兵予以保护。寡人这样做，既是对鲁君奔齐的一种政治安排，也是对夫子请求的一个交代。"

对于齐景公的这个说法，孔丘不知说什么好。

"鲁君的安全与生活问题，夫子尽可放心。不过，寡人这里有句话，事到如今也就只得跟夫子实话实说了。"齐景公见孔丘愣了好一会儿也没有作出回应，遂又补充说道。

"国君,有话直说吧。"这一次,孔丘终于清醒了。

"好!齐国有大夫多次来跟寡人请求,要求将夫子驱逐出境。寡人认为夫子是贤者,不忍为之。但是,如今寡人老了,无法再用夫子。若他们乱来,寡人也很难约束他们。"

"国君,不必再说了,孔丘明白了。"

说完,孔丘就与齐景公告辞。出了大殿,孔丘与冉耕迅急上了马车,急急回到下榻之处,召集所有追随自己来齐的弟子们,跟他们商量离开齐国之事。商议已定,大家就各自分头准备,收拾行李,喂马套车。将近酉时,一切终于打理停当,孔丘连忙催促众弟子出发。

出了临淄城,孔丘师生一行十多人,这才发现有很多现实问题摆在了面前,亟待他们解决。第一个问题,就是晚上的吃饭、睡觉问题。好在天气晴朗无风,只要不下雨,不下雪,天当房,地当炕,好歹也能对付着解决一宿,因为大家都带了铺盖。但是,吃饭问题就有很大的麻烦了。因为匆忙间来不及在城里买个煮饭烧水的瓦釜,有米有粟也吃不进嘴里。

大家经过一番商量,最后决定趁着天色尚未完全黑下来,由秦商与子路前往附近村子,向老乡借一个烧水煮饭的瓦釜,好歹要让大家晚上吃饱肚子,睡个好觉。不然,饥肠辘辘,晚上睡不好,明天如何赶路。

秦商与子路走后,其他人则在附近寻找枯枝干草,以备烧水煮饭,还有晚上照明驱寒。

不一会儿,冉耕、曾点找来了几块石头,垒起了简易灶台,等着秦商、子路借回瓦釜后,就可以支锅煮饭烧水了。

过了大约一个时辰,暮色降临时,秦商与子路才回来。两人手中各捧一个瓦釜，一大一小。颜由迎上前去，接过一个大的瓦釜，将早已准备好的米倒入瓦釜中。然后，招呼曾点一起到附近一条溪流中去淘洗。不大一会儿，米淘好了，曾点还盛了一小瓦釜清水回来。

接着，大家各就各位，有的钻木生火，有的搬石为凳。当干草枯枝被点燃，颜由正要把淘好的米倒进瓦釜时，就听一阵急促的马蹄声由远而近顺风传来。颜由不禁停住了手中的活，与大家一起侧耳倾听。未等听出个所以然，只见火光照耀中，三个黑衣人骑马举剑呼啸而来。

"不好，有刺客。大家保护先生先走，我来抵挡。"子路大叫一声道。

但是，孔丘并没有马上走，而是仗着自己身高力大，拔出腰中佩剑，与子路一起奔向那三个骑马而来的黑衣人。一边往前冲，孔丘还一边招呼不会武功的弟子赶快走。

"赶快把火熄掉！"秦商突然若有所悟，对曾点喊了一句。

曾点立即会意，紧忙熄了火。颜由则在黑暗中脱下外衣，将已淘好的米从瓦釜中倒入衣中包好，一边滴着水，一边随众兄弟一起撤退。

由于孔丘与子路二人都身高力大，剑法高超，虽以二敌三，但并不怯懦。加上黑暗中，彼此都看不见，怕伤了自己人，都不敢使尽全力。孔丘与子路配合默契，且战且退，最后跳上了冉耕一直守着的马车，驱车在夜幕的掩护下，顺利地脱身了。

一夜狂奔之后，第二天日中时分，师生二人才精疲力竭地与昨夜走散的秦商、曾点、颜由等人会合在一起。师生之间、弟子之间，大家互相看看对方，都不胜无限地唏嘘感叹。

后来，孔丘回到鲁国后，才从齐国来的弟子那里得知原委，那晚追杀他们师生的三个黑衣人，就是齐景公所说的那些扬言要杀他的齐国大夫。这些齐国大夫是怕齐景公爱孔丘之才而重用孔丘，夺了自己在齐国的地位。

2. 嬴博观葬

周敬王五年，鲁昭公二十七年（公元前五一五年），二月初，孔丘师生行行重行行，走走停停。快要到齐、鲁交界之地时，偶然听人说到吴国公子季札出使齐国，回去的时候，长子死于嬴、博二邑之间。据说，过几天季札就要在此为其子举行葬礼了。

孔丘一听，立即决定前往嬴博之间，观看季札如何举办葬礼。

为此，弟子们都感到不解。子路率尔无忌，直截了当地问道：

"先生，您的学问当世有谁能比？季札葬子，先生何必还要亲自前往观看呢？难道葬礼方面的礼仪，先生还有什么不明白的吗？"

"阿由，你真是坐井观天之蛙！季札是吴国最了解古礼之人。他的学问，为师不能比；他的德行，为师不能比；他的才能，更是为师不敢望其项背也。"

"季札真的有那么了不起吗？先生不妨说来听听。"子路不以为然地说道。

孔丘看了看子路，又扫视了一下秦商、曾点、冉求等众弟子，便开口说道：

"季札，姓姬，名札，乃吴王寿梦少子。因封于延陵，故称延陵季子。后又封于州来,所以亦称延陵州来季子或季子。"

"季札姓姬,是不是周王的后代?"孔丘刚说了几句,秦商突然插话问道。

"正是。季札的先祖,即周朝的泰伯,乃世所少见的至德之人。泰伯本为周王的法定继承人,但其父太王宠爱幼子季历及其孙姬昌。泰伯顺其意,主动让出王位继承权,并借口采药而逃至南方蛮荒之地,建立了吴国。"

"那后来呢?"孔丘话还没说完,曾点就有点迫不及待了,追问道。

"泰伯建立吴国后,传了数代,至季札之父寿梦。寿梦生有四子,幼子即为季札。季札德行才干在四兄弟中最为突出,不仅其父寿梦最喜欢他,就是三个哥哥也都喜欢他,赞成父王寿梦将王位传给他。但是,季札不肯接受,执意要哥哥诸樊继承王位。哥哥诸樊有自知之明,知道治国重任交给弟弟季札最为合适,所以坚持要季札继承王位。季札仍然不肯,乃说服哥哥樊道:'昔子臧贤能,曹人欲拥立为君,子臧不允。为坚守为臣之义,断绝国人拥立之念,子臧乃潜逃至宋。由此,曹君得以继续执政。子臧逊让之德,守节之义,国人皆称颂之。今子臧榜样在先,季札焉敢求国君之位。季札虽无德无能,但尚有追慕先贤之心。'季札越是谦让,吴人越是如众星拱月一般拥戴他,执意要拥立他为吴王。"

"最后呢?"这一次,是冉耕也沉不住气了,插话问道。

"最后,季札不堪其忧,乃退隐于山水之间,弃其室而耕于焦溪舜过山下。寿梦死,诸樊继位为吴王。诸樊死,其兄余祭立。余祭死,夷昧立。夷昧死,欲依序传位于季札,季札仍然不受。夷昧无奈,只得传位于其子僚。"

孔丘说到此，顿了顿，看到弟子们个个面露肃然起敬之表情，遂又接着说道：

"季札不仅是个厚德载物的谦谦君子，谨守臣道的世之楷模，还是一个义薄云天的重情汉子。一次，季札奉吴王之命，出使中原各国。路过徐国时，徐君爱其剑，但未明言。季札心知其意，但因奉命出使不能无佩剑，所以当时就没有将佩剑献给徐君。但心中暗许，等完成使命后，一定要将佩剑献给他。没想到，完成使命后再经过徐国时，徐君已经辞世。季札闻之，不胜悲伤，决定将所佩宝剑赠与徐国继位之君，以了却心愿。随从劝谏说：'此剑乃吴国之宝，不可赠人。'季札回答道：'此剑不是我赠予他的，而是兑现诺言还给他。前次我经徐国时，徐君观我剑，心甚爱之，但未言。我因有出使上国之使命，未敢献之。但心中已许给了徐君。今徐君已死，我因之不献，这是欺骗自己的良心。爱剑欺心，廉者不为。'然而，徐国新君却不敢接受，说：'先君未留下遗命，寡人不敢受之。'季札只好亲往徐君墓前痛哭一番，然后解下佩剑，悬于墓前树上而去。徐人不忘季札情义，乃作歌谣曰：'延陵季子兮不忘故，脱千金之剑兮带丘墓。'"

"真乃义薄云天之士也！"秦商不禁脱口而出，赞许道。

"先生以上所说，都是季札之德。那么，他的才干又表现在什么地方呢？"

孔丘一听子路这话，就知道他对自己礼敬季札仍存怀疑之意，遂又说道：

"说到季札的才干，那更是让人敬佩。他不仅是出色的政治家、外交家，还是著名的交游家与杰出的音乐家。"

"那就请先生给弟子们好好说说吧。"子路立即接住话茬，提出了请求。

"吴国僻处南蛮荒远之地,而今崛起为天下大国,与齐、秦、晋等平起平坐,这与季札辅佐吴王的功劳分不开。这便是他的政治才干。至于季札的外交才干,那更是天下闻名了。周景王元年,季札奉吴王之命出使鲁、齐、晋、郑、卫等五国。在此中原五国之行中,季札与齐国的晏子、郑国的子产等著名的政治家与外交家相会,充分展现了其不平凡的外交才能,使北方强国对南方吴国有了清楚的认识,并促使诸国与吴国通好。在郑国时,他与子产建立了深厚的感情,二人成了莫逆之交。离开郑国时,他以洞若观火的眼光,对子产提出了建议:'郑君无德,政将归您,但您务须以礼治国,方可使郑免于厄运。'在晋国时,季札预言晋政将归韩、魏、赵。在卫国时,他广交朋友,发现卫国有很多贤明的君子,卫国之君也很开明。因此,他对人说:'卫虽小国,但多贤臣辅政,卫国政局稳定,百姓安乐的局面将会延续一个时期。'后来事实证明,果然如此。"

子路听到此,这才默默地点了点头,知道老师对季札才能的推崇不是虚言。

孔丘看到子路点头,遂又接着说道:

"季札出使诸侯各国,善于广泛交友,对于南北文化交流,起了不少作用,因此诸侯各国亦视其为一个友善活跃的交游家。"

"刚才先生还说过,季札是一个杰出的音乐家,不知依据何在?"

孔丘看了一眼提问的颜由,先是呵呵一笑,接着从容说道:

"周景王元年,季札曾奉命出使鲁国,听到了周乐。虽是第一次听周乐,但对周乐的感悟力却比训练有素的人都好。其对周公礼乐奥义精蕴的理解,对周乐所体现的周朝盛衰之势的把握,都令人吃惊。如在欣赏《秦风》后,他说:'此乃华夏之声也!秦为西戎小国,近华夏而强大,假以时日,必有周朝鼎盛之象。'他能从乐声中听出秦国的发展趋势,预知其未来,令人折服。又如他听到《唐》乐时,感受到远逝的陶唐遗风;听到《大雅》时,他听到了乐曲中展现的文王之德;听到《魏》歌时,他仿佛听出了那'大而宽,俭而易'的盟主之志和以德辅行的文德之教;当《招箾》舞起时,他感叹道:'此乃至德乐章也!犹如苍天覆地,大地载物,无所不包。纵使盛德之至,亦无以复加也!'"

孔丘说到这里,子路终于服气了,说道:

"季札既是如此奇才,俺们愿随先生前往求教,以观丧葬之礼。"

其他弟子也齐声附和。于是,师生一行十余人立即动身,前往接近鲁国边界的齐国嬴、博二邑之间的地方,参加吊祭季札之子的葬礼。

葬礼开始前,季札给儿子穿好衣裳。但看成色,这些衣裳应该都是以前穿过的。接着,季札让工人开挖墓穴。挖墓穴时,没有挖到泉水时,季札就令停止了。落葬时,季札没让在棺木里面放置任何随葬冥器。棺木下圹后,季札令人填上土,上面堆了顶。但是,墓堆的长度和宽度只与墓穴相当,高度仅可让人倚靠而已。堆土成坟后,季札袒露左臂,从左往右绕着坟堆,边走边哭。哭了三遍后,饮泣曰:"骨肉归此土,命也。魂魄无所不在,无所不在。"说罢,就离开了。

孔丘众弟子看了,都觉得季札葬子太过草率,不够庄重,遂纷纷交头接耳,窃窃议论。

"先生曾说过,生死乃人生大事。今季札中途丧子,葬子如此轻率,根本就不合礼制。可先生前些天还跟弟子说,季札乃吴之最习古礼者。"子路是个直性子,直接质疑孔丘道。

"阿由啊,你是只知其一,不知其二。季札乃吴国王叔,葬子之礼本可从繁办得隆重,厚殓厚葬亦无不可。只因季札此行乃是奉命出使,不当挈子同行。今子不幸中途弃世,葬礼也就只能从简。不过,葬礼虽然从简,但并不表示季札没有舐犊深情,对其子之死不哀伤。看他绕坟悲号三声,其悲痛之情可见。这便是古人所谓'礼不足而哀有余'。所以,为师认为,季札葬子之礼从简,最合古制。"

听孔丘这样一说,包括子路在内的众弟子这才恍然大悟,连连点头称是。

3. 山水故国情

周敬王五年,鲁昭公二十七年(公元前五一五年),四月初,孔丘携弟子进入鲁国境内。

一入鲁境,远望山上树木,近看路边小草,孔丘都感到无比亲切,也有无限的感慨。众弟子追随老师,在齐国流落这么多年,自然也有相同的感受。

因为鲁昭公没能复国,孔丘总是担心回到鲁国后有什么不测,所以虽与众弟子进入鲁境,却并不急于赶回曲阜。于是,师生十余人一路走走停停,一边不断向人打听曲阜方面的情况,了解鲁国政局的最新进展,一边欣赏沿途的风光。

七月的一天,一场大雨过后,天气大热。日中时分,孔丘和弟子们都觉得受不了,便在路边靠近一条小河的一棵大树下坐下来,想避避暑,纳纳凉。坐下后,大家一边松开衣带散热,一边拿出干粮打尖。孔丘草草吃了几口后,就靠着大树开始闭目养神。而弟子们吃完干粮后,则三三两两聚在一起闲聊。孔丘闭目养神片刻,大概是觉得烦闷,便起来信步走到小河边。坐在河边一块石头上,看着雨后涨起的河水滚滚东流而去,孔丘一时陷入了深思。

这时,颜由悄悄地走过来,问道:

"先生在观赏流水吗?"

孔丘点点头。

颜由又问道:

"为何君子看见大水,就一定要驻足观赏呢?"

孔丘看了看颜由,又望了望眼前奔流不息的河水,语重心长地说道:

"因为河水会给君子以启示。"

"何以言之?"颜由不解地问道。

"河水奔流不息,所过之处,给万物以生命,但却从不居功,这就像一个人的德;河水从高低不等、曲折不一的地面流过,看似没有规律,但却遵循着一定的道理,这就像一个人的义;河水浩荡无际,没有穷尽之期,这就像是至大无垠的道。"

说到此,其他弟子也围了过来。孔丘望了望大家,遂又借题发挥道:

"河水从高处流下,遇百仞之谷而不住,这就像是一个勇敢无畏的勇士;以河水为标准,将之作为参照物来衡量他物,必然公平公正,这就像是法。盛水于器,水满则溢,不必以概刮平,这就像是一个正人君子。水虽柔弱,但却无孔不入,没有什么细微的地方不能到达,这就像一个明察秋毫之人。河水一旦发源,就会一直奔流往东,这就像一个抱定某一志向的人。万物在水中洗过,就会荡污涤垢，变得洁净，这就像是一个善于教化的人。水具有如此的品德，因此君子见水，必要欣赏观察。"

众弟子没想到老师从眼前的河水，竟能引出如此一番做人的大道理，不禁肃然起敬。于是，齐声说道：

"先生说的是，弟子谨受教！"

送走了炎夏，又迎来金秋。十月中旬，孔丘与众弟子终于走到了泰山脚下。之所以走得这么慢，是因为至今鲁国的政局仍然不明朗，执政的季平子对自己回国到底什么态度，会不会加害自己，孔丘心中都没数。他要静观其时局，留得有用之身，以实现"克己复礼"，恢复天下秩序的人生目标。

"先生，泰山就要到了，回到曲阜也为时不远了。"冉耕看到泰山，兴奋地说道。

"不忙着回曲阜，难得有这样一个机会，俺们师生正好顺便登临一下泰山，放开怀抱，好好欣赏一下山水。"孔丘好像是漫不经心地回答道。

"记得先生曾说过一句名言：'仁者乐山，智者乐水。'看先生这一路又是观水，又是登山，可知先生是仁智二者兼备矣。"颜由说道。

"弟子记得先生还曾说过一句名言：'登东山而小鲁，登泰山而小天下。'"

孔丘听了曾点的话，不禁莞尔一笑，顿了顿，说道：

"那只是为师登东山时一时脱口而出，其实为师并未登临过泰山。所以，这次倒想登临一下泰山，领略一下'登泰山而小天下'的感觉。"

"先生如此雅好登山临水，难道就是为了寻找一种感觉吗？"

听子路这突如其来的问题，众人都为之一愕，觉得子路太过唐突了。没想到，孔丘并不生气，从容说道：

"阿由啊，你是只知其一，不知其二。登山临水，除了能寻找一种亲近自然的感觉，放松身心外，还能从中得到人生的启示。"

"什么启示？"子路立即追问道，他以为老师是在故弄玄虚。

"不观高崖，何以知颠坠之患；不临深泉，何以知没溺之患；不观巨海，何以知风波之患？有些人为什么会丢掉性命，不正是因为不明白这些道理吗？为士者，若慎重对待上述三者，便不会使自己遭遇不测之难。留得有用之身，才能孝亲友弟，治国平天下。这样不好吗？"

"先生说的是！弟子谨受教！"众弟子齐声答道。

深秋的天气虽然有些凉，攀爬泰山虽然有些吃力，但有众弟子的陪同，孔丘感到一种从未体验过的人生快乐，毕竟登临泰山一直是他的理想，亲身体验一下"登泰山而小天下"的感觉，远比悬想中的感觉要真实得多。

经过约三个时辰的攀爬，孔丘与弟子们从午时爬到申时，终于在日落时分登上了泰山，看到了红霞满天的泰山晚景。第二天，他又与众弟子领略了泰山日出的晨景，体验了云飞雾绕的情境。

第二天午时下得山来，在山脚下遇到了一位身穿鹿皮裘、腰系草绳、边奏瑟边吟唱的白发男子。孔丘觉得此人非比寻常，在好奇心的驱使下，便迎了上去，躬身施礼后，彬彬有礼地问道：

"请问老丈尊姓大名，仙乡何处？"

那老者看了看孔丘，知道他是一位儒者，遂也恭敬有礼地回答道：

"老朽乃郕之野人荣声期也。"

"那么，敢问老丈何以快乐如此？"

荣声期不假思索地回答道：

"老朽的快乐很多，但最快乐的事有三：天生万物，唯人为贵，老朽有幸为人，此一乐也；男女有别，男尊女卑，老朽有幸为男，此二乐也；人生有胎死腹中者，有年幼而夭者，老朽行年九十有五，此三乐也。贫穷，乃士之常态；死亡，乃人生之归宿。安贫而享天年，何忧之有？"

孔丘听了，不禁脱口而出道：

"善哉！达观有如先生者，天下能有几人？"

告别了荣声期，孔丘师生又继续慢慢前行。走了几天，到了一个临溪的小山之下。突然，颜由指着山脚下一所孤零零的房子，说道：

"看，那所房子还在，大家还记得三年前这里发生的事吗？"

孔丘与众弟子一听颜由的话，都循着他手指的方向望去。但是，大家看到那所房子后，却都没有一人吱声。一时，大家都陷入了回忆之中。

那是鲁昭公二十五年九月的一天，在孔丘师生追随鲁昭公而奔齐的途中，经过了这个地方。时当日中时分，大家正要停下打尖休息，忽然远远传来一个男人悲伤的哭声。孔丘侧耳倾听了一会儿，说道：

"这个男人的哭声确实是很悲哀，但好像不是刚刚失去亲人的那种悲哀。"

"先生难道是从哭声中听出来的？"子路怀疑地问道。

孔丘点点头，说道：

"不信,俺们过去问问。"

众弟子一听,都有兴趣,这一路老师逢事都要给大家讲一番道理,这也是一种很好的教学方式啊!于是,大家就随孔丘一起临时拐到山脚下那所房子前。近前一看,只见一个长相与气质都与众不同的男人,正手拿镰刀,腰系绳索,哭得伤心,但并不显悲哀。孔丘下车,小步趋前,施礼后恭敬地问道:

"不知您是哪一位?冒昧地问一句,您现在并不在办葬礼,为何哭得如此伤心呢?"

那人抬眼看了一下孔丘,见是儒者打扮,言行彬彬有礼,遂缓缓地说道:

"在下乃丘吾子,是在为自己的过失而哭。我生平有三大过失,而今幡然醒悟,悔之莫及。年少时,我好学而周游天下。但游学归来时,双亲尽亡,此一失也。后事齐君为臣,齐君骄奢淫逸,尽失人心,我为臣之节不能保,此二失也。我平生喜好结交,朋友遍天下,而今却都离我而去,与我断绝了来往,此三失也。"

孔丘听了,默默地点了点头。

"树欲静而风不止,子欲养而亲不待。逝去而不能回来的,是岁月;失去而不能再见的,是双亲。身为人子,而不能在父母生前尽孝,枉为人子也,我何面目见人,还是让我从此与大家告别吧。"丘吾子说道。

孔丘没明白丘吾子所说的告别之意,正在疑惑之际,丘吾子已纵身跃入屋前的溪流中。

望着溪中载浮载沉的丘吾子,孔丘不胜悲伤地对弟子们说道:

"大家记住了,丘吾子之事足以为戒也!"

听了孔丘的话,看着眼前丘吾子浮漂于溪水中的尸体,弟子们都非常感伤。当时有十三位弟子触景生情,感慨系之,告别了孔丘,回到家乡去孝养父母了。

望着远处丘吾子曾经住过的房子,想着丘吾子当年投溪而亡的一幕,孔丘与弟子们都陷入了沉思,没有一个人说话。也许他们都会想到自己的前世今生,想到自己的父母双亲,或是想到为此而离去的师兄弟们。

第五章 四十不惑

1. 昭公归葬

周敬王五年，鲁昭公二十七年（公元前五一五年），十二月二十八，孔丘携十余名弟子回到了鲁国首府曲阜。虽然是要过年了，但在曲阜城内的弟子们，听说老师回国了，立即聚拢来，请求孔丘再开杏坛，继续跟他求学。孔丘答应过完年后再开杏坛，并请弟子们互相转告，在曲阜城外或国外的弟子，如果有办法通知，也让其知晓他们回来了。曲阜的父老乡亲们听说孔丘回来了，也非常高兴，纷纷扶老携幼前来探望。

时光荏苒，一转眼四年过去了。周敬王九年，鲁昭公三十一年（公元前五一一年），初春的一个午后，孔丘像往常一样，跟一个弟子谈完学问后，将其送出门外。恰好被夫人亓官氏看见。亓官氏看了看那个青年的背影，觉得很熟悉，遂好奇地问孔丘道：

"夫君，刚才来的是哪一位弟子，怎么没见过？"

"是公冶长。都已经拜师两年了，来问学也不是一次两次了，夫人怎么没见过呢？"孔丘觉得亓官氏问得有些奇怪。

"夫君有那么多弟子，每天出出进进，我怎么认得过来？"

孔丘点了点头，心想：也是。从齐国回来四年多，现在聚到门下的弟子又有三百多人了。不要说亓官氏认不得所有的弟子，就是自己也不能叫出所有弟子的名字，只是一些比较得意的弟子由于相处来往较多，能够叫上名字，了解其禀性。

亓官氏见孔丘低头若有所思，又重拾刚才的话题，问道：

"好像听人说过一句，说夫君收了一个坐过牢的弟子公冶长，是不是这个公冶长？"

"就是这个公冶长。"孔丘肯定地答道。

"既然公冶长坐过牢，夫君为何还要收他为弟子呢？夫君不怕坏了自己的名声？"

"这有什么？公冶长不仅有悟性，是个读书的材料，而且还是一个道德高尚的君子，收这样的人为弟子，难道还辱没了我孔丘的名声吗？"孔丘不以为然地答道。

"既然道德高尚，那怎么还会犯罪坐牢呢？"

听亓官氏这样说，孔丘立即情绪激动起来，脱口而出，辩解道：

"公冶长坐过牢是有其事，但他没有犯过罪，是受了冤枉。"

亓官氏听公冶长是受了冤枉而坐牢的，又见丈夫说话有些激动，遂舒缓了语气，问道：

"他是受了什么冤枉呢？"

"公冶长是个孝子，因家境贫寒，从小就上山打柴，卖薪养家。一次，他母亲生病，年仅十岁的他，就瞒着母亲独自一人上山打柴。可是，到了山里，不知如何打柴，于是伤心地哭泣起来。这时，一只鸟儿飞来,问道:'你哭啥?'公冶长吃了一惊,没想到鸟儿还会说话。于是,就问道:'鸟儿,你怎么会说人话?'鸟儿答曰:'我是八哥,天生会学人话。'"

"八哥会学说人话,不奇怪,大家早就知道了。"亓官氏不以为然地说道。

孔丘看了一眼亓官氏,又继续说道:

"八哥会说人话当然不稀奇,但稀奇的是公冶长懂得鸟语。那次与八哥对话后,公冶长就琢磨着,鸟儿能说人话,那么为什么人不能学说鸟语呢?于是,他就经常入山听鸟鸣之声,看鸟飞鸟落的规律。渐渐地,他懂得了不同鸟儿的鸣叫之声与它们行动之间的关系。一次,有一只乌鸦对他不停鸣叫,他认真倾听,明白了它的意思:'南山之顶死了一只獐,你吃肉我吃肠。'公冶长按照乌鸦的指示,果然找到了那只死獐,剥皮去肠后,他就将獐肉拿回了家,并当场将獐的内脏埋了,忘了乌鸦的叮嘱,没将内脏留下给它。"

"果有其事?"亓官氏听到这里,倒是有些惊奇了,瞪大眼睛,望着孔丘问道。

"公冶长亲口所言,当不为虚。"

"那之后呢?"亓官氏开始感兴趣了。

"乌鸦记恨公冶长第一次不守信任,没将獐的内脏留给它。过了几天,它又对公冶长说:'北山之顶死了一只羊,你吃肉我吃肠。'公冶长这次对乌鸦的话更是深信不疑了。于是,连忙拿着砍柴刀,往北山奔去。未到山顶,看见一群人正围成一圈,他以为大家都在争抢那只死羊,于是一边跑,一边高声喊道:'那是我打死的,大家都不要争。'可是,到了山顶一看,死的不是羊,而是一个中年男子。于是,大家便将公冶长捉拿见官。官长不问青红皂白,就依杀人罪将公冶长囚禁起来，并准备处死。后来，幸得一位官长开明，为他洗清了冤屈，免了他死罪，并将他无罪释放。这样，他才投到我门下求学来了。"

"原来如此。这样说来，公冶长还真是一个难得的人才呢。"亓官氏不无感慨地说道。

"今天既然说到公冶长，我正好有一件事要与夫人商量商量。"孔丘一脸严肃地说道。

"夫君博学多才，外面人都称你为圣人，难道还有什么不明白的事，要来问我不成？"亓官氏瞪大眼睛，好奇地看着孔丘说道。

"记得我刚从齐国回来时，夫人就跟我提起女儿无违的婚事，曼父兄长也跟我说到他女儿无加的婚事。这两年，我特别留意从所收弟子中物色合适的人选。"

"有没有找到合适人选？无违与无加年纪都不小，是适婚年龄了。"亓官氏连忙追问道。

"经过考察，我认为公冶长与南宫敬叔二人是合适人选。公冶长的为人与身世，刚才已经跟夫人说过了，夫人也认为他是个难得的人才。至于南宫敬叔，他跟我求学已有多年。他是世家出身，现做着朝廷大夫，人品学问都不错。国家清明无事时，他不会被罢免；国家政治黑暗、政局混乱时，他也能免于刑罚。可见，是个处事为人、才能学识都不错的青年。"

"那夫君准备为咱们女儿无违选择哪一位呢？"

"这事正是我今天要与您商量的。"

"商量个啥，家里家外的大事一向不都是由夫君您做主吗？"亓官氏以问代答道。

"这是咱们女儿的终身大事，所以要跟你商量。我对这事考虑了很久,觉得咱们的无违与公冶长蛮是般配。夫人觉得呢?"

"夫君,这不合适吧。虽说公冶长人品才学都不错,但是他毕竟是坐过牢的人,说出去不好听。即使女儿同意,咱们家是世家,与他家也是门不当户不对啊!夫君不是整天要恢复周公礼法吗?如果按周公礼法,等第不可僭越,南宫与咱们家无违倒是般配的一对。"

孔丘见亓官氏如此振振有词,虽然觉得也有道理,但还是理性而耐心地劝导道:

"夫人,话不能这样说。刚才我也说过,公冶长坐牢是事实,那是含冤受屈,不是他的错。他出身贫寒是不假,但圣人往往都是起于贫贱啊!我之所以不主张咱们无违嫁给南宫,并不是不为女儿幸福着想,而是考虑到一个现实问题,这就是南宫已经婚娶过,前妻过世时还留下几个孩子。无违如果嫁给南宫,那就是续弦。这对咱们的女儿不公平,身份上也有碍。咱们是世家,女儿岂能嫁给别人做妾当续弦?这恐怕不合适吧,夫人。"

"俺还是想不通。"亓官氏先是不吱声,沉默了一会儿后,说道。

亓官氏起身离开后,孔丘想了想,觉得妻子思想上有障碍也正常,待有机会再跟她好好说吧,反正此事也不急在一天两天。

后来,孔丘又与亓官氏谈了几次心,总算说服了她。这年八月十八,由孔丘主婚,女儿无违与公冶长、南宫与侄女无加喜结秦晋之好,孔丘夫妇与曼父夫妇都了却了一桩心事。

办完女儿与侄女的婚事,孔丘感到轻松了许多。每天除了在杏坛集中给来自各国与鲁国各地的弟子讲授学问外,就是随时接受弟子个别上门问学。但不管是在杏坛为众弟子答疑解惑,还是在家为一些得意弟子或好学弟子个别传道授业,孔丘都非常耐心,而且讲究因材施教,注重方法。由此,追慕他的弟子越来越多,来自的国家也越来越多。孔丘因此对教书育人也更加醉心,他觉得自己的思想学说还是有市场的。有了这么多弟子,他的思想不愁不广泛传播。只要自己"克己复礼""仁者爱人"的思想得到更多人的认可,只要自己培养的学生足够多,践行自己思想学说的人足够多,只要诸如子路、冉求等具有行政干才的弟子有机会掌握各级政权,那就不愁天下局面不有所改变。只要乱臣贼子肆意妄为的事逐渐减少,周公礼法恢复的一天也就指日可待。

正当孔丘陶醉于教书育人蔚然有成的喜悦之中,沉浸于对未来"天下大同"美好愿景的憧憬时,周敬王十年,鲁昭公三十二年(公元前五一○年)年底的一天,都快要过年了,南宫敬叔却在日暮时分突然急急登门,报告了一个重要消息:鲁昭公已经病逝于晋国乾侯。

"真的吗?什么时候的事?"孔丘似乎不敢相信南宫的话。

"确确切切的事。晋国使者刚刚来报。"南宫敬叔肯定地说道。

孔丘听了,不禁悲从中来,久久无语。他为鲁昭公作为一国之君被乱臣贼子逐出自己的国家,而且还客死他乡而悲哀,也为自己没有能力改变这个世界乱局而悲哀,更为自己恢复周公礼法、实现天下大同的理想实现无望而悲哀。

南宫敬叔看着孔丘痴痴呆呆的表情,知道老师此时此刻的心情,他找不出一句合适的话来安慰老师。沉默了好一会儿,他只得起身告辞。

但是,过了两天,南宫又来了,禀告孔丘道:

"冢宰说,国君已经驾崩,国不可一日无君。所以,他决定立昭公之弟、公子宋为新君。"

"那他有没有与其他人商量?"孔丘立即追问道。

"没有,他一人作的决定。弟子今天入朝,他顺口说出来的。"

"如此重大国事,竟然一人独断专行,岂有此理!"孔丘手拍座席,气得脸色发青。

南宫虽然理解孔丘的心情,感到非常难过,但却找不出一句合适的话来安慰他,只好站在一旁,默默地陪着他。良久,才向孔丘躬身施礼后默默退去。

望着南宫远去的背影,孔丘陷入了沉思。以前君权虽不在昭公,但却是由季孙、孟孙、叔孙三家共同执掌,好歹有个互相牵制,朝政决策不至于太离谱。现在,由季平子一人独断,公子宋继位为鲁国新君,那不就是一个地地道道的傀儡,真正当政的不仍是季平子一人吗?

孔丘越想越气愤,但气愤却起不了任何作用,只能使自己的心情更加抑郁。在抑郁中过完新年后,孔丘等到了南宫的第三次禀报:公子宋已经继位为鲁国新君。

"还有什么别的消息吗?"对于鲁定公就任新君,孔丘没什么兴趣,遂转移话题道。

"弟子与兄长,以及叔孙大夫,共同向冢宰提议,请求尽快从晋国迎回昭公灵柩。"

"他怎么说?"孔丘觉得迎回鲁昭公灵柩是大事,所以急切地问道。

"冢宰答应了,决定不日就派人前往晋国乾侯。"

"还有什么消息吗?"孔丘又问道。

南宫犹豫了一下,才望着孔丘,怯生生地说道:

"冢宰说,昭公灵柩可以迎回,但不能归葬祖茔。"

孔丘一听这话,顿时怒不可遏,一掌拍断了面前的一个几案,说道：

"岂有此理！这个乱臣贼子，越来越放肆了，是可忍，孰不可忍也！"

虽然孔丘非常气愤，认为季平子的所作所为大逆不道，不可饶恕，但又无奈他何。季平子仍旧是冢宰，他则只是一介寒儒。现实如此，形势比人强，孔丘只能在气愤中叹气而已。

周敬王十一年，鲁定公元年（公元前五〇九年）夏，鲁昭公灵柩迎回鲁国，按照季平子的旨意，葬于祖茔之旁，不在鲁国历代国君的墓田范围之内。而且为了向世人昭示，鲁昭公为鲁君异类，季平子特意让人在鲁昭公陵墓与鲁君祖茔之间辟出一条道路，有意将二者彼此隔开，等于将鲁昭公打入了另册。

2. 隐公问礼

鲁昭公归葬被摒于祖茔之事，让孔丘对鲁国政治彻底失望。从此，再也不过问鲁国朝中之事，即使南宫敬叔主动跟他说，他也不要听。对于鲁定公，他也不抱任何希望。因为有季平子在，纵使鲁定公是个明君，真想有所作为，也是根本不可能的。而今，他只一心一意聚徒传授学问，培养能够继承自己思想与学说，并有志于恢复周公礼法的弟子。对于这几年新收的得意弟子如颜回、子贡、冉雍、冉求等人的殷勤问学，他更是倾注了全部的心力。

周敬王十三年，鲁定公三年（公元前五〇七年），三月十八上午，突如其来的一场春雨打乱了原定的教学计划。弟子们不能聚到杏坛听讲学问，孔丘只得百无聊赖地在家呆着。望着窗外的雨点时大时小，望着街上的行人脚步匆匆，他一时陷入了沉思。

"先生，弟子来给您请安了！"

听到身后传来说话声，孔丘这才从沉思中回过神来。回过头来一看，原来是子贡。

子贡，姓端木，名赐，卫国人，为人聪明机警，极有悟性。与颜回一样，他也是七岁时就投在孔丘门下求学的。颜回问学十分勤快，子贡也不输给他。这不，今天下雨，其他弟子看看天雨不会上课，都赖在家睡懒觉了，只有他披着蓑衣，冒着绵绵春雨来到老师府上求学。

孔丘见子贡冒雨前来，说不出的高兴，遂亲切地问道：

"阿赐，今天下雨怎么不在家里呆着，冒雨前来，有何急事吗？"

"先生，没有急事，只是来向您求教学问。记得先生曾反复叮嘱我们，要做君子，不要做小人。所以，弟子一直在想，到底什么样的人才算君子呢？达到什么样的标准才算君子呢？平时先生杏坛教学，师门兄弟多，弟子无从请教。今日天雨，弟子想，来向先生问学者不会多，所以就趁机来请教。不知先生是否可以给弟子好好讲一讲，君子究竟为何等之人？"

孔丘听了子贡这番话，对他求学善于见缝插针，真是打心眼里赞赏。于是，想了想，根据他的年龄特点，从容说道：

"要做君子，必须做到'三思''三患''三恕''三所''五耻''六本'。"

"何谓'三思'？"子贡立即追问道。

"所谓'三思'，就是有三种情况需要想清楚。年少时不肯学习，长大后没有一技之长；年长时不知教导子女，死后无人追思；富有时不知施舍,到自己贫困时无人救助。因此,君子年少时,就会想到长大后的问题,进而努力学习;年长时,就会想到死后的问题,进而致力于儿孙的教育;富裕时,就想到有朝一日穷困的处境,进而明白施舍的道理。"

"先生意思是说,凡事要预先想清楚,那样才不会有后悔。记得先生曾说过:'凡事豫则立,不豫则废',说的就是这个道理吧。"

孔丘听了子贡的这番解读,不禁喜上眉梢,打心眼里佩服这个孩子的领悟力与举一反三的能力。于是,点点头,伸手在他头上摸了一下。

子贡见得到了老师的鼓励,遂又接着问道:

"那么,何谓'三患'呢?"

"所谓'三患',就是三种忧虑。没有听说时,忧虑不能听说;听说后,忧虑没机会学习;有了机会学习,又忧虑不能付诸行动。"

"先生意思是说,君子严于律己,唯恐学得不多,做得不好,是吧。"

孔丘点了点头。

"那'三恕'呢?"子贡又问道。

"有君不能侍奉,有臣而求其听使,此非恕也;有双亲不能尽孝,有儿女而求其报恩,此非恕也;有兄不能敬爱,有弟而求其顺从,此非恕也。读书之人,明白此三恕之本,差可称得上是行为端正了。"

"先生意思是说,自己做不到的,不要勉强别人做到。用先生以前说过的话来说,就是'己所不欲,勿施于人',是吗?"

孔丘听了子贡的这番诠释,再次感到无比的欣慰,不禁拈须而笑。

子贡见此，胆子更加大起来，又问道：

"先生，那何谓'三所'呢？"

"君子有所耻，有所鄙，有所殆。年少不能勤奋学习，年老时不能教育儿孙，君子耻之；离乡事君，官至高位，突遇故旧，而无忆旧之言，君子鄙之；与小人相处，而不亲近贤者，君子殆之。"

"先生意思是说，年少好学，年老教子，得意而不傲人，亲贤者而远小人，才是君子，是吗？"

"正是此意。"孔丘点了点头，答道。

"那'五耻'呢？"

孔丘看了看子贡渴望的眼神，从容说道：

"有仁德而无仁言，君子耻之；有仁言而无行动，君子耻之；得而复失，君子耻之；土地广袤，而民众衣食不足，君子耻之；所做之事不少于他人，但却事倍功半，君子耻之。"

"那'六本'又是何谓？"子贡又问道。

"所谓'六本'，就是君子立身行事的六个基本原则。立身有义，以孝为本；丧纪有礼，以哀为本；战阵有列，以勇为本；治政有理，以农为本；治国有道，以嗣为本；生财有时，以力为本。本末不分，则农桑之事无从谈起；不能取悦于亲戚，则外交成效可想而知；做事有始无终，如何指望能做好所有事情；道听途说之言，不可引以为据；身边之人皆不能安顿，则遑论远方不服之民。所以说，'反本修迹，君子之道也'。"

"先生意思是说，善于抓住问题的关键，立足于根本，从近处做起，才是君子立身行事的根本。所谓'反本修迹，君子之道也'，跟先生以前所说'君子务本，本立而道生'，是一个意思吧？"

听了子贡的这番诠释，孔丘不禁再次点头捻须而笑，再次为子贡的领悟力与活学活用的能力而欢欣鼓舞，打心眼里认定：孺子可教也。

"先生，一向可好？"正当子贡还想向孔丘请教其他问题时，孟懿子冒雨急急进来。

孟懿子也是孔丘的弟子，十几年前就已与其弟南宫敬叔拜在孔丘门下求学。只是因为他是朝廷重臣，与其他弟子情况有所不同，主动上门求教的时候并不多见。今天看他冒雨登门，又见其行色匆匆，孔丘不禁吃了一惊，连忙问道：

"何忌，有什么急事吗？"

"邾国新君遣使来向您请教。"

"邾国新君？"孔丘一时没反应过来。

"三个月前，邾庄公卒。上个月，邾国新君即位，将要行冠礼，但不懂规矩礼仪，故特意遣使来请教先生。"

听了孟懿子的这番说明，孔丘终于弄清了事情的原委，于是连忙向孟懿子问道：

"邾国新君之使何在？"

"就在先生府外，弟子可否请他进来？"孟懿子问道。

"外面正下着雨，快请邾君使者进来说话吧。"

不一会儿，孟懿子就领着邾隐公的使者进来了。分宾主坐定后，使者便将所有的疑问提了出来。孔丘听了，不假思索地回答道：

"邾国新君即位的冠礼，应当与世子的冠礼规格相同。"

"那么，世子行冠礼的规格是什么样的呢？"邾隐公之使立即追问道。

"世子加冠时，要立于大堂之前东面的主人台阶上，以示即将代其父成为一国之君。之后，再站到宾客之位，举爵向位卑者敬酒。

每加一次冠,就敬一次酒,以示礼成。三次加冠,由缁布冠到皮弁冠,再到爵弁冠,一次比一次尊贵,其意是教导他要有远大志向。加冠之后,人们开始以字称之,以示尊敬其名。即使是天子之长子,与普通之士亦无二致,其冠礼仪式完全相同。天下无生来就是尊贵之人,因此行冠礼必在祖庙。以祼享之礼加以约束,以钟磬之乐予以节制,以此使行礼者感受到自己的卑微,而愈加敬畏自己的祖先。以此表明,行礼者不敢擅越祖先礼制。"

"天子未成年而即位,成年后需办加冠之礼吗?"郯隐公使者又问道。

"古代世子虽年幼,但即位之后即贵为人君。人君治成人之事,何须再办加冠之礼?"

"那么,诸侯的冠礼与天子的冠礼有什么不同吗?"郯隐公使者又提了一个问题。

"天子驾崩,世子为其主持丧葬,说明他已成人,不必再举行加冠之礼。诸侯的情况,与此相同。"

孟懿子见每次郯隐公使者提问,孔丘都是不假思索,脱口而出,遂一时兴起,也向他提了一个问题:

"今郯国新君举行加冠之礼,是否不符合礼制呢?"

"诸侯举行加冠之礼,始于夏朝末年。由来有自,今天我们不必对此予以讥讽。为天子举行加冠之礼,则始于周成王时代。当年周武王驾崩,周成王才十三岁便继承了大统。周公为冢宰,佐其治天下。第二年,夏历六月,周武王葬后,便为周成王举办了加冠之礼,并让其朝拜祖先。以此昭示诸侯,他们又有了自己新的国君。成王加冠礼上,周公令祝雍作颂辞,曰:'使王近于民,远于年,啬于时,惠于财,亲贤而任能。'其颂曰:'令月吉日,王始加元服,去王幼志，服衮职，钦若昊命，六合是式，率尔祖考，永永无极。'这便是周公创造的天子加冠之制。"孔丘看了孟懿子一眼，呵呵一笑道。

"诸侯的加冠之礼，为什么必须在宾位上举行呢？"孟懿子接着问道。

"诸侯是公爵的，举行加冠之礼，以卿为宾，无需中介之人。自己主持仪式，拱手行礼，将宾客迎至宾位后，自己则站到席北主位。敬斟醴酒之礼，则与普通士飨之礼相同，敬酒三次以祭祀自己的祖先。斟酒既毕，回到东面之阶。非公爵之诸侯，也是自己主持加冠仪式，但必须回到宾位上举行。这便是二者的不同之处。玄端与皮弁，虽为不同朝代之服饰，但均不着色。公要四次加冠，戴礼帽，穿礼服，在宾位上酬酢宾客，然后乘马出行。太子、庶子的加冠之礼，与此相同。天子的加冠礼，则要行三次礼，这与士之冠礼无别。至于以酒食招待宾客的礼节，也是大致相同。"

听孔丘说到这里，孟懿子顿了顿，又代郯隐公之使问了一个问题：

"加冠之礼开始时，为什么一定要戴黑色的麻布帽呢？"

"此示不忘古礼。远古之冠，用布皆以原色麻布。只有在行斋礼时，才戴黑色麻布帽。至于帽饰下垂之绥带，丘则未闻。而今要行加冠之礼，只要酬赠宾客即可。"

孔丘话音未落，郯隐公之使突然提出了一个问题：

"那么，古代三王之冠又有什么区别呢？"

"周弁、殷冔、夏收，都是相同的。三王之冠皆是皮质，冠带没有色彩。周朝常戴之冠叫委貌，殷朝常见之冠是章甫，夏朝的常戴之冠是毋追。"孔丘答道。

孟懿子听到此，不禁心悦诚服，脱口而出道：

"先生博学无人可及，真是让弟子开眼了。"

郯隐公之使也连忙随声附和，并向孔丘行礼表达谢意。

3. 阳虎馈豕

"先生，不好了。"

周敬王十五年，鲁定公五年（公元前五〇五年），六月初三，孔丘在杏坛聚徒讲论周礼刚刚结束，南宫敬叔突然急急赶来。

"子容，何事惊慌？"孔丘看南宫脸色紧张，连忙问道。

"季孙冢宰过世了。"

"季平子死了？"孔丘惊讶地问道。

"是的，先生。"

"真的死了？"

"真的死了。弟子难道还敢捉弄先生不成？"

孔丘看到南宫敬叔一脸严肃的样子，知道季孙意如（季平子）确实是死了。于是，一丝笑意藏不住地写在了眼角，将其内心的秘密一泄无余。在孔丘心里，季平子不仅是个独裁者，更是一个不折不扣的乱臣贼子。因为正是他，当初以臣欺君，将鲁昭公赶出了鲁国，使一国之君的鲁昭公有家归不得。不仅如此，甚至在鲁昭公死后，他还不准鲁昭公归葬祖茔。想到这些，孔丘就恨得咬牙切齿。如今这个乱臣贼子终于死了，这叫他如何不高兴。

南宫见孔丘半天不说话，脸上还写着笑意，已然猜到了他此时此刻的心理，遂提醒他道：

"先生，您看季孙家宰死了，这鲁国的政局将如何收拾？"

"如何收拾？那还不是老规矩，子承父业，父死子继吗？"

南宫见孔丘说话没好气的样子，知道他内心对季平子还是充满了敌意，对他以前的所作所为耿耿于怀。于是，放缓语调，平心静气地说道：

"虽然有老规矩，但目前局势非常复杂，恐非像先生想象的那么简单。"

孔丘不明白南宫的意思，立即反问道：

"鲁国历来由季孙氏一人专政，这个局面现在难道改变了吗？这一政治格局，目前难道还有别的人能改变过来吗？"

"先生，弟子今天来，就是专程来请教的，如何才能保持鲁国政局的稳定。其实，这也是季孙家宰临终时所希望的。"

"他是怕他的儿子不争气，保不住季孙氏在鲁国政坛特殊的政治地位吧。"孔丘语带不屑地说道。

"先生说得对。季孙家宰知道其子季孙斯能力不足，而他的家臣阳虎又特别强势，早有不臣之心。因此，家宰临死前，特意密托家兄两件事，一是代他向您道歉，说以前对您多有得罪，希望您看在他行将就木的份上，原谅他，并希望家兄教育季孙斯要信赖您。"

"果真如此？"孔丘似乎很难相信南宫的话。

"家兄亲口所言，不是虚言。"

孔丘看了看南宫的表情，点了点头。因为南宫一向对他恭敬有加，其兄长孟懿子（仲孙何忌）也是他的学生，他们的话应该不会假。

"那第二件事呢？"孔丘问道。

"第二件事是,冢宰请托家兄,请求先生为季孙氏荐才。"

"他是想借助我的力量抗衡阳虎的势力吧。"

"先生明察秋毫,弟子也认为确有此意。不过,这也是一个好机会啊!"

"为什么这么说?"孔丘不以为然,反问道。

"先生,您不是一直想改变鲁国臣强君弱的局面吗?既然季孙冢宰临终前嘱托家兄,请求您为季孙氏荐才,先生为何不顺水推舟,将您弟子中堪可造就者推荐给季孙斯,让他们到冢宰府任职呢?如此,可让您弟子在任上实践您的思想主张,您的理想岂不就逐步实现了?"

孔丘听到这里,顿时豁然开朗,没想到南宫这些年在官场中历练后,竟然已经相当成熟有思想了。于是,情不自禁地捻须而笑,无限欣喜地看着南宫。

南宫被孔丘看得不好意思,遂连忙说道:

"先生,您以为弟子的话有没有道理?"

"有道理!为师突然想到,既然有这个机会,那就先将冉求推荐到冢宰府任职吧。"

没想到,南宫立即表示反对,说道:

"先生,冉求确有行政长才,但是文韬有余,武略不足。先生也知道,阳虎绝非善类,亦非一般文弱之辈所能抗衡。因此,弟子认为,在先生诸弟子中,唯有子路的勇毅才有可能镇得住阳虎。"

"你是认为只有子路才是最适合的推荐人选,是吗?"

"弟子有这个意思。"

"不可。一来子路为人过于耿直,不善于变通,让他为季孙氏家臣,恐怕他不愿为之。二来现在就将子路派到季府,会让阳虎有所警觉，有打草惊蛇之虞。因此，为师以为，目前还是稳妥点，不妨静观其变，谋定而后动。等到时机成熟，我们再将子路安插到冢宰府中。为今之计，是先让冉求早点进入冢宰府为家臣，再为子路谋一邑宰之职，让他先有一个历练。等他积累了一定的从政经验，有了一定的政绩，届时再在关键时刻派他大用。你看如何？"

"先生深谋远虑，虑事极为周到。弟子一定照办。"南宫说道。

接着，师生二人便密商了一番，决定先找冉求来面授机宜，然后让孟懿子做季桓子的工作。一切安排妥当后，第三天，冉求就顺利进入了冢宰府，做起了季孙氏家臣。

孔丘将冉求安插到冢宰府，阳虎当然知道这不是孔丘的本事，而是季桓子（季孙斯）想起而抗衡自己的战略。因此，他原本要取季孙氏而代之的意志就更坚定了。只是要取代季孙氏，需要找到一个冠冕堂皇的理由，出师有名才能赢得人心，最终才有可能取得成功。

苦思冥想，阳虎终于找到一个挑起事端的好办法。这些天正在给季平子办理丧事，因为要准备殡葬之物，他便想到了季平子以前代昭公执政时常佩的那块代表君权的玙璠，想怂恿季桓子以此玉佩为其父殡葬。然后，再以季平子殡葬物僭越礼制为由，起兵讨伐乱臣贼子，一举翦除季孙氏，取而代之。

打定主意，阳虎便以尽孝与颂扬季平子之功为名，不断找季桓子游说。季桓子虽然不知道阳虎游说所包藏的祸心，但知道以天子与诸侯之玉为自己父亲殡葬，会给人留下话柄，未必是尽孝之道。于是，就予以拒绝。但是，阳虎并不死心，不断地游说。最后，季桓子没有办法，悄悄地托孟懿子向孔丘请教。孔丘认为，此举万万不可。理由有二,一是以天子与诸侯之物为大夫殡葬僭越了礼制,于礼不合;二是季平子生前所作所为已经有违为臣之道,早已背上了乱臣贼子的恶名。现在,若再以天子与诸侯之物殡葬,等于更清楚地向世人昭示了其生前所作所为确有谋逆之意。孟懿子转告了孔丘的分析,季桓子以为然,乃以玙璠已为鲁定公收回为由,让阳虎死了心。

虽然想借玙璠为由挑起事端,进而讨伐季桓子的阴谋没有得逞,但阳虎取季孙氏而代之的野心始终没有死。季平子的丧事办完之后,阳虎想到了另一个计谋。既然硬的不行,那就来软的,而且软绳子比硬绳子更能捆得住人。于是,他开始拉拢孔丘。因为他知道,现在的孔丘已非昔日的孔丘,他的弟子遍天下,许多都是难得的人才。如果拉拢住孔丘,那么所有孔门弟子就会为他所用。到那时,何愁不能取季孙氏而代之,何愁不能成为鲁国实权第一人,即使最后做了鲁国之君,恐怕也无人奈何得了他。

谋划已定,阳虎便开始行动了。

周敬王十五年,鲁定公五年(公元前五〇五年),八月二十七,是孔丘虚岁四十七岁的生日。阳虎借为孔丘祝寿为名,准备了一只上等的烤乳猪,前往孔丘府上拜访并祝贺。可是,孔丘一听弟子报告阳虎要来的消息,立即躲了起来,不肯与之相见。这倒不是因为孔丘还记着当年阳虎将他拒于季武子飨士宴之外的旧事,而是他早已看出了阳虎结交自己的险恶用意。

阳虎虽也已猜出孔丘是故意避而不见,却并不在意。留下馈赠的烤乳猪,便扬长而去了。

可是,孔丘回来一看,却犯难了。他是一个重礼之人,一向遵循"来而不往非礼也"的原则。既然阳虎来访,而且还馈赠了珍贵的烤乳猪，这样大礼相见，自己若是不予回访，那就真是大大的失礼了，传扬开来对自己的名誉有损。自己都不懂人情世故之礼，以后还有何面目、有何资格跟弟子大谈礼的问题呢？如果要去回访，他实在是心不甘情不愿。阳虎这种人，所出非士族名门，他自来都是看不起的。况且他还是一个得志便猖狂的小人，一个包藏祸心的阴谋家。这样的人，值得自己屈尊回访吗？思来想去，孔丘陷入了两难的窘境。

第二天，子贡来问学，了解到老师的为难之处，便给他出了一个主意：

"先生，您何不趁阳虎不在家时前往回访？那样，既免了不想见他的尴尬，又免了失礼之嫌。岂不两全其美？"

孔丘一听，拍案而起，连声说道：

"妙哉！妙哉！"

于是，孔丘立即派人去季孙氏家宰府，让在此任职的冉求替他打听，阳虎何时不在家。最后，打听确切了，孔丘便穿戴整齐，坐着马车，装着虔诚的样子，驱车回访阳虎去了。结果，正如事先所设计的情节一样，阳虎真的出去了。孔丘便高兴地坐着马车回家了，一路上心里那个高兴劲儿就甭提了。

可是，人算不如天算。就当孔丘快到家时，却遇上了坐在马车上，迎面而来的阳虎。

阳虎一见孔丘，可高兴了。远远就喊道：

"来，我跟你说句话。"

孔丘听阳虎这样跟自己大呼小叫，觉得这个奴才真是一点礼貌也没有。细细体味其说话的腔调、趾高气扬的味道，更让孔丘打心里反感。可是，出于礼貌，最后孔丘还是让自己的马车与阳虎的马车靠近了。

阳虎一见孔丘的马车靠上来了,立即凭轼俯身对孔丘说道:

"怀其宝而迷其邦,算得上是仁人吗?"

孔丘反感他这种说话的口吻,就默不作声,不予回答。

阳虎见此,心知孔丘之意,遂代为回答道:

"不是。"

孔丘见阳虎这样自说自话,更加反感了。遂侧过脸去,看着另一边。

阳虎见此,并不在意,又大声问道:

"好从政,而屡失时机,算得上是聪明人吗?"

孔丘听了,明显更加反感了。

"不是。"阳虎再次代孔丘答道。

孔丘这次真的非常生气了,他想好好教训一下这个不知天高地厚的奴才,但嗫嚅了半天,却没说出一句话来。

阳虎见此,哈哈大笑。接着,说出了一句意味深长的话:

"时光如流水,时不待人啊!"

说完,阳虎便驱车扬长而去,车后却留下了他一阵得意的笑声。

孔丘望着阳虎的马车绝尘而去,不禁陷入了沉思。是啊,岁月不等人!自己想克己复礼,恢复周公礼法,要改变这个被乱臣贼子颠倒了的世界,仅靠自己游说国君,让他们接受自己的政治主张,那是不现实的。当年自己跟鲁昭公说过,跟齐景公也说过,跟卫国、宋国等诸侯国之君都推销过,结果谁也没践行。看来,靠人不如靠自己。何不自己出仕,谋个一官半职,在自己管辖的范围内实践自己的政治理想,做出成果来,让人看看,岂不更有说服力?

想到此,孔丘情不自禁地摸了摸花白的头发,暗下了决心,自言自语道:

"我将出仕也!"

第六章 知天命

1. 阳虎叛鲁

听了阳虎的一番游说,孔丘虽然下定了决心要出仕,以此实践自己的政治主张。但是,事实上他却迟迟没有出仕。因为他改不了自命清高的书生气,邑宰之类的小官,他不愿为之。在他看来,这种小邑父母官,由他的弟子当作行政历练,小试牛刀还可以,至于自己则完全不合适。傧相之类,虽是朝廷官员,但那只是些闲职,做不成大事,对自己施展拳脚,大手笔施政毫无帮助。

正因为有这种想法,相对于以前,孔丘对从政做官之事看得更淡了。除了经常给冉求等已入仕途的弟子们讲些为政之道外,他最醉心的事仍是给众弟子传道解惑,跟颜回、子贡等得意弟子切磋学问。除此,就是删《诗》订《诗》。不过,对于弟子从政,他是从不反对的。

周敬王十六年,鲁定公六年(公元前五〇四年),三月十二,在

南宫敬叔的推荐下,通过季桓子与孟懿子向鲁定公争取,子路被任命为蒲邑之宰。临行前,子路来向孔丘请益:

"先生,弟子马上就要到蒲邑为宰。希望先生给弟子指教一二。"

"你以为蒲邑如何?"孔丘单刀直入地问道。

"蒲邑民风强悍,又多壮士,治理这种地方,弟子恐怕心有余而力不足。"

孔丘顿了顿,看了看子路,语重心长地说道:

"所虑极是。不过,阿由,你也不必有畏难情绪,更不要打退堂鼓。若要治理好蒲邑,记住为师四句话就可以了。"

"哪四句话,先生请说。"子路迫不及待地问道。

"恭而敬,可以摄勇。"

"先生是说,对于凶猛之人不要以硬碰硬,而是以柔克刚。以谦恭之态,诚敬之心、去感化他,使他产生敬畏之心。也就是先生常说的,要以德服人,而不是以力服人。是吗?"

孔丘听了子路这番话,不禁对其刮目相看,兴奋地脱口而出道:

"孺子可教也!"

"那先生再说第二句吧。"子路催促道。

"宽而正,可以怀强。"

"先生意思是说,宽厚待人,做人正直,就可以怀柔强人,是吧?"

孔丘点了点头。

"那第三句呢?"子路又催促道。

"爱而恕,可以容困。"

"先生是说,要有同情之心、宽恕之仁,包容一切贫弱之人,是吧?"

孔丘捻须一笑，然后重重地点了点头。

"先生，那第四句呢？"子路深受鼓舞，遂又问道。

"温而断，可以抑奸。"

"先生意思是说，为人要温和，但处事要果断，这样就能抑制奸邪之人，是吧？"

"正是此意。此四者并举，则治蒲不难也！"

子路抬头望着孔丘，不断地点头称是。顿了顿，又问道：

"为政之道，关键何在？"

"记住四个字：先之劳之。"孔丘不假思索地伸出四根手指，答道。

"先生意思是说，为官牧民，自己要身体力行，率先率范，是吧？"

"正是此意。"孔丘重重地点了点头。

"除此，还有吗？"子路又追问道。

"无倦。"这一次，孔丘则伸出两根手指，答道。

"先生是说，为政之道，贵在坚持，持之以恒，勤政不懈，是吧？"

孔丘听到这里，不禁喜形于色，高兴地说道：

"阿由，你可以从政了。"

"弟子谨受教！"子路恭敬地向孔丘施了一礼，说道。

告别孔丘，子路就赴蒲邑就任了。

下车伊始，子路立即发动民众修渠筑坝，兴修水利，治理水患。他自己也身先士卒，与老百姓一起干了起来。不仅如此，他还同情老百姓的辛苦，将自己的薪给悉数献出，给每一个参加兴修水利的百姓发放一箪食物、一壶水酒。

子路治蒲爱民的事迹一传十、十传百，不久就传到了曲阜。孔丘听说后，急得跳脚。连忙找来子贡，让他连夜赶往蒲邑，务必阻止子路给百姓发放酒食。子路虽为人率真，常常敢当面驳难老师，但内心却对老师极其敬重。见子贡话说得重，他不敢违背师命，只好停止。但是，心里却不服气，也想不明白其中的因由。所以，子贡前脚刚走，他立即也跟着回到了曲阜，他要当面向孔丘问个清楚。

"先生经常教导弟子，做官要勤政爱民。弟子治蒲，因为考虑到夏季将至，担心暴雨来临而造成水灾，所以亲率百姓修渠，以防患于未然。修渠百姓很多都是饥民，弟子怜而馈其箪食壶浆，这也是人之常情啊！没想到先生派子贡急急赶往制止弟子之所为，弟子实在不明白这是为什么？先生不是一向提倡'仁者爱人'吗？不是经常鼓励我们行仁行义吗？为什么现在一定要阻止我行仁行义呢？"一见孔丘，子路就没好气地说道。

虽然子路说得慷慨激昂，但孔丘却不动声色，显得异常冷静。等子路情绪完全平静了下来，孔丘这才看着子路，从容说道：

"你既然认为百姓饥而无食，为何不向国君禀报，请求国君开仓济民呢？现在，你将自己的食物赈济百姓，了解你的人知道你有同情之心，是在行仁行义。不了解实情的人，则会以为你是在以小恩小惠收买人心。"

"先生，有这么严重吗？"子路望着孔丘，吃惊地问道。

"还不止这些呢。如果是别有用心的小人，他们还会认为你这是在故意彰显自己的仁德，而凸显国君的不仁不义。所以，阿由啊，为师劝你还是早点停止这种不明智的做法吧。及早回头，也许还不致造成什么大的不良影响。否则，你肯定会招来罪祸的。"

这一下，子路终于明白了老师派子贡前往劝止自己的良苦用心。

遂连忙致谢道：

"谢先生指点迷津，不然弟子定会执迷不悟，铸成大错的。"

告别孔丘，子路又急急赶回蒲邑。按照孔丘的教导，他不仅解决了百姓的饥饿问题，也消除了蒲邑历年屡治不见成效的水患。由此，生产发展了，经济繁荣了，社会治安也出现了焕然一新的面貌。

周敬王十八年，鲁定公八年（公元前五〇二年）春，子路为蒲邑之宰已满两年。一天，孔丘与弟子子贡闲聊，突然子贡提起两年前的事，并提议说：

"先生，我们去蒲邑看看子路如何？"

虽然这两年子路也时常偷空回来看孔丘，但毕竟不能与以往那样朝夕相处，所以，当子贡提起子路在蒲邑已经两年，顿时让孔丘触动了情思，起了思念之情。于是，爽快地答应道：

"好啊！你去套车，咱们师生二人现在就去。"

蒲邑离曲阜不远，子贡执辔而驭，师生二人很快就到了蒲邑。

"善哉，阿由！恭敬而信。"刚入蒲邑之境，孔丘就感叹道。

进入蒲邑之城，孔丘又感叹道：

"善哉，阿由！忠信而宽。"

到了蒲邑治所的厅堂，孔丘再次感叹说：

"善哉，阿由！明察而断。"

子贡听了老师如此一而再、再而三地赞扬子路，不免感到困惑，遂不以为然地说道：

"先生，您还没有见过子路为政处事，怎么就已经赞扬了他三次呢？您认为子路为政有哪些优长，能否说给弟子听听吗？"

孔丘看了看子贡，从容说道：

"为师已经看到了子路为政的成果了。当我进入蒲邑之境时，看到田地平整、杂草尽除、水渠深挖,就知道蒲邑百姓是尽了力,这说明是子路的谦恭诚信深深感动了百姓,他们做事才会全力以赴。当我进入蒲邑之城时,看到墙厚房固、树木茂盛,就知道民风淳朴,百姓做事没有苟且之心,这说明是子路的忠信宽厚感化了百姓,他们才返璞归真,行事认真。当我走上蒲邑治所大堂时,看到堂中清静闲适,所有下属都恭敬听命,这说明子路为政明察、处事果断,因此政事不受干扰。以此观之,为师三称其善,难道算是溢美之词吗?"

子贡听到此,不禁心服口服,连连点头称是。

从蒲邑回到曲阜,孔丘对于实现自己的理想又多了一份信心。自己有这么多能干的弟子,只要他们都陆续走上从政之路,并努力践行自己的政治主张,天下何愁不清平,周公礼法何愁没有恢复的一天。

可是,没高兴多久,忧心的事就一件接一件地来了,让孔丘的信心深受打击。

周敬王十七年,鲁定公七年(公元前五〇三年)二月,齐景公派特使到曲阜,传达其决定,将原来夺占的鲁国郓和阳关二地归还给鲁国,以修齐鲁永世之好。当孔丘得到南宫敬叔报告的这个消息时,不禁高兴得手舞足蹈,好多天都激动得心情难以平静。

可是,没等孔丘高兴多久,南宫敬叔就来报告了一个消息:阳虎以替鲁定公接收郓和阳关旧地为名,将二地据为己有,并派有私家兵卒守卫。

孔丘一听,顿时气得差点背过气去,好久才说出话来:

"季平子养虎为患,如今这奴才的胆子比主子的还大,胡作非为比季平子还要过分。这个奴才不剪除,终究是要成为鲁国祸乱之根,从此鲁国永无宁日。"

"先生，您看怎么办？现在阳虎已经尾大不掉了，季桓子对此也一筹莫展。"

孔丘看了看南宫，沉思良久，果断地说道：

"子容，现在到了让子路发挥作用的时候了。我马上派子贡到蒲邑召回子路，你与兄长同时向季桓子建议，接受子路到冢宰府为家臣，协助季桓子训练家兵，以备不虞之事发生。"

"明白，弟子立即去办。"

南宫走后，孔丘立即召来子贡，面授机宜后，就让子贡急急上路了。

第三天，子路就随子贡急急赶回曲阜。一见到孔丘，子路就急不可耐地问道：

"先生如此紧急召弟子回来，有什么重大事情吗？"

"阿由，你在蒲邑为官已有几年了，行政历练到了一定程度。现在为师要你换一份职位，到冢宰府去当家臣。"

"到冢宰府当家臣？"子路不敢相信自己的耳朵，吃惊地看着孔丘问道。

"是，到冢宰府当家臣。已经安排好了。"孔丘以不容置疑的口吻说道。

"为什么？先生难道不记得了，当初因为季桓子之父季平子驱逐国君，您对季孙氏恨之入骨，有不共戴天之仇。今天怎么突然态度有了如此大的转变，要自己的弟子去做这样的乱臣贼子的家臣呢？先生刚才说的话，是不是在跟弟子开玩笑？"

"阿由，为师没有跟你开玩笑。这是一件大事，事关鲁国的前途命运。"

子路听了，更是不敢相信，惊讶地问道：

"弟子到冢宰府当家臣这么重要？会关系到鲁国的前途命运？"

"正是如此。"孔丘点了点头，肯定地答道。

"那先生说说其中的道理，让弟子明白。"

"阿由呀，为师确实痛恨季孙氏，包括季武子、季平子与今日的季桓子。但是，现在看来，这些已经不重要了，个人感情不能代替理智。为了鲁国的前途命运，目前我们必须帮助并联合季桓子，挫败阳虎的阴谋，阻止他发动叛乱。"

"阳虎敢发动叛乱吗？"子路不相信。

"他与季武子、季平子不同，他只是一个家臣，也就是一个奴才。季武子与季平子虽然独断专横，但他们毕竟还是士大夫，还知道些礼义廉耻，还怕在青史上留下骂名。所以，他们做事至少在面子上还过得去。鲁君无实权，已经由来已久了。鲁国之政由'三桓'操纵，亦已成了惯例。再说，要找历史根据，当初周公辅佐成王，情形何尝不类似于季孙氏之于鲁君？但是，阳虎则不一样。他是个奴才出身，根本没有什么礼义廉耻。他内心无所顾忌，做起事来也就肆无忌惮了，什么事情做不出来？比方说，这次齐国归还我们鲁国郓和阳关二地，他竟据为己有，这种事连当年专横一世的季平子也不敢做啊！但是，阳虎现在做了，而鲁定公无奈他何。季桓子虽名为他的主子，却实为他所挟制的傀儡，根本不能约束他。"

"哦，原来事情已经到了这个地步！"子路默默地点了点头，好像是自言自语。

"季孙氏被阳虎挟制做傀儡，并非是现在的事，而是自季武子时代就已开始了。但是，今日的季桓子既精明不过其祖父季武子，能力更不能比其父季平子。因此，为师非常担心阳虎会有弑主之心，说不定哪天就把季桓子给杀了，自己取鲁君之位而代之。"

"先生觉得他有这个胆吗？"子路以为孔丘是在危言耸听，要说服他去当季孙氏家臣。

"怎么没这个胆？一个人无知便会无畏，无耻便会无惧。刚才为师已说了阳虎的为人。"

"无知无畏，无耻无惧，先生说得对。既然如此，那先生让弟子到冢宰府做家臣又能干些什么呢？如何才能遏制阳虎犯上作乱的可能呢？"

孔丘看了看子路，胸有成竹地回答道：

"你到冢宰府为家臣后，可以与冉求密切配合，先以大兴土木为掩护，一面替冢宰府修筑高墙大院，一面暗中训练家兵。一旦情势有变，凭借高墙大院，又有一支训练有素的季孙氏家兵为主力，为师再让孟孙氏、叔孙氏与季孙氏联合，讲清'三桓'唇亡齿寒的道理，一定能够挫败阳虎武力夺取鲁国政权的阴谋。"

"先生深谋远虑，虑之极深，弟子谨受教。"

子路到季孙氏冢宰府为家臣后，阳虎对孔丘的布局意图更加清楚了。为此，他使尽了手段拼命拉拢孔丘，想借重他的声名与其庞大的弟子资源。可是，每次都被孔丘巧妙地回绝了。

多年拉拢孔丘不成，又见季桓子的羽翼将丰，阳虎觉得到了非动手不可的时候了。周敬王十八年，鲁定公八年（公元前五〇二年）冬，在一个月黑风高之夜，阳虎突然率兵攻打季孙氏的冢宰府。结果，孔丘运筹帷幄，子路率领季孙氏家兵凭高墙深院为依托，耗尽了阳虎之兵的大部分精力。与此同时，由孟懿子结合叔孙氏的力量，在关键时刻对季孙氏予以了支持，从而一举击败了阳虎的军队。

阳虎谋弑季桓子的阴谋失败后，连夜逃出曲阜城，回到了他之前所盘踞的讙、阳关，企图积蓄力量，再次反扑。

挫败阳虎的阴谋后，孔丘又有了文韬武略的声名。但是，自诩"五十而知天命"的孔丘，却仍然弄不懂自己有学问有才能，怎么就不能为世所用，发挥才能，建功立业。

说也凑巧，就在孔丘抱怨不为世用时，也就是阳虎败逃不久，季孙氏的另一个家臣公山不狃遣使来请孔丘。

公山不狃也早有不臣之心，只是没有阳虎那么嚣张。他见阳虎败逃，又见孔丘弟子众多，遂有意结交孔丘，以为日后打算。此时，他正盘踞在季孙氏的封地费邑。虽然他没有像阳虎那样公开摆出与季桓子分庭抗礼的架势，但却是真真实实地将费邑变成了自己的独立王国，让季桓子风吹不进、水泼不进。

孔丘见公山不狃遣使专程来请他到费邑任职、颇有诚意，又想想自己年已五十，弟子子路、冉求等人从政都很有成就，所以就有一种跃跃欲试的想法。于是，就爽快地答应了公山不狃的请求。就在孔丘正要起身前往费邑就职之时，子路闻听了消息，立即前来劝阻：

"先生，您不为世用已非一日。既然没地方去，那就算了。在杏坛授徒，不也非常好吗？以您目前的声名与身份，您何必要到公山不狃那里去呢？"

"为师为什么不能去？"孔丘以不无赌气的口吻说道。

"公山不狃与阳虎乃一路货色，早有谋逆之心。如果他有一天与阳虎一样发动叛乱，那先生岂不蒙受了一个不白之冤？如果有人说您为虎作伥，您的声名受损，您纵有千口百口，能辩白得清楚吗？"

子路爱师心切，说得慷慨激昂，但孔丘觉得子路说话太过冲撞、情绪也有些激动，遂提高声调说道：

"别人专程跑一趟来请我，难道我能让他白跑一趟？再说，纵然公山不狃有不臣之心，只要他用我，我也能感化他、改造他，使周文王、周武王的德政在东方得以复兴。"

子路见情势不对，自觉自己说不过孔丘，遂辞谢而退，找子贡与冉求去了。最后，在子贡与冉求的说服下，孔丘才打消了往费依附公山不狃的想法，继续留在了曲阜教书育人。

第二年六月，在孔丘及其弟子的支持下，季桓子请求鲁定公出兵平定阳虎的势力。鲁定公兵至阳关，阳虎寡不敌众，战败突围，逃往齐国。

阳虎兵败逃跑后，孔丘觉得劝说季桓子将鲁昭公陵墓合并到祖茔的时机已然来临。于是，便请南宫敬叔与季桓子约定时间，在弟子冉求的安排下与季桓子第一次正式见面。见到季桓子，孔丘也没有多少客套，直奔主题道：

"'君君臣臣，父父子子'，乃周公之礼法，亦为人伦之通则。昔鲁昭公奔齐，后辗转崩逝于晋。归葬鲁国时，令尊不允其陵入祖茔，天下物议甚多。"

季桓子听到孔丘说到其父季平子当年之事，虽觉得做得有些过分，不合为臣之道，但自己身为其子，也不能否定其父之所为。否则，岂非有悖人伦？于是，就默不作声。

孔丘见此，心知其意，又继续引导说：

"摒昭公之墓于祖茔之外，乃是贬君。丘以为，以臣贬君，非礼也；贬君而彰己罪，非智也。为今之计，冢宰莫若填平昭公陵墓与祖茔之间的鸿沟，使其合为一体，既不必惊动先君之灵，亦可掩令尊不臣之过，岂非两全其美？"

季桓子觉得孔丘的这个主意真的不错，可以不动声色地将过往的历史一笔抹掉，无论是对先君昭公还是对先父季平子都是最好的安排。于是，欣然同意，立即交办。

落实了鲁昭公归葬祖茔之事，孔丘心里的一块心病总算消除了。高兴了两天，南宫敬叔又来向他报告了一个消息：

"先生，阳虎逃往齐国，齐景公令人拘禁了他，准备送归鲁国，但不慎又让他逃脱了。"

"那么，现在阳虎逃到哪里去了？"孔丘急迫地问道。

"这个倒是不清楚，待有消息，弟子再来向先生报告。"

知道乱臣贼子阳虎不受欢迎，孔丘心里又多了一份欣慰，这说明这个世界还有公理，齐是大国，他对阳虎不欢迎，也就表明了齐景公不赞同以臣逆君、以下犯上的事，这对那些有不臣之心的乱臣贼子们也算是一种警告吧。

可是，没高兴多久，一个月后的一天，南宫敬叔又来向孔丘报告消息了：

"先生，有消息了。阳虎从齐国脱逃后，到了宋国。最后辗转逃到晋国，投靠了晋国执政赵简子。"

孔丘一听，不禁喟然长叹道：

"赵氏执政将现乱局的时候不远了。"

2. 中都执政

阳虎叛乱平定后，鲁国的政局开始步入正轨。原来由季平子一人专权的局面,逐渐又恢复到季平子以前的旧格局,即由季孙氏、孟孙氏与叔孙氏三家共同执掌。这倒不是因为季桓子比乃父季平子有容人之雅量,而是因为他没乃父的本事与手段。

正因为没有乃父季平子的本事与手段,又由于在平定阳虎叛乱中孔丘师生发挥了巨大的作用,这就使季桓子更加深刻地认识到,要想在鲁国执政,保持季孙氏鲁国第一权贵的地位,就必须结合孔丘师生的力量。

周敬王十九年,鲁定公九年(公元前五○一年),子路因功调任他职,不再担任季孙氏家臣的职位。经孔丘与其弟子孟懿子和南宫敬叔的推荐,子路空缺的家臣职位改由冉雍担任。

"先生,弟子承蒙您推举,就要到冢宰府任职了。但是,对于如何管理政事,弟子毫无经验,请先生赐教。"冉雍任职前,来向老师孔丘请益。

"阿雍,为师送你九个字,保你胜任其职绰绰有余。"

"哪九个字?请先生教诲。"

"先有司,赦小过,举贤才。"

"先生意思是说,作为上司,首先要给下属主管做出榜样。对他人的过错,要予以宽宥,要容许他人出错。对于有才能的人,要有爱惜之心,积极举荐他,提拔他。是这样吗?"

孔丘看了看冉雍,满意地点点头。

冉雍见此,又追问道:

"那么,如何知道哪些人是有才能的,而去提拔他呢?"

"举荐与提拔你所了解的人。"孔丘脱口而出道。

"那么,对于不了解的人呢?"

"你所不了解的人,若真有才能,总会有人举荐,难道会埋没了他不成?"孔丘答道。

"弟子谨受教!"

"为师还有一句话,请你切记。"

"先生,请教诲。"

"为政之道,无论是治邑还是治国,都要记住'正人先正己'。执政者自己的言行若是端正了,治国安邦还有什么难的呢?如果不能正其身,如何正别人呢?"

"弟子谨受教!"

冉雍走后,又相继有五六个弟子前来问学。等到送走了前来问学的所有弟子,天都快黑了。就在此时,冉求来了。

"阿有,今天怎么这么晚才来?"孔丘觉得奇怪,问道。

"今天朝中有公务。"

"恐怕只是一般性事务吧。如果有什么重要政务,为师虽不在朝,也会知道的。"孔丘不以为然地说道。

冉求明白孔丘的意思,老师有弟子孟懿子与南宫敬叔,都是在朝中执政的重臣,朝中有重大事情,他们肯定会第一时间来向老师报告的。所以,孔丘才会如此自信地认为,朝中有大事,那是瞒不过他的。

"先生,今天您恐怕猜错了。"冉求神秘笑道。

"哦,还有为师不知道的?请说说看。"孔丘顿起好奇之心,说道。

冉有望了望孔丘,顿了顿,有意卖了个关子,然后才从容说道:

"今天孟懿子与南宫向季桓子建议,季桓子又向国君请求,国君已经同意请您出仕。明日国君要召见先生,孟懿子与南宫特意让弟子前来通知。先生,这难道不是朝中大事吗?"

孔丘听了，先是一愣，然后淡然一笑。

冉有知道此时孔丘的心理，师生彼此心照不宣。之后，冉有说了几句闲话，便告辞而去。

第二天，孔丘如约来见鲁定公。依礼揖让如仪，君臣各就各位后，鲁定公就切入正题道：

"寡人听说有一句话：'一言可以兴邦'，真有这样的事吗？"

孔丘一听，连忙端坐跪直，回答道：

"臣以为，不能对一句话抱有那么高的期望。臣也听说过一句话：'为君难，为臣亦不易。'若能体会到做国君的难处，为臣者都努力效命，那么不就近于'一言兴邦'吗？"

"言之有理。那么，'一言丧邦'的事有没有呢？"鲁定公又问了一个相反的问题。

"一句话的负面效果不至于有这么大。不过，国君有时要是一句话说得不好，可能真有非常严重的后果。假如有人说：'我做国君，每日辛劳理政，没有什么快乐啊！如果说有什么快乐，唯一的安慰就是我说的话无人敢违抗。'臣以为，如果一个国君所说的话真的没错，而无人违抗，那也是一件很好的事。可是，若他说的话并不正确，却也无人敢于违抗，那后果是可想而知的。这不就近于'一言丧邦'吗？"

"夫子之言是也！"鲁定公重重地点点头。

之后，鲁定公又问了一些有关治国安邦的问题，孔丘都一一作答，鲁定公觉得非常满意。最后，鲁定公摊出了底牌，说道：

"夫子博古通今，卓有见识，是难得的人才。寡人早有请夫子出仕之意，为寡人、为鲁国排忧解难。但是，因种种原因，一直未能如愿。"

孔丘听鲁定公这样说,知道他是想用模糊的表达,让人产生联想,从而巧妙地推卸自己的责任,并有向自己示好、卖人情的意味。于是,便顺水推舟地回答道:

"臣乃一介儒生,并无国君所期待的治国安邦之才。虽如此,鲁是臣的父母之邦,国君若有吩咐,臣自当竭尽全力。"

"夫子果然是忠心报国之人!今寡人有一难治之邑中都,虽名为鲁国第二大都,如今却凋敝衰落。寡人虽有振兴中都之愿,但惜不得其人。若夫子不嫌屈辱,肯为国尽力,为寡人解忧,一展治国长才,则鲁国幸矣!"

孔丘一听,便知鲁定公之意。他是怕自己徒有其名,而无其实。所以,就借口找不到合适人选,趁机将最难治理的中都交给自己,试试自己的能力到底如何。

想到此,孔丘虽心有不快,但因生性好强,越有挑战性就越有兴趣证明一下自己,这就是他以前所说的,自己不是高悬的葫芦,只能看而无实际的用处。于是,一横心,回答道:

"臣虽不才,但愿一试。"

"善哉!"鲁定公高兴地笑了。

接受任命之后,孔丘第二天就带着颜由、冉耕、子贡、闵损、宰予、公冶长、漆雕开、秦商、巫马期、商瞿等一帮得意弟子,驾着一架破旧的马车,风尘仆仆地往中都赴任了。

中都离曲阜虽然不远,但因路上遇雨,又走错了路,结果孔丘偕一帮弟子竟然费时近半个月才到达中都。到了中都,孔丘才知道鲁定公之所以要请他出任中都之宰的原因。

刚入中都之境时,孔丘师徒触目所见的,不是平畴沃野、牛肥马壮的景象,而是满目荒凉,田地不整,杂草丛生,几十里地鸡犬之声不闻。甚至渴了想讨口水喝,半天都找不到一户人家。而进入中都城后,则更是让孔丘心都凉透了。街道坑坑洼洼,坐在马车里几乎要被颠得从车上摔下来。街道两旁的房子,几乎没有一间像样的,大多是些东倒西歪的草房,哪里有鲁国第二大都的景象。整个中都城,既不见曲阜城或是齐国大小都市店铺林立的景象,也无多少行人。偶尔从眼前走过几个人,也没有一个是穿戴齐整的,都是衣衫褴褛,怎么看都不像是鲁国大都的市民,而是像乞丐,只差手上一根打狗棍和一只破碗而已。

"先生,您看,那里一帮人在干什么?"

正当孔丘坐在马车上向大街四周察看之时,子贡突然指着前方街道一角的一群人说道。

"咱们前去看看。"说着,孔丘就从车上下来了。

在众弟子的陪伴下,新任中都宰孔丘开始了下车伊始的第一次访察。不下车不知道,一下车,孔丘的心更凉了。满大街随处都是人畜粪便,即使非常小心,有时也要踏得一脚粪便。大家一跃三跳,好不容易走到那群人跟前,这才发现,原来他们正在打群架。孔丘一见,顿时怒不可遏,血直往上冲,早已忘了自己的身份,大吼一声道:

"都给我住手!"

这一吼还真管用,原来扭成一团的那帮斗殴者立即都停手散开了。等到他们定睛看清吼叫者及其周围的一帮人都是儒生打扮,不禁群起而哄笑,而且还不约而同、行动异常统一地向孔丘师徒逼过来,大有统一思想、一致对外的意思。其中,一个长得高大威猛者,一边向孔丘逼过来,一边还恶狠狠地向孔丘嚷道:

"你们是哪来的货色,竟敢管闲事管到大爷的头上了,活腻了吧?"

众弟子见此人来者不善,唯恐老师吃亏,遂情不自禁地围到了一起,将孔丘包围在中心。

但是,孔丘知道,眼前这些弟子都不是子路,论武功蛮力肯定不行。所以,还是自己亲自出马吧。想到此,孔丘分开众弟子,说道:

"大家让开,让为师好好教训一下这些没有教化的刁民。"

当那人恶狠狠地扑过来时,孔丘不躲不闪,借着他猛扑过来的冲击力,抓住其胳膊,顺势一拽,就将其摔倒在地,正好趴到一堆粪便上。孔丘的众弟子见此,一齐拍手,大叫道:

"先生武功高强,摔得好!"

当那人趴在地上正恶心时,只听子贡大喊一声道:

"这是中都宰孔大人,你们还不赶快跪下?"

一听刚才摔倒他们大哥的人是中都宰,那帮人一阵诧异后,立即齐刷刷地跪倒在地。不少人都跪在了近身的粪便上,这既让孔丘的弟子感到好笑,又让他们感到一阵恶心。

孔丘见此,对他们挥挥手,说道:

"你们都起来吧,以后再也不要打架斗殴了!"

"是,大人。"众无赖一边唱喏答应,一边急忙从地上爬起来,然后倒退着散开了。

接着,孔丘返身回到马车边,率领众弟子继续往前走。最后,费了好大周折,才找到所谓的中都宰治所。

说是中都宰治所,看在孔丘师徒眼里的,不过是三间屋瓦残缺不全,透光漏雨通风的旧屋而已。屋内既无办公几案,也无晚上睡觉的寝具。因为中都宰空缺了很久,而今不仅无人与孔丘交接职务,甚至连以前历任的公文也不见半片残简断牍。

大家一看，都傻眼了。但是，孔丘看着眼前的景象，又想起鲁定公殷殷拜托之情，一时之间顿时陷入了矛盾之中。

"先生，咱们回曲阜吧，这个中都宰有什么好做的？"沉默了好久，宰予忍不住说道。

众弟子大多附和宰予的意见，子贡开始虽没吱声，但后来还是出来劝孔丘道：

"先生，这种烂摊子是很难收拾的，要做出政绩更是不可能。先生倒不如现在就辞掉这个中都宰，免得到时做不好，反而坏了名声，对今后的仕途发展更不利。"

众弟子觉得子贡的话说得理性，遂一片声地附和赞成。但是，孔丘却不假思索地说道：

"受君之命，食君之禄，理应为君解忧排难，岂可临阵脱逃，知难而退？为师已经抱定一个信念：既来之，则安之。不整顿好中都，为师就决不回曲阜。如果你们当中有人缺乏信心，或是遭不了罪，吃不了苦，现在就可以回去。"

众弟子见孔丘说得如此决绝，只好连声说道：

"弟子愿追随先生，永不言弃！"

"好，那么大家现在就动手收拾治所，把墙上的洞堵上，把地上打扫干净。有会爬高摸低的，上房将屋瓦匀一匀，先盖住屋顶，不让漏雨，以后再添瓦重整。从此以后，咱们还得在此栖身度日呢。"

冉耕等人都是贫苦人家出身，这些粗活都能干。不到半天，大家一起动手，一切便都收拾妥当了，包括起灶做饭的事，也都有了着落。

忙活一天，吃完晚饭，孔丘召集弟子商量，如何振兴中都。众弟子各抒己见，孔丘觉得都有道理。但是，他认为目前要做的事只有三件：一是将中都城的道路修好，起码要填好坑洼之处，让马车能走；二是整治中都城人畜粪便随处乱拉的情况，让大家都有良好的生活习惯；三是整治打架斗殴，教育民众要知礼守法。

打定好主意，第二天，孔丘便颁布政令，通告全城。

结果，在孔丘的亲自带领下，全城百姓参与，一个月内道路全部畅通。两个月内，街道上人畜粪便的问题也得到了解决。为了不死灰复燃，孔丘还制定了各户门前环境自清制度，从而彻底杜绝了人畜粪便无人管的情况。又用了三个月时间，孔丘让众弟子分户承包礼法教育工作，让民众有了"非礼勿视，非礼勿听，非礼勿动"的意识，让他们知道什么是法律不允许做的。经过众弟子艰苦而细致的工作，中都的社会秩序在短时间内便有了根本的改观。为此，孔丘信心大增。到一年期满，不仅中都城的面貌焕然一新，中都全境的民风也随之有了根本转变。加上劝农政策成功，中都全境田地抛荒的情况少多了。外地人入境，看到中都到处田地平展、庄稼长势良好、牛羊成群，简直不敢相信这么短的时间会有如此大的变化。

初战告捷之后，孔丘开始法制建设。先后制定了养生送死的法律制度，让生者生活有所保障，死者能够体面地离去。又制定了"长幼异食，强弱异任，男女别途"的礼法，使老少、强弱、男女都有自己的行为规范。为了提倡节俭，又作了安葬制度上的安排。棺木规格统一为里四寸外五寸，墓地要依傍丘陵而建，不堆高大的坟顶，不在墓地大量种植树木。这些政策的制定及施行，不到一年就产生了效果，远古时代淳朴的民风重在中都再现。四方诸侯闻之，争相派人前来观摩学习。

随着到访中都的人日益增多，孔丘治理中都的名声也就越传越神。等到传到曲阜，传到季桓子的耳里，传到孟懿子和叔孙氏的耳里，传到鲁定公的耳中时，大家都不相信这是真的。他们一致认为，这肯定是孔丘所带的那一帮弟子在为老师吹嘘。

最后，鲁定公决定让叔孙氏亲自到中都视察一趟，看看情况到底如何。结果，证明传言并不虚，一切都是事实。中都确实彻底改变了，孔丘治国安邦的才能确实卓尔不群。

3. 代摄鲁相

周敬王二十年，鲁定公十年（公元前五〇〇年）六月，孔丘奉鲁定公之命回到曲阜复命。

"夫子治理中都，一年有成。百姓丰衣足食，路不拾遗，器不雕伪。四方诸侯闻之，皆引以为则，寡人欣慰之至也！"一见孔丘，鲁定公就兴奋地说道。

孔丘连忙绕席致敬，谦恭有礼地回答道：

"国君过誉，让臣实在是惭愧之至！"

"夫子不必过谦。中都治理模式，今四方诸侯皆引以为则，不知以此治理鲁国如何？"

"纵使治天下，亦绰绰有余，何况一鲁国？"这一次，孔丘不再谦虚了，脱口而出道。

看到孔丘如此自信，鲁定公也深受感染，情不自禁间对自己也陡增了些自信。于是，重重地点了点头。

第二年，鲁定公力排众议，升孔丘为小司空，再由小司空升为大司寇。

孔丘由小司空升任大司寇，政绩非常突出，不仅赢得民众的普遍赞扬，也深得鲁定公的赞许，甚至执政的冢宰季桓子也由衷钦佩。

鲁国政局的逐渐稳定与国力的不断提升，还有国际影响的扩大，都使鲁国近邻齐国感到了压力。特别是因为孔丘及其弟子已经掌握实权，而当年齐国对于逃难到齐国的孔丘极不友好，所以，齐景公怕鲁国强大后对齐国不利。为了防患于未然，也为了厚结鲁国之心，齐景公决定以敦睦近邻为由，主动与鲁国修好。

周敬王二十年，鲁定公十年（公元前五〇〇年）春，齐景公向鲁国派出了使节，商量这年夏天两国举行会盟之事。

鲁定公见大国齐国主动约请会盟，觉得非常有面子，自然是乐得心花怒放。但是，冢宰季桓子却犯了愁。因为按照礼仪规定，两国之君会盟，一般都由两国之相陪侍，并担任相礼之职。季桓子本来就是一个不学无术的纨绔子弟，内政尚且不能处理，更何况是外交之事呢。

冉求担任冢宰府家臣，天天陪侍在季桓子身旁，当然了解他。于是，就给季桓子出了个主意，让他请孔丘代理相礼之职。冉求提出这个建议，是想给自己的老师一个显示才能的机会，让鲁定公与世人进一步了解自己的老师在外交上的才干。提出这个建议后，冉求本来还怕季桓子多心，以为自己是在为老师揽权。没想到，季桓子却乐得一跳三尺高，立即答应。第二天，他就向鲁定公提出请求，让孔丘代理齐鲁二国会盟的相礼之职，并以自己身体不适为由，同时请求鲁定公同意让孔丘暂时代理冢宰之职。实际上，他是想偷懒，夏天快到了，他体胖怕热，懒得理政。

鲁定公对孔丘的能力非常赞叹，对季桓子则是打心眼里看不起，认为他任鲁国冢宰,只是"三桓"世袭制的结果,实际上他并无治国才干,只是一个尸位素餐者而已。因此,一听季桓子提出让孔丘代理冢宰之职,他是打心眼里高兴,巴不得他索性把冢宰之职让给孔丘才好呢。于是,满口答应,并立即遣人传召孔丘来见,当场作了任命。

孔丘虽然口头上一再谦让,但内心则异常高兴。因为这样的机会对他而言,是求之而不易得的。他盼望着这一天已经很久了,现在终于有了统揽鲁国大权,可以施展拳脚大干一场的机会,接下来他朝着自己既定的"克己复礼"的目标做下去,就有了基础。鲁定公与季桓子虽然不知道此时孔丘内心的真实想法,但他们二人都各有自己的目的,所以孔丘不断地谦让,他们就不断地劝进。最后,孔丘装得无可奈何的样子,又像是要给鲁定公与季桓子面子,才勉强答应了下来。

可是,一出鲁定公的大殿,孔丘就再也抑制不住内心的喜悦了,走起路来就像展翅的鸟儿一样,如果不顾及路人的观瞻,他大概会手舞足蹈起来的。马车到门前,尚未停稳,他便高声吩咐亓官氏道:

"夫人,今天多备一些酒菜,俺要喝个一醉方休。"

亓官氏闻声出来一看,见丈夫喜形于色、手舞足蹈的样子,不禁脱口而出,揶揄道:

"夫君今日有何大喜之事,看你得意忘形的样子,就像是个得志的小人。"

亓官氏说完这话,便觉得后悔了。如今丈夫身为大司寇,算是鲁国的第三号人物了,夫妻之间开玩笑也应该有所顾忌了。可是,出乎意料的是,孔丘并没生气,而是呵呵一笑道:

"夫人,国君已经任命俺为齐鲁二国会盟的相礼,又让俺代理冢宰之职。你说，俺这该不该高兴呢？难道在夫人面前还要装矜持吗？"

亓官氏一听，觉得丈夫今天格外可爱，做人就应该如此，高兴了就笑，悲伤了就哭，何必心口不一、假装正经呢？想到此，连忙说道：

"夫君担当大任，值得庆贺！妾这就去备酒菜，今日也要破例陪夫君喝一杯。"

亓官氏说完转身刚进厨房，子路就进来了。见到孔丘笑意写在脸上，不禁好奇地问道：

"看先生高兴的样子，莫非国君派您什么重任了？"

"阿由，猜得对。今日国君决定让为师出任齐鲁二国会盟的相礼，兼摄鲁相之职。"

"弟子记得先生曾说过这样一句话：'君子祸至不惧，福至不喜。'今先生得位而喜，不知为何？"

孔丘见子路一脸认真的样子，遂也一脸认真地回答道：

"是的，是说过这句话。但是，你不记得为师还说过另一句话：'乐以贵下人'吗？"

"先生意思是说，君子得位而喜，与小人得志而傲人不同。富贵而仍能谦恭待人，才是最重要的。是吗？"

"正是此意。"孔丘点了点头，脸露满意的微笑，他为子路越来越有悟性而高兴。

高兴了一夜，第二天孔丘便沉静下来，开始思考起如何施政才能实现"克己复礼"，恢复周公礼法的目标。想来想去，觉得目前在鲁国最可能影响自己实现政治理想的障碍便是少正卯其人。

少正卯，与孔丘一样，不仅是鲁国的大夫，而且也兴办私学，广招学生，宣扬自己的学说，被称为鲁国的"闻人"。之所以被称为"闻人"，那是因为他的教学水平远在孔丘之上。二人同时设坛授徒，但往往都是孔丘的学生被吸引到他那边，甚至有些还成了他的弟子。即使是孔丘的得意弟子，如子路、子贡等，事实上也是听过少正卯的讲论。只有颜回始终没有前往，这也可能是孔丘最喜欢颜回，并将之视为孔门第一弟子的原因吧。

孔丘其实并不是一个心胸狭窄的人，事实上他也有容人的雅量，甚至对于对手也能做到这一点。所以，他常常标榜自己是君子。不过，他有一句名言，叫做："道不同，不相为谋。"他跟少正卯之间，恰恰就是因为"道"不同，即政治主张相左而互相敌视的。孔丘主张"克己复礼"，恢复周公礼法；而少正卯则相反，他主张与时俱进，适应社会发展的需要，变革旧制度，建立新制度。正因为如此，孔丘觉得少正卯是他实现政治目标的重大障碍。所以，当他谋得鲁国最高行政大权后，便在第七天就毫不手软地对少正卯下手了。

孔丘生平做事都非常讲究"名正言顺""师出有名"，所以他要诛杀少正卯，也是找到了一个冠冕堂皇的理由，这便是"扰乱朝纲"。结果，少正卯就被他以"君子之诛"的名义处死于鲁国宫殿的两观之下，而且还将其暴尸三日。

孔丘的许多弟子以前都去听过少正卯的讲论，对于少正卯之死多少有些同情，对于老师一掌权就诛杀政治异己颇不以为然。其中，子贡反应最为激烈，为此专门找到孔丘进言道：

"少正卯乃鲁国闻人，今先生执政伊始，就将其诛杀，不觉得有些失策吗？难道先生就不怕别人物议，认为您没有容人之量吗？如果这样，先生执政势必会失去人心啊！"

孔丘听了子贡的话，不仅非常生气，还感到非常失望。子贡是

自己最欣赏的弟子之一,他都不能理解自己,那如何让外人能理解自己的苦心孤诣呢?于是,正色对子贡说道:

"你坐下,为师跟你说说其中的缘由。天下有五宗大恶是不能饶恕的,盗窃之事还不能算在其中,因为相比这五宗大恶,盗窃根本算不上什么。"

"天下竟有这样的大恶吗?弟子未曾与闻,请先生教诲。"子贡脱口而出道。

"这五宗大恶,一曰'心达而险',二曰'行僻而坚',三曰'言伪而辩',四曰'记丑而博',五曰'顺非而泽'。"

"何谓'心达而险'?"孔丘话音未落,子贡立即追问道。

"所谓'心达而险',就是内心通达,对于古今政治的变化与事物发展的规律都非常了解,但是却心存险恶。"

"先生意思是说,这种人对于事理是明白通达的,只是心地险恶、不存善意,是吧。"

孔丘点了点头。

"那么,'行僻而坚'呢?"

"所谓'行僻而坚',就是行为怪僻,却又固执。这种人表面标榜特立独行,实际上是有意标新立异。明明知道别人对他的指责是对的,他仍要固执己见,不知悔改。"孔丘答道。

"那'言伪而辩'呢?"

"所谓'言伪而辩',就是说的全是假话,却要强词夺理、巧舌如簧、百般辩解。"

"弟子明白了。那'记丑而博'呢?"子贡点了点头,接着问道。

"所谓'记丑而博',是指这种人记忆力特好,博闻强记,但所记的都是些怪异之事。"

"先生平生从不言怪力乱神之事,就是因为痛恨这些事吧。"

"可以这样说。"孔丘看了看子贡,点了点头。

"那么,什么是'顺非而泽'呢?"子贡又问道。

"所谓'顺非而泽',就是言行明明有悖常理,有违礼法,但却显得理直气壮。"

"弟子明白了。"

"上述五宗大恶,一个人只要有其一,正人君子就可诛杀他。更何况少正卯已经是五恶兼而有之,怎么能不杀呢?"孔丘接着说道。

"除了上述原因外,先生诛杀少正卯还有别的理由吗?"子贡心里仍是不认同老师杀少正卯的行为,所以孔丘话音未落,又不禁脱口而出道。

"少正卯为鲁国大夫,有一定的社会地位,足以聚集一定的追随者,结党营私,形成自己的势力。他巧舌如簧,言论有很大的煽动性,足以蛊惑人心,欺世盗名,从而获取民众的拥护。他积蓄的力量越大,就越有可能离经叛道,逆礼悖伦,谋求独立,成为异端。这种人,可是真正的大奸大雄啊!因此,不能不及早铲除他,以防患于未然。"

"这个就是先生诛杀少正卯的真正原因吗?"子贡始终不能认同孔丘诛杀少正卯的行为,所以再次追问道。

孔丘见子贡仍有疑虑,便不得不祭出其法宝,引经据典道:

"历史上,商汤诛尹谐,文王诛潘正,周公诛管蔡,太公诛华士,管仲诛付乙,子产诛史何,皆是人所共知之事。这被诛七人,虽生于不同时代,但被杀的原因则是相同的。所处时代环境不同,但所具有的罪恶则是相同的。因此,对他们都不能放过。否则,姑息养奸,必会酿成大祸。《诗》曰:'忧心如焚,愠于群小。'小人成群,岂能不令人忧心?"

子贡对孔丘这番振振有词地辩解,虽在内心里仍不能认同,觉得少正卯不至于非要被处死不可,但碍于老师的威严,他只得违心地点头称是。

诛杀少正卯,虽然连自己的弟子们也不认同,但孔丘却从此心定了。因为没了少正卯在鲁国摇唇鼓舌,与自己唱反调,至少在政治理念倡导上他便没了后顾之忧。于是,他开始集中精力筹划当年夏天即将登场的齐鲁二国之君的会盟事宜。

鲁定公十年(公元前五〇〇年)夏,齐鲁二国之君先前商定好的会盟,在双方选定的夹谷举行。齐鲁二国的主角分别是齐景公和鲁定公,配角分别是晏子与孔丘,会盟主要由他们二人担任相礼,即司仪。

临行前,孔丘向鲁定公建议道:

"臣听说,自古便有一句话:'有文事者,必有武备;有武事者,必有文备'。"

"两国之君会盟,乃是为了敦睦邦谊,为何要有武备呢?难道两国之君会盟,揖让致敬之间,双方军队还要较量一番吗?"鲁定公不解地问道。

孔丘摇了摇头,回答道:"国君,不是这个意思。两国会盟,虽为敦睦邻邦谊,但和平谈判时若无武力作后盾威慑对方,则必然要在谈判中吃亏。这便是'有文事者,必有武备'的原因。"

"那么,'有武事者,必有文备',又是为何呢?"

"两国交战,兵戎相见,杀得个你死我活,但最后的结果仍要坐下来解决问题,无论是战胜或战败,或是打个平手,都要通过谈判确定战争的结果与战后两国关系的安排。这便是'有武事者,必有文备'的原因。如果'有武事'而无'文备',届时战争结束,对方事先准备好一个谈判方案而自己没有,就必然陷于被动,要随着对方的步子起舞了。"

听孔丘说到这里,鲁定公终于明白了,重重地点了点头。

孔丘见鲁定公同意了自己的建议,又接着说道:

"古代的诸侯,离开国都,前往他国或外地进行外交活动,伴从的随员一定有文有武。所以,臣建议,这次您参加会盟时,务必要带上正副司马。"

"诺!"鲁定公觉得有理,立即答应了。

于是,孔丘立即吩咐鲁国正副司马,先行将军队秘密布置到夹谷周边比较隐蔽之处,以防被齐国人察觉。孔丘还叮嘱正副司马,军队布点要恰当,以便能随时调动与候命。

一切安排妥当后,孔丘便陪伴鲁定公往会盟地夹谷而去。到了夹谷,看到会盟仪式的土台已经筑就,并设立了位次。土台两旁各有九级台阶,以便二国之君拾级登台。

仪式开始后,两国之君先行会遇之礼,然后相互揖让一番,各自从盟坛一侧拾级登台。接着,在台上互赠了礼品,再互相敬酒。但是,仪式未毕,东夷莱人突然举起兵器,并击鼓喧哗,企图逼近并胁迫鲁定公。孔丘见此,一个箭步跃向盟坛,快速拾级登坛,用身体护住鲁定公,且退且避,并高声命令鲁国正副二司马道:

"鲁国军队,快攻打莱人。"

鲁国军人立即围上来。孔丘又高声对齐景公说道:

"齐鲁二国之君在此友好盟会,远方之俘夷狄竟敢以兵扰乱。这恐非齐侯所愿看到的吧,更非齐鲁友好邦交应有之义吧。夷夏不可混同,夷狄不可谋我华夏,更不可扰乱我中国。莱人乃东夷之俘,岂可惊扰我齐鲁二君会盟。至于会盟之所，本就不应该出现甲兵。否则，于神为不敬，于义讲不通，于人为失礼。外臣以为，齐侯一定不愿这样吧。"

听了孔丘如此这番不卑不亢的陈说，齐景公惭愧地低下了头，连忙下令让莱人军队撤离。

过了一会儿，齐景公为了打破尴尬的局面，命令齐国乐师演奏宫廷音乐。但是，音乐响起后，一帮侏儒小丑蜂拥而上，嬉戏于齐鲁二国之君面前。孔丘觉得这是对二国之君的侮辱，于是快步走过去，疾步登上台阶，站到第二级台阶上，高声说道：

"俳优侏儒，卑微不足道，乃匹夫小人也，今敢戏弄二国之君，其罪当诛。右司马何在？请立斩之！"

鲁国右司马闻命，立即上前，挥刀斩杀了俳优侏儒，而且手足皆被斩断。齐景公见此，不仅大为恐慌，而且面露惭愧之色。

齐景公见诸招皆被孔丘一一拆解，知道没有什么花样可以再玩了，遂与鲁定公按照会盟程序，举行歃血为盟仪式。但是，在写盟书时，齐国方面却记载说："齐师出境征伐，而鲁不以兵车三百乘随之，则依盟约惩之。"孔丘见此，立即命令鲁国大夫兹无还响应说："齐不归还鲁国汶阳之田，而要鲁派兵随从，则依盟约惩之。"

双方交换盟约后，齐景公准备设宴招待鲁定公。孔丘怕齐国又要使出什么坏招，届时要是控制不住局面，那么就会让鲁国君臣受辱了。想到此，孔丘便对齐国大夫梁丘据说道：

"齐鲁二国邦交传统，想必阁下最为清楚。而今盟约既已缔结，贵国之君再设宴招待敝国之君，岂非徒增负担？若非举行招待国宴不可，按照礼制，应有牛形、象形酒器佐觞，且有宫廷之乐演奏。今处荒野之中，宫内酒器依礼不能携出，宫中雅乐不能演奏。若非此不可，则明显有违礼制；若做不到，则一切就显得过于简陋，如同舍五谷而用秕稗。宴陋则君辱，弃礼则名恶。为贵国君臣计，不若取消宴会。国君宴客，乃在昭显威德。否则，不如取消。"

因为孔丘的一席话说得合情合理，又显得颇为体贴，齐大夫梁丘据深以为然，遂劝齐景公取消了宴会。两国之君就此拜别，各自分道扬镳去也。

孔丘偕鲁定公回到曲阜，深为鲁国上下交口称誉，大家都觉得此次鲁国取得了重大的外交胜利，孔丘厥功至伟。

而齐国之臣呢？回到临淄后，则被齐景公骂得狗血喷头。齐景公责备道：

"鲁国之臣以君子之道辅佐其君，尔等则以夷狄之道而教寡人，让寡人颜面尽失。"

于是，按照盟约规定，将昔日侵夺的鲁国四邑及汶阳之田归还给了鲁国。

第七章 治国平天下

1. 强公室

　　夹谷会盟所取得的重大外交胜利，使孔丘的声望如日中天，在鲁国政坛的地位也得以大大提高。而伴随着孔丘政治地位的提升，孔丘弟子从政的积极性也大大提高了。又由于孔丘官居高位，有更多的机会推荐自己的弟子从政，所以他的弟子走上仕途的也越来越多了。就连一向对从政不怎么感兴趣的子贡，也在此时走上了仕途，出任信阳宰。

　　周敬王二十二年，鲁定公十二年（公元前四九八年），四月初五，风雨如晦。因为不能上朝，孔丘独自伫立窗前，看着风雨飘摇中的曲阜街巷房舍，不禁触景生情，感慨万千。

　　"先生。"

　　突然听到身后传来一声轻轻地叫唤声，孔丘连忙回过头来，原来是冉求来了。

"阿有，这么大的风雨，你怎么来了？"孔丘关切地问道。

"今日冢宰府无事，弟子好久未与先生见面了，所以特来看看先生。"

"冢宰近日在干什么？一直不见他上朝。"

"他还能干什么？自从先生代摄国政以来，他乐得逍遥自在，整天歌舞饮酒。最近，因为购得一批江南佳丽，更是整天沉醉于酒色之中而不能自拔了。"

听冉求这样说，孔丘一时不知说什么好。过了好久，他突然看着窗外的疾风骤雨，好像是对冉求说，又好像是在自言自语："今周公礼法崩坏，天下风起云涌，诸侯割据，尾大不掉。周天子虽名为天下共主，但有哪一个诸侯国还听命于他呢？这周王之廷，何尝不像是风雨飘摇之中的一叶小舟呢？"

"其实，不光是周天子被诸侯架空，就是各个诸侯国的国君，何尝没有被其权臣所架空的呢？鲁国的情况不正是如此吗？"冉求说道。

"鲁国的乱局，根源在于'三桓'。'三桓'不除，公室难强。公室不强，则鲁难难免。"

"先生说得对，昭公出奔，就是以臣欺君，公室不强的结果。那么，如何才能强公室，收君权呢？"冉求望着孔丘，问道。

孔丘看着冉求，一时语塞。

过了好久，冉求打破沉寂的局面，问道：

"先生，'三桓'得势掌权，左右鲁国政局，具体是从什么时候开始的？"

"'三桓'起于两百年前的鲁庄公时代。鲁庄公之父鲁桓公生有四子，嫡长子即后来继位的鲁庄公，庶长子是庆父，庶次子叫叔牙，嫡次子叫季友。因庆父死后谥共，故称共仲，其后代便被称为仲孙氏，后改称为孟孙氏。叔牙死后谥僖，其后代被称为叔孙氏。季友死后谥成，其后代被称为季孙氏。孟孙氏、叔孙氏、季孙氏，都被鲁庄公封之为卿。因为三氏皆出于鲁桓公之后，遂被称为'三桓'。"

"哦，原来'三桓'是这么来的，弟子明白了。"冉求恍然大悟道。

"'三桓'之中，以季孙氏势力最大。"

"为何季孙氏势力最大呢？是因为季友为嫡次子，而庆父与叔牙皆为庶出之故吗？"孔丘话还没说完，冉求便急切地追问道。

"那倒不是。关键原因是季友在鲁庄公立太子问题上站对了立场，得到了鲁庄公的信任。鲁庄公病笃时，欲立太子，征询庆父、叔牙与季友的意见。叔牙力荐庆父，认为庆父有才能，以后继位为君，既有利于鲁国政局稳定，也符合'父死子继，兄死弟及'的传统。季友则强烈反对，说宁死也要拥立庄公之子般为储君。庄公本来就对庆父有忌惮之心，根本没有要传位于他的意思。传位给自己的儿子般，才是他的本意，只是他自己不便说出来。"

"先生是说，庄公征询三个弟弟的意见，只是摆摆样子，是吧。"冉求怯怯地问道。

"其实，不仅仅是摆摆样子，更是侦测三个弟弟的心思。由于叔牙力荐庆父触犯了庄公之忌，而季友拥立庄公之子态度坚决而深得庄公之心，庄公便觉得季友可靠，暗示他派人赐鸩酒毒死了叔牙，然后立其后为叔孙氏。"

"之后呢？"冉求追问道。

"叔牙死后，庄公立其子般为太子，命季友为辅。后庄公薨，季友立太子般为君。但是，庆父不甘心，欲立哀姜陪嫁媵女叔姜之子开为君。"

"庆父为何要立叔姜之子为国君？他跟叔姜有什么特别的关系吗？"冉求感到不解。

"庆父与叔姜倒是没有什么关系，叔姜只是庄公夫人哀姜的陪嫁女。只是因为庆父早在庄公在世时就与哀姜私通，是哀姜要庆父立媵女叔姜之子开为鲁国之君。"

"结果呢？"冉求从未听说过这段历史，顿时兴味大增，迫不及待地追问道。

"其时，庄公未葬，太子般寄住母家党氏，未及正式就位。庆父趁机派人暗杀了太子般，立叔姜之子开为鲁君，是为愍公。季友虽想以弑君之罪讨伐庆父，但苦无实力，只得出奔至陈。愍公即位后，庆父与哀姜私通更加肆无忌惮。不久，庆父觉得与哀姜的事虽已公开化，但毕竟有不伦悖理之嫌。于是，就想杀了愍公，自立为鲁君。当时，齐国大夫仲孙湫就预言：'不去庆父，鲁难未已。'果不其然，愍公二年，庆父遣大夫卜齮袭杀愍公于武闱。"

"庆父实在是太过分，这样的乱臣贼子真该千刀万剐，人人得而诛之。"

孔丘听了冉求的话，点了点头，接着说道：

"季友惊悉愍公被弑，立即由陈至邾，接回庄公侍妾成风之子申，请求鲁人立之为君。庆父忧之，惧而出奔至莒。公子申由此得以在季友的护送下回到鲁国，并被拥立为鲁君，是为僖公。接着，季友贿莒人以重金，欲拘庆父回鲁。庆父请求出奔他国，季友不允，庆父只得自杀。"

"季友此次拥立有功，再次为季孙氏势力后来坐大奠定了基础吧?"冉求插话问道。

孔丘点了点头,接着说道:

"正是。僖公元年,季友率师败莒师于郦,获莒拏而归。僖公乃赐以汶阳之田及费邑而为封地,又命之为鲁国之相。僖公十六年,季友卒,其后立为季孙氏。不过,季友死后,鲁国政坛权力几易其手,最后由东门氏掌握了大权,并在与孟孙氏、叔孙氏的较量中胜出。"

"那季孙氏呢?"冉求又弄不懂了。

"季友之孙季文子因为当时势力不足,只得依附于东门氏,并为鲁宣公效力。后来,势力渐渐壮大。到宣公十五年时,由于宣公听从了季文子的建议,在鲁国推行初税田,大力开垦私田,结果使得更多的民众都归附了季文子。从此,鲁国之民便不知有鲁宣公,而只知有季文子。"

"那鲁宣公呢?"冉求问道。

"宣公当然不甘心。执政第十八年时,终于下定决心,欲去'三桓',以张大公室。为此,他与公孙归父谋划,以派他到晋国求娶之名,借晋人之力以去'三桓'势力。但是,公孙归父未回,宣公即崩逝。季文子闻知公孙归父之谋,大为震怒。公孙归父惧而逃往齐国。由此,季文子正式执政,'三桓'势力更加坐大。襄公五年,季文子卒。其子宿承其爵,是为季武子。"

"季武子为人如何?"冉求问道。

"季武子相比乃父季文子,更加霸道。根据周礼规定,天子有六军,诸侯大国是三军。周公封于鲁,鲁亦有三军。但是,自鲁文公开始,鲁因国力较弱而要听从霸主号令。若继续保持三军规模,则需多向霸主进贡。鲁文公遂决定自减中军,只设上下二军,归之于公室。若国家有事,需要出兵征伐,则由三卿轮流统率。这样做的目的,是不让三卿专其民。但是,季武子承袭父爵,执掌鲁国权柄后,欲专其民,架空公室,乃于襄公十一年增设中军,与叔孙穆叔、孟献子各分一军之民,各主一军之征赋。由此,'三桓'势力强于公室。到襄公十二年,鲁国十二分国民,'三桓'得其七,襄公得其五。国民不尽属公室,公室由此衰微矣。"

"那后来呢?"冉求又追问道。

"襄公三十一年,襄公病笃,立其妾胡女敬归之子子野为嗣君。襄公薨,公子野哀伤过度,未及立而死。季武子欲立敬归娣齐归之子公子裯为鲁君,遭到叔孙穆叔的反对。叔孙认为,依照礼制,立君当立嫡。嫡长死,则立幼。倘若立庶,亦应立贤。而公子裯既非嫡,亦非贤,其年十九,心智仍如童子。父兄死,临丧无哀容,不堪为君。但是,由于季武子的坚持,公子裯仍被立为鲁君,是为昭公。"

"这个季武子确实很霸道。"冉求不禁脱口而出,评论道。

"昭公五年,季武子改三军为四军,自领二军,孟孙、叔孙各领一军。三家自取其税,减已税以贡于公室,国民不复属于公室,公室至此更加卑弱矣。"孔丘接着说道。

"既然三家都向鲁昭公贡赋,何以公室益弱呢?"冉求不解地问道。

"因为鲁国是军、赋统一,分军即是分赋。三家虽向昭公贡赋,但何时贡、贡多少,都不由昭公做主。也就是说,在贡赋问题上,昭公要仰'三桓'之鼻息。如此,公室岂能不日益卑弱?"

"季武子这种行径,也是日后昭公决意要铲除季孙氏的原因吧?"冉求又问道。

"正是。昭公二十五年,当郈昭伯、公若劝说昭公讨伐季孙氏时,尽管有臧孙等人的反对,但昭公仍然决意要铲除季孙氏。此时,季孙氏袭爵当家的是季平子,季武子早在昭公七年就已过世。"

"昭公决意要讨伐季孙氏,是因为此时季武子不在了,认为季平子不及乃父,才敢向季孙氏开刀,是吧?"冉求又问道。

"也许有这个原因吧。季平子虽三次向昭公请罪,但昭公仍然不允。说明昭公深恨于季孙氏专权,决心要改变长期以来鲁国政在季孙氏的局面。事有凑巧,此时正好发生了郈昭伯与季孙氏的'斗鸡之变',昭公得到郈昭伯与臧昭伯二家兵力的支持,遂毫不犹豫地起兵攻伐季孙氏。可惜,功败垂成。在季孙氏岌岌可危之时,孟孙氏与叔孙氏基于'三桓'利益一致的考虑,及时发兵救了季孙氏。季平子转败为胜后,遂将昭公驱逐出境,自己代摄国君之职。至此,季孙氏势力可谓如日中天,鲁国公室则衰微至极矣。"

孔丘说到这里,就再也不说一句话了。最后,还是冉求打破了沉默局面,说道:

"昭公痛失了一次除'三桓'的良机,反成被黜之君,确实值得深思反省。先生,现在情势不同以前了,季孙氏势力不比从前,季桓子不比乃父季平子,孟孙氏、叔孙氏的实力也不比从前,他们与其家臣之间都有矛盾。先生及众弟子都在鲁国从政,现在是不是强公室的最好的时机呢?"

听了冉求这番话,孔丘不禁大喜,乃脱口而出道:

"知我者,阿有也!为师最近一直考虑的就是这个强公室计划。"

"好!弟子们一定竭尽所能协助先生,最终实现强公室的计划。"冉求坚定地说道。

2. 隳三都

与冉求谈话后，孔丘强公室的决心更加坚定了。第二天，他便晋见鲁定公，决定跟他认真商讨一下这个计划。

君臣见礼毕，孔丘就直接上题了：

"鲁自庄公以来二百余年，'三桓'势力日益坐大。政在臣而不在君，已非一日矣。这一极不正常的局面一日不解决，鲁国就一日不得安宁，迟早会酿成大患。庆父之难，昭公之奔，都是前车之鉴。"

"大司寇言之有理，寡人何尝不知道，何尝不想改变？但是，自季武子四分公室以来，公室便没有固定的贡赋收入，军、赋皆归于'三桓'。手中无钱无粮，又不掌握军队，如何能够撼动'三桓'，改变目前君弱臣强、公室卑弱的局面呢？"鲁定公无奈地说道。

"国君不必消极悲观，形势总是在不断变化的。自您亲政以来，局面不是一天天向好的方向转变了吗？比方说，以前臣虽有忠君之心、报国之情，但不得其门而入。而今，臣不是已经官至大司寇，兼摄家宰之职了吗？臣的许多弟子，现在不也在为鲁国效力了吗？"

听到孔丘这样一鼓励，鲁定公顿时精神为之一振。低头一想，情况确如孔丘所说，真的是在向好的方向转变了。至少，季桓子的权力就没有其父季平子的那么大了，而今他又将家宰之职让给孔丘代理，政在季孙氏的局面明显已经改变。以前孔丘因为季平子的专横跋扈，一直被排斥在鲁国政坛之外，有心报国，而无处投效。如今，情况不一样了。季桓子虽然治国执政能力不及其父季平子，但专横专权的程度也不及其父,这就给孔丘这样的治国能臣以发挥才能的空间。自从孔丘出任中都宰以来,无论治理地方,还是执政中枢,无论处理内政,不是应对外交,都有很多新气象,鲁国的国际地位明显提升了。

想到此,鲁定公不禁感到莫大的欣慰,脸上露出了一丝笑意。

孔丘见此,连忙趁热打铁,说道:

"无论是政在季孙氏,还是政在'三桓',这种局面如果不改变,国君就不能改变受制于臣的被动处境,要想有所作为,恐怕比登天还难。臣以为,要想政归国君,唯一的办法就是根除'三桓'的势力,加强君权,削弱卿大夫的权力,重归'君君臣臣'的礼法轨道上。"

"大司寇说得对。只是怎样才能根除早已尾大不掉的'三桓'势力,寡人一直苦思冥想,也没有一个可行的办法。若硬做,又怕重蹈先君之覆辙。所以,寡人即位十几年来毫无作为。"

孔丘见鲁定公的顾虑颇多,遂鼓励道:

"国君其实不必有那么多顾虑,只要确立了一个可行的方案,这件事还是不难做到的。"

"哦,不难做到?大司寇难道有什么万全良策?快给寡人说说。"鲁定公急忙催促道。

"国君莫急,容臣细细道来。臣以为,'三桓'之所以飞扬跋扈,不受国君约束,甚至以臣欺君,关键就是因为他们各自拥有其领地,还有自己可以支配的私家军队。季孙氏有封邑费,叔孙氏有封邑郈,孟孙氏有封邑成。三邑皆高墙深池,以为凭借,纵使国君发兵征讨,又何惧之有?因此,臣以为,目前唯一可行且又可说得冠冕堂皇的办法,就是依照周公礼制,禁止卿大夫私藏兵器,禁止拥有私人武装，禁止其领邑有超过百雉之墙。逾越此禁者，依法削除。'三桓'没有可以凭险抗衡公室的城邑，没有可以用以抵抗公室的军队，那么其尾大不掉的局面何愁不能改变？"孔丘从容说道。

鲁定公点了点头。顿了顿，又不无忧虑地问道：

"大司寇的计谋确实高明，如果得以实行，确实能够彻底解决问题。但是，'三桓'肯俯首听命吗？如果他们联合起来，以武力威逼寡人，那寡人岂不又重蹈了先君之覆辙？"

"此一时也，彼一时也。而今的形势不比从前。国君虽受制于'三桓'，但'三桓'与家臣之间的内部矛盾也日益加深。前些年，季孙氏的家臣阳虎谋杀季桓子，起兵叛乱；最近听说叔孙氏的家臣侯犯、季孙氏的家臣南蒯各据其邑，都有蠢蠢欲动的苗头。至于季孙氏的家臣公山不狃，不臣之心早就昭然若揭。对此，'三桓'都心知肚明。他们都不甘心受制于其家臣，早有削弱其家臣的想法，只是目前尚未找到有效的解决之道。如果国君能利用其矛盾，因势利导予以推动，此次也许就能顺水推舟地将'三桓'问题彻底解决了。"孔丘回答道。

"大司寇深谋远虑，确实虑之极深，想得周密。寡人觉得这个办法可以一试，只是要谨慎而为之。否则，一着不慎，就会全盘皆输。"鲁定公还是有顾虑，直视孔丘，叮嘱道。

"国君放心，臣会谨慎处之，三思而后行。"

"那就有劳大司寇费心谋划了。"

孔丘连忙跪直身子，深施一礼，说道：

"食君之禄，担君之忧。为国君效劳，乃是本分，臣定当鞠躬尽瘁，死而后已。"

孔丘受命后，立即找来在冢宰府担任宰臣的子路，跟他详细说明了自己的计划。子路领命后,派人密切侦察"三桓"家臣的动静,然后不露痕迹地在其主子与家臣之间制造猜疑,加深其矛盾,促使其矛盾公开化。

周敬王二十二年,鲁定公十二年(公元前四九八年),六月初一傍晚时分,子路在夜幕的掩护下,急急来到孔府,将近两个月的工作简要地向孔丘作了汇报,并报告了他一个消息:

"公山不狃据费,经营有年,倚城凭险,早已不把季桓子放在眼里。费是季孙氏封邑,现在倒像是公山不狃的封邑。季孙冢宰说,公山不狃已有多年不向他纳贡了。为此,冢宰非常气愤。弟子已将侦知的公山不狃诸多不臣动向向冢宰作了汇报,并建议他接受先生的建议,遵从国君之命,带头拆除费邑城墙,使公山不狃从此无险可凭,也就不敢再存不臣之心了。"

"那冢宰怎么说?"孔丘急切地追问道。

"冢宰听了弟子的分析,也同意带头拆除费邑城墙,以防患于未然。不过,他有一个顾虑,怕自己带头拆除了费邑城墙后,孟孙氏与叔孙氏不拆,自己的势位会受到影响,在'三桓'中就占不到优势,甚至会反处劣势。"

孔丘听后,沉思片刻,觉得季桓子的顾虑也有道理。这个世界,谁不为自己打算。俗话说:"人不为己,天诛地灭。"现实就是如此啊!想到此,孔丘对子路说道:

"这事先说到这,不要急着去催冢宰。容为师再想对策,或是过些日子,我和国君找季孙冢宰亲自谈,也许效果会好些。最近你要密切关注孟孙氏和叔孙氏封邑内的家臣动向,有事立即前来报告。"

"弟子谨遵先生之命。"

过了没几天,还未等孔丘与鲁定公找季桓子商量,就传来了消息。叔孙氏的家臣侯犯和季孙氏的家臣南蒯各据其城而背叛了主子，意欲独立。

季桓子与叔孙氏听到消息后，大为震惊，立即主动找到孔丘，表示支持"隳三都"计划。

根据计划，孔丘采取了先易后难的策略，先让叔孙氏拆除郈邑城墙，然后再拆除季孙氏家臣公山不狃盘踞的费邑城墙。公山不狃当然明白主子季桓子的用意，知道季桓子这是在借国君"隳三都"计划，让他无险可凭而被迫就范，从此死心塌地做他的奴才。所以，他就坚决反对。恰好这时叔孙氏庶子叔孙辄，因不得意于叔孙氏，便与公山不狃联合，趁着鲁定公派出的隳三都军队开赴费邑，而国都曲阜空虚之机，先发制人，率费人对曲阜发动了突然袭击。

孔丘获悉公山不狃率兵袭击曲阜，立即召集子路等弟子进行军事部署。然后，保护着鲁定公与季桓子、叔孙氏、孟孙氏躲到季孙氏冢宰府中，凭借冢宰府的高墙厚壁跟公山不狃周旋。公山不狃乃亡命之徒，围攻冢宰府的战斗进行得异常惨烈。最后，鲁定公的军队与冢宰府的家兵不敌，冢宰府的几道院落都被攻破。孔丘无奈，只得保护着鲁定公与"三桓"首脑退到冢宰府最险要的武子台。当公山不狃攻到鲁定公所居之台一侧时，情况已非常危急了。为此，孔丘果断决策，派人突围，传令申句须、乐硕二大夫率兵前来救应。最终，打退了费人，并追击公山不狃至姑蔑。公山不狃见大势已去，逃奔到了齐国。

隳费之后，叔孙氏的郈城、孟孙氏的成城，都迎刃而解了。

由孔丘谋划的"隳三都"计划实现后，鲁定公的君权得到了巩固，"三桓"的势力得到了抑制，其他大夫的势力也有所削弱。由此，强公室的初步目标得以实现，君尊臣卑，上下秩序井然，政治教化亦取得了明显的效果。与此同时，社会秩序也渐趋于稳定，农业生产与商业经济也随之得到了发展。

3. 女乐风波

看到"堕三都"之后鲁国出现的新面貌，孔丘由衷地感到高兴，也对在鲁国复兴与恢复周公礼法充满了自信。这些年来，从中都宰开始，到小司空，再到大司寇，直到代摄鲁相而主持国政，虽然每一步他都走得很艰难，但经过努力都实现了既定的目标，取得了重大的成果。特别是"堕三都"计划的实施，堪称是他政治生涯的神来之笔。每当有人提到这一点，他都会情不自禁地露出欣慰的笑容，甚至私底下跟弟子交谈时也不免表现出些许得意之色。

其实，"堕三都"计划成功后，不仅孔丘感到得意，他的许多弟子也感到得意。他们认为，老师不仅政治上有一套，治国安邦斐然有成；外交上也有巨大成就，夹谷会盟可谓声名远播；至于"堕三都"计划的实施，则更展现出了其卓越的军事领导才能。

在众弟子中，要说感到得意的，恐怕首先要数子路了。因为他是冢宰府宰臣，是此次"堕三都"计划实施的核心人物。因此，"堕三都"计划成功后，他着实很自豪和得意了一阵。子路是个直爽而透明的人，心里有什么，外表上就有什么表现。内心的自豪与得意，除了在言谈举止上时有表现外，在衣饰上也有表现。

周敬王二十三年，鲁定公十三年（公元前四九七年）仲春，一个风和日丽的日子，子路穿了一套新裁成的春服到孔府来看老师孔丘。

孔丘一看子路穿得如此华丽,不禁愕然。从出任蒲邑之宰,再到冢宰府宰臣,子路都是穿着朴素的,从未这样张扬过,穿得如此华丽。于是,孔丘忍不住脱口而出道:

"阿由,你今天穿得这样华贵富雅,到底是为什么呢?长江始出于岷江,源头水流很小,仅能浮起酒杯而已。及至流到江津,若无舟楫,不避风浪,将无法渡过江面。之所以如此,不是因为水流太大,让人无法接近的缘故吗?今日你穿得如此华贵,色彩又是如此鲜艳,这样谁再敢接近你呢?当你将自己推到一个高高在上的位置时,还有谁愿意做你的朋友,给你指出缺点呢?"

子路一听,终于明白了老师的意思。于是,唯唯而退。

"先生,吴国派使者来鲁国了。"子路前脚刚走,南宫敬叔后脚就到。

孔丘听了一惊,直视南宫,问道:

"吴国派使者来鲁,有何贵干?"

"吴使说,奉吴王之命,前来朝鲁。还送来两匹文马、吴锦百尺。"

"为师没有听错吧?吴王派使者朝鲁?吴国是南方大国,无缘无故,怎么可能不远千里北上朝鲁呢?"

南宫见孔丘瞪大眼睛,一副不敢相信的样子,立即一脸认真地跟他解释道:

"因为先生治国安邦卓然有成,声名远播。今先生执掌鲁国之政,社会安定,经济发展,民众知礼守礼,古道之风蔚然。吴王认为长此以往,鲁国必成为天下强国,不战而屈天下。"

孔丘听了南宫的话,呵呵一笑道:

"说得夸张了！鲁国政局刚刚开始稳定下来，经济发展任重道远，说鲁国成为天下强国，那实在还很遥远。为师虽不敏，但还有一点自知之明，不战而屈天下，那更是不敢想喽！"

尽管吴王派使者朝鲁是事实，但是孔丘始终不敢相信，这是真的。不过，不管他相信不相信，没过多久，北方大国晋的执政者赵简子也向鲁国派出了使者，而且也致送了马匹文锦。除此，赵简子还给孔丘写了一封书信，表达了对其治国斐然有成的敬意。这次，孔丘开始相信诸侯朝鲁，已成为事实。为此，他对治理好鲁国，对恢复周公礼法，更是充满了信心。

吴、晋两大国先后朝鲁的事，很快就在诸侯各国之间传播开了。不久，鲁国近旁的宋、卫等小国，也闻风而动，相继向鲁国派出了使者，表达了对鲁国、对孔丘的敬意。

四国来朝，在鲁国引起了极大的轰动效应，也对周边各国产生了辐射作用。随着大家对孔丘的越发崇拜，诸侯各国学子前来拜师问学的也越来越多了。

周敬王二十三年，鲁定公十三年（公元前四九七年），暮春的一天，日中时分，孔丘办好公事，提早从朝中归来。因为这天他与许多新来的弟子有约，要回答他们的问题。申时将过，当诸多学子问学散去之后，孔丘正准备休息一下，不意南宫敬叔急急进来。

"阿韬，有什么急事吗？"

"先生，今日您离开朝中后，有一个重要情况，弟子想还是早点向您汇报一下为好。"

"什么重要情况？快说！"孔丘催促道。

"日中之后，有齐国使者到来。"

"齐国使者是来朝鲁的吗？"孔丘以为还与前几次一样，所以这样问道。

"弟子以为不是。"

"为什么?"

"弟子觉得齐国是别有用心。"

"此话怎讲?"孔丘连忙追问道。

"齐国使者馈赠给国君的不仅有文马二十四驷,还有美女八十人,打扮得妖妖娆娆的。"

"果真有此事?"孔丘有点不信南宫的话。

"弟子岂敢在先生面前说一句假话?"

"那国君收下了吗?"孔丘直视南宫,问道。

"季孙冢宰代国君收下了。"

孔丘听了南宫的这一句,便沉思不语了。半日,才语气坚决地说道:

"明日,我去面谏国君。"

第二天一大早,孔丘就穿戴整齐,去见鲁定公。可是,早早上朝的孔丘,一直等到正常上朝时间都过了一个时辰,也不见鲁定公出来。最后,他只得叫来宫内侍者,问道:

"国君今日为何迟迟不上朝理政?莫非身体有恙,还是怎么了?"

侍者跟孔丘已经很熟悉了,因为自从孔丘代摄国政以来,他天天都能看到孔丘与鲁定公一起处理朝政。可以说,他对孔丘已经相当了解了,不仅对其治国理政的才能了然于胸,而且对其勤政与认真的态度印象更深。今天见孔丘相问,他不忍心隐瞒实情,遂拉着孔丘走到一旁,悄悄在他耳边说道:

"国君还在睡觉呢!"

"为什么现在还在睡觉?平时国君不是都有早起的习惯吗?自从

即位以来，他也从来没有上朝迟到的记录啊！"

对于孔丘一脸的疑惑，侍者不禁摇头苦笑道：

"大司寇昨天处理完朝政离开后，有齐国使者来见，说是奉齐侯之命，送上文马二十四驷，对鲁国的大治表示祝贺。又献上美女八十人，个个打扮得娇艳无比，说是给国君享用的。"

"那国君接受了吗？"

"国君看到这些美女，虽有喜爱之意，但却推辞不受。说齐侯太过厚爱，不敢接受。但是，季孙冢宰却劝说国君应该收下。"侍者回答道。

"那季孙冢宰是怎么说的呢？"

"季孙冢宰说，齐鲁夹谷会盟之后，便是兄弟之邦。齐侯致送良驹美女，乃是有意要结交鲁国，敦睦近邻，国君不应该拒绝齐侯好意。否则，齐鲁交恶，于鲁不利。国君沉吟半日，看了又看站在一旁的八十名美女，最终答应收下齐侯的心意。不过，八十名美女国君并没有自己一人独享，而是当场赏赐了四十名给冢宰，说是对季孙冢宰为国操劳的答谢。"

"然后呢？"孔丘又问道。

"季孙冢宰谢过国君后，就带着国君赏赐的四十名美女回冢宰府去了。"

"那国君呢？"

侍者看了看孔丘，又扫视了已立于朝堂之上的其他朝臣，嗫嚅了半日，才低声对孔丘说道：

"季孙冢宰带着四十名美女走后，国君则带着另四十名美女进了后宫。"

"进了后宫，又干了什么？"

"大人，进后宫还能干什么，您猜不到吗？"侍者掩口而笑道。

就在孔丘还在犯傻之际，侍者已经悄悄溜走了。等到他清醒过来时，朝堂上早已空无一人了。望着空空如也的朝堂，孔丘心里凉了半截。最后，他无比失望地朝鲁定公后宫方向望了一眼，一甩大袖，便出了朝堂大殿，径直去了季孙氏的冢宰府。

驻车冢宰府前，还没进府门，阵阵笙竽琴瑟之声就已飘入孔丘耳中。循着音乐之声，孔丘径直来到了冢宰府大堂，一眼就看到季桓子斜躺于大堂正中的一张坐榻之上，正色眯眯地看着堂下四十个美女扭腰抖胯地在跳舞，身上所穿的衣裳不仅色彩非常艳丽，而且薄如蝉翼，隐隐约约，身体的各个部位都凸显得一清二楚。孔丘一瞥之后，就再也不敢抬眼了。

犹豫了好一会儿，孔丘还是硬着头皮，悄悄地走到季桓子身边，轻轻地叫了一声：

"冢宰大人。"

季桓子转过脸来，发现是大司寇孔丘，不禁大感惊讶，态度也显得十分不自然。不过，很快他就回过神来了，先对孔丘干笑了一声，然后装着若无其事的样子，说道：

"大司寇昨日提早退朝，有件事恐怕还不知道吧，我正想要跟您说呢。"

"是齐国使者送来良驹美女之事吧。"孔丘立即接口说道。

"大司寇的消息真是灵通啊！不过，这也不奇怪，大司寇的弟子满朝廷，就连这冢宰府当家的宰臣也是大司寇的得意弟子啊！"

孔丘一听季桓子这话，就知道他是在说孟懿子与南宫敬叔在朝中为官，子路与冉求在季孙府中当家臣的事。尽管这是事实，但由季桓子亲口说出，孔丘总觉得他是话中有话，好像是在暗指自己到处安插弟子，企图弄权。这不是以小人之心，度君子之腹吗？于是，心里对季桓子就更加反感了。但是，反感归反感，此时他还是头脑清醒的，知道眼前季桓子还是鲁国的冢宰，实权还是掌握在他手上，自己只是代理国政，一旦他哪天不高兴而要亲政，不让自己代摄国政，那么鲁国的事情就更难办了。想到此，孔丘忍住了怒火，平静从容地说道：

"冢宰大人，丘以为齐侯此时致送鲁国良驹美女，似乎别有用心。鲁国最近几年社会稳定，经济发展，出现了一些喜人的局面，诸侯各国时有朝鲁者。齐为鲁国近邻，唯恐鲁国强大而成为其威胁，所以就向鲁君致送良驹美女，名义上是敦睦邦交，亲善近邻，实则是要麻痹我鲁国君臣斗志，阻缓我鲁国复兴崛起的进程。"

"大司寇扯得太远了。不就是几匹马、几个歌女吗？难道这就能亡了我堂堂鲁国？人生在世，不过短短几十年而已。及时行乐，何罪之有？何必时时刻刻把事情想得那么复杂呢？那不累得慌吗？"季桓子一边看着美女歌舞，一边脱口而出道。

孔丘听了季桓子这番话，虽然感到极度失望，简直是忍无可忍，但又不便发作，最后只好不辞而别，悄然离去。走出冢宰府大门时，正好碰上了子路与冉求。

"先生，弟子一大早就到府上，要报告先生一个重要消息。可是，先生一大早就离开了。没想到，先生原来是到冢宰府来了，看来是俺们走岔了。"冉求说道。

孔丘稳了稳情绪，看了看毕恭毕敬地站在自己面前的二位弟子，不忍心将刚才在季桓子那里所受的气迁撒到他们身上，遂语气温和地说道：

"你们要报告的消息，是不是齐侯致送鲁君良驹美女之事？"

"哦，原来先生早就知道了。是南宫报告给先生的吧，还是他早了一步。"子路说道。

孔丘不置可否，接着说道：

"有其君，必有其臣。昨日傍晚，我接获报告，今日一大早就上朝面君。可是，等了一个多时辰，国君都没来上朝。原来是昨天通宵荒淫，今天日上三竿都起不来，完全置国家政事于不顾。我左等不见，右等不见，知道今日是见不到国君了。于是，就来找冢宰，希望他能明白齐侯用美人计麻痹我鲁国君臣的用意，及时识破其诡计，劝说国君振作精神，君臣同心同德，把复兴鲁国的大业进行下去。没想到，冢宰比国君更胡涂，沉醉于淫曲艳舞之中而不知今夕何夕，唉！"孔丘说完，长叹了一声，还连跺了三次脚。

子路与冉求见孔丘气坏了，连忙安慰。

"先生莫要生气，气坏了身子，鲁国这个烂摊子就更没人收拾了。"子路说。

"这正是齐侯所希望看到的。所以，先生还是先消消气，冷静一下，徐图良策。相信国君与冢宰总有清醒过来的一天。只要有先生在，鲁国这艘大船就倾覆不了。"冉求补充道。

孔丘看着两个得意弟子，又听了他们上述一番话，心里感觉好多了。顿了顿，说道：

"我再去找国君，今日非要把他说醒不可。"

说完，孔丘就命车夫起动马车，往宫中再次求见鲁定公。

望着老师的马车渐渐远去，子路与冉求心中都很不是滋味。

鲁定公对于孔丘的求见虽然是百般的不耐烦，但在孔丘等了他两个时辰后，他还是勉强出来相见了。君臣依礼进退揖让之后，各就各位坐定，孔丘便开门见山地说道：

"臣闻昨日齐国使者送来文马二十四驷、美女八十名,国君与冢宰竟然欣然接受。"

鲁定公青春正富,觉得男欢女爱本属正常,而孔丘却不解风情,一大早就来打扰,所以心中早就不快。现在又见他语有质问之意,就更加不高兴了。于是,没好气地回答道:

"这有什么不对吗?"

"国君难道不明白,齐侯致送鲁国良驹美女的用意吗?"孔丘没有直接回答,反问道。

"什么用意?无非是敦睦邦交,亲善近邻而已。"

听鲁定公说得如此云淡风轻,孔丘不禁大为失望,脱口而出道:

"国君,我们绝不能把事情看得如此简单。齐侯看到我们鲁国近些年来颇有些复兴气象,唯恐鲁国强大起来,对齐国构成威胁,所以就以敦睦邦谊的名义致送良驹美女,以此麻痹我鲁国君臣斗志,阻缓我鲁国复兴崛起的进程。是用心险恶啊!"

"不要把别人都想得那么坏,更不要以小人之心度君子之腹。良驹美女,不过是一种礼物,表达一种友善之情。哪里与复兴国家与灭亡国家扯到一起呢?"鲁定公不以为然地说道。

"国君,臣话虽说得直了点、重了点,但对您、对鲁国都是一片忠心,所以才知无不言,将心中的忧虑一股脑地说出来。俗谚曰:'良药苦于口利于病,忠言逆于耳利于行。'商汤、周武听得进臣下的直言忠谏,所以国运隆昌;夏桀、商纣听不得逆耳忠言,因而国灭身亡。君无诤臣,父无诤子,兄无诤弟,士无诤友,不犯错误的,从未听说过。所以,前人有言:'君有失,臣知之;父有失,子知之;兄有失,弟知之;士有失,友知之。'明白此理,国家就无亡国之虞,家庭就无忤逆之子。明白此理,就会父慈子孝,兄弟相爱,交友无绝。"

孔丘怀着一片赤诚之意，说得口干舌燥，鲁定公却听得心不在焉，临了说了一句：

"寡人知道了。"

然后，头也不回又回到了后宫。从此，日日欢歌，夜夜淫乐。不仅上朝理政三天打鱼，两天晒网，甚至会一连几天索性不上朝。孔丘虽然屡屡进谏，但都毫无效果。

到了夏至时，按照祖宗规制，国君要在举行郊祭之后，于朝廷之上当众将郊祭的膰肉亲自分割好，分给亲近之臣，让大家共享。可是，由于鲁定公为齐国女乐所惑，整天心思都在女人身上，对于郊祭这样的国家大礼，他也视为儿戏。郊祭虽然援例举办了，但却草草收场。仪式还没结束，他就急着回宫与美女追欢。至于馈赠膰肉之事，他压根儿就没想到要好好落实，任凭季桓子手下家臣处分。结果，连身为鲁国摄政的孔丘也未得到。这一下，孔丘算是彻底失望了。他知道鲁定公已经无可救药，鲁国已经没有希望了。

第八章 去鲁适卫

1. 匡蒲之困

郊祭分膰事件,让孔丘感到非常抑郁。他并不是在乎那块膰肉,而是在意那块膰肉所代表的君臣之义,以及所体现的礼。他是一个非常拘礼的人,他终身为之奋斗的目标就是"克己复礼",如何能够宽宥国君如此藐视郊祭大礼的行为呢?

孔丘越想越气愤,越想越觉得鲁定公无可救药。于是,一气之下,在事件发生后的第三天,孔丘就向鲁定公与季桓子提出挂冠去职之意。虽然鲁定公与季桓子都真心予以慰留,但他觉得,他们只是需要他做事,并没有尊重他的意思。所以,最后他还是坚持辞职,决定再到诸侯各国游历。他相信,天下之大,总会有国君认同他的价值观,认同他的治国理念。只要有人认同,能让他发挥才干,在哪里都能实现"克己复礼"的理想,又何必拘泥于鲁国区区一隅呢?

打定主意后,孔丘将在曲阜的新老弟子都召集起来,将自己今后的打算说了一下。然后，对各位弟子的去留问题进行了交代。他劝大家有双亲要孝养的，尽量回家；有妻儿要照顾的，也尽量回家。但是，众弟子都不愿离去，纷纷表示愿追随老师到天涯海角。为此，孔丘做了大量的说服工作。最后，好说歹说，总算将大家劝走了。只留下子路、冉求、颜回、子贡、冉耕等十几个弟子随行。因为人多开销大，在外时间不能确定，生活就无法保障。

周敬王二十三年，鲁定公十三年（公元前四九七年），五月初八，旭日初升，晨露未干，对鲁定公彻底失望的孔丘，负气带着一帮弟子，驾着辆马车，悄然出了曲阜城。

行行重行行，师生一行漫无目的地往西走了几天，快出鲁国之境时，突然颜回问道：

"先生，我们走了这么多天，还没确定此行的目标呢！现在要出鲁国之境了，到底往哪个国家，要先确定下来啊！"

听了颜回的话，大家这才想起这几天只顾着拼命赶路，想早点离开鲁国，或是因为大家各怀心事，都忘了要先确定前往的目的地。如今被颜回这样一提，这才恍然大悟。

"先生，您离开曲阜前，有没有事先想过此行的目标国啊？"冉求轻声问道。

孔丘看看冉求，又看看颜回以及其他各位弟子，挠了挠头，不好意思地说道：

"哦，这个，为师还真的没想过。"

众弟子一听，幡然醒悟，老师看来是气昏了头。于是，大家都傻眼了。没有目标，那不就等于是出来漫游吗？这么多人，每天要吃要喝要住店，可不是随便漫游闹着玩的。

大家沉默了半天，最后还是冉求首先打破了沉寂，提了一个建议，让孔丘到宋国去。因为宋国是他的先祖之国，可能会受到重用。再说，效忠先祖之国，也算是落叶归根，更有意义。但是，孔丘没答应。最后，子路建议孔丘去卫国。理由是，他曾在卫国做过一段时间的邑宰，在卫国不仅有熟人与朋友，还有亲戚，而且是至亲。子路还说，卫君之臣颜浊邹就是其妻兄，在朝中很受器重。说颜浊邹对孔丘敬仰已久，若孔丘肯到卫国，他一定会向卫君极力保荐。届时，孔丘在卫国也可以一展长才的。孔丘被子路说动了心，于是就欣然同意了。

孔丘刚到卫国时，卫灵公闻其贤能，意欲大用。但是，卫灵公之臣反对者不在少数。他们认为，孔丘若一旦被重用，大权在握，加上有子路、子贡等众多能文能武弟子的辅佐，势必会形成气候。届时，孔门势力在卫国坐大，尾大不掉，要想剪除恐怕不易。如果孔丘三千弟子都聚到卫国，那么卫国不仅有君权旁落的危险，甚至卫君都有被孔丘取而代之的可能。

卫灵公开始并不相信这些危言耸听的话，认为孔丘的为人是值得信赖的。既然大家都认为他是圣人，他就不至于做对不起卫国的事，更不会做对不起自己的事。可是，卫灵公虽有知人善用的优长，但也有一个毛病，就是耳朵根子软，架不住卫臣接二连三不断地在耳边吹风。听着听着，他就信以为真了。于是，不仅没有委孔丘以任何官职，而且还听信谗言，派人对孔丘在卫国的一举一动进行暗中监视。

开始孔丘并不知道这一切，因为卫灵公表面上对他极端尊崇，给予的待遇也极其优渥，支给的俸禄是比照他在鲁国代摄国政时的标准。为此，孔丘对卫灵公是打心眼里感激不尽。后来知道真相后，就非常生气了。在卫国呆了大约半年，便带着子路、子贡、颜回、冉有、冉耕等十余名弟子，于周敬王二十三年，鲁定公十三年（公元前四九七年）十月，悄然离开了卫国之都帝丘，准备前往自己的先祖之国宋国。

在前往宋国的路上，孔丘师徒意外地遇到了从陈国赶来的公良儒。公良儒，字子正，贤而有勇，深得孔丘喜爱。他家境较为富裕，听说老师在鲁国不得意，转往卫国发展。于是，就召集了六位师兄弟，从家中赶出五驾马车，前往卫国投奔老师。没想到，还没到卫国之都，却在路上遇见老师与众位师兄弟要离开卫国。

孔丘与公良儒相见，悲喜交集，相对无言。良久，颜回打破沉寂，说道：

"先生，师兄又带来五驾马车，这下俺们弟子们也可以享清福了。以后就是再来几位师兄，大家都不必再用双脚丈量道路了。"

众人听了，都一齐笑了。于是，师徒近二十人，赶着六驾马车，浩浩荡荡地往宋国而去。

可是，道经卫国之境的匡时，孔丘却被匡人简子误认为是阳虎。简子以甲兵将孔丘师徒团团围住，并意欲攻打之。子贡见情势不妙，立即前往了解原因，问简子道：

"我们师徒往宋，道出于匡，不知勇士何故围住我们不放？"

"快叫阳虎狗贼出来受死，不然把你们所有人都剁成肉酱。"简子恶狠狠地说道。

"我们这里哪有阳虎啊？"子贡觉得非常奇怪，一脸茫然地问道。

"那个坐在车内的大个子，不就是阳虎吗？你还敢跟爷爷打马虎眼？"

"呵呵，勇士，您弄错了，那是我们的先生孔丘孔圣人。"子贡谦恭地说道。

"你小子别骗你爷爷了,他就是阳虎。当年,他在鲁国叛乱失败,逃到齐国,被齐国囚禁。用计脱狱后,率领残兵败将逃往晋国。路出于匡,匡人怜之,奉之以食。结果,这个畜生不思恩义,反而在此杀人越货,无恶不作,洗劫无数财物而去。天道无欺,今天让爷爷碰上这个恶贼,岂能饶过?"

子贡听简子这样一说,猛然醒悟,原来简子将老师误认作阳虎了。仔细一想,子贡突然觉得,论长相,阳虎还真的酷肖老师,无论是身材,还是面容,都差不多。于是,呵呵一笑道:

"原来是这么回事,怪不得勇士这么恨阳虎了。那反贼确实是罪该万死!不过,坐在车中的确实是我们的老师,而非阳虎。这世上,面貌相像的多得很。"

"小子,你别花言巧语骗爷爷,快叫恶贼阳虎下车受死,不然爷爷就要动手了。"

子路见简子蛮横无理,不听子贡解释,遂提戟上去,想跟简子决斗。孔丘见此连忙喝道:

"阿由,别冲动!哪有修仁义之人而跟世俗之恶者计较呢?这些人《诗》《书》不讲,礼乐不习,皆是为师之过。为师若是有能力,教导天下之人都知书达理,热爱礼乐,何至有今日天下之乱象?若弘扬先王美德、崇尚古法也是一种罪过,那就不是我孔丘之过了,大概要归之于命吧。阿由,取琴来,你唱歌,我弹琴。"

子路遵从孔丘之意,捧琴献上,然后清了清嗓子,放声唱了起来。孔丘抚琴伴奏,丝丝入扣,声声动情。歌三曲,简子终于明白,坐在车内这个人应该不是阳虎。阳虎是粗人,不可能精通琴艺。于是,解围而去。

离开匡,孔丘师徒一行又继续往宋国的行程。

行行重行行，非止一日，孔丘师徒近二十人终于到了宋国之都。可是，到宋国后，情况并非如想象的那样乐观。孔丘不仅没有得到宋君的重任，甚至也没得到在卫国那样的礼遇。百般无奈之下，孔丘只得带着众弟子，天天在靠近宋君宫殿旁边的一棵大朹树下习礼讲学。

一天，在习礼讲学间隙，子路想到来宋国后遇到的一件事，便跟孔丘说道：

"弟子前几天听人说，宋国司马桓魋为自己造石椁，三年都未完工，而所有的工匠却都累病了。先生，您如何看待这件事？"

孔丘听了，没有直接回答子路的问题，而是喟然长叹一声，神情悲伤，一脸严肃地说道：

"如果像这样奢侈地准备棺椁，那还不如死了就迅速烂掉为好！"

"就桓魋其人而言，您觉得如何？"子路又问道。

"桓魋乃齐桓公之后。齐襄公时，桓公为公子，出奔于莒。襄公被弑后，桓公回国继立为君，任管仲为相，进行改革，遂国强民富，成为天下之霸。桓公死后，被谥为'桓'。其支庶子孙，遂以'桓'为氏，称桓氏。"孔丘看了看子路，又扫视了树下众弟子一眼，说道。

"怪不得桓魋这么猖獗，原来是系出名门。"冉求脱口而出道。

孔丘听到冉求赞赏桓魋的身世，不禁呵呵一笑，语带不屑地说道：

"这个桓魋为人狂妄自大，心术不正，是个野心家，将来为害宋国者，必是此人。"

听了孔丘这番激烈的评论，众人还没反应过来，子贡立即接口说道：

"如果弟子没记错的话,先生弟子中有个叫司马黎耕的,来自宋国,字子牛,他就是桓魋的弟弟。一次子牛跟我闲谈,偶尔说到其身世,提到其兄长桓魋,说他作恶多端,为人霸道,所以他经常替其担忧。后来,跟桓魋实在难以相处,他就往鲁国投到先生门下求学了。"

孔丘众弟子听子贡这样一说,这才恍然大悟,知道子牛就是桓魋的弟弟。

不久,孔丘对桓魋的评论不慎被弟子们说漏了嘴,为桓魋所闻。桓魋本就不愿意孔丘师徒来宋国,怕他们被宋君重用,而夺了自己的宠。现在,又听说孔丘在背后诅咒他。依孔丘的影响力,若宋人都知道孔丘对自己有如此负面的评价,势必会对自己的仕途与在宋国的地位造成极大的不利。于是,桓魋便对孔丘怀恨在心,必欲逐其师徒出宋而后快。

一天,桓魋找来心腹之人,交代道:

"孔丘在鲁国不得意,跑到卫国,不为卫灵公所用。今到宋国,携弟子近二十人。其中,有勇力者如子路,有文韬者如子贡。这些人一旦为国君所重用,必会势力坐大,不仅危及国君的地位,也会影响到我辈的前程。我听说,孔丘每日率弟子在宫前大栳树下习礼讲学。你们今晚先将那棵大栳树锯得将断不断,然后用绳子套好。明日孔丘再与弟子在树下习礼讲学时,你们可以远远拉着绳子,将树朝着他们所在方向拉倒,定会将他们压得粉身碎骨。即使压不死他们,也会让他们知难而退,滚出宋国。"

桓魋心腹闻命,立即执行。第二天,正当孔丘如往常一样,率众弟子在那棵大栳树下习礼讲学之时,忽闻有吱吱作响之声。子路是习武之人,对声音比较敏感。扫视了周边一眼,立即大叫一声:

"不好，树要倒了，大家快逃。"

说时迟，那时快，子路一边推开孔丘，一边拉住颜回。幸好逃得快，大家都安然无恙。

等到大家惊魂甫定，回过头来调查原因时，这才发现套在大树上的绳子被远远拉到几十丈远的高坡上。这一下，孔丘师徒终于明白了原因。于是，子贡建议孔丘，立即离开宋国这个是非之地，认为宋国国内形势远比卫国险恶得多。卫灵公君臣虽不想他们师徒插足卫国政坛，不给他们发挥才干的机会，但至少没人会想到用伐树这种卑鄙的手段暗害他们师徒。

孔丘觉得子贡的建议比较现实，众弟子商量后也一致同意。于是，孔丘立即果断宣布：

"明日就离开宋国，还是回卫国去。"

"先生，此地形势险恶，要走现在就走，不必等到明天了。迟了，恐怕又生危险。"

冉求话音未落，孔丘脱口而出道：

"天生孔丘，德在我身，桓魋能奈我何？大丈夫光明磊落，君子临危不惧，咱们不必如丧家之犬，漏网之鱼那样急急而走。"

众弟子觉得也有道理，于是，决定在宋都再住一夜，明日一早城门开时便出城离开。

行行重行行，非止一日，孔丘师徒经过长途跋涉，终于到达卫国之境。入境不久，道经卫国之蒲时，正好赶上卫国政坛的一次意外动乱。

卫国大夫公叔发，为人清廉而宁静，时人称之为"不笑不言不取"，颇为国人所称道。可是，由于卫灵公不辨是非，宠信佞臣弥子瑕，排斥贤臣蘧伯玉与史鱼，公叔仗义执言，屡谏灵公而不听，遂忍无可忍，铤而走险，举兵叛于蒲。孔丘师徒不知其情，进入蒲城后便被公叔发扣住，不让再出城，大概有借用孔丘师徒之意。孔丘师徒虽然不了解公叔发叛卫的原因，但他们都知道无论如何，都不能参与其中，更不能明确站到公叔发的一边，那样便会落得个不仁不义的名声。

公良儒知道老师左右为难，迫不得已，乃仗剑而出，喟然长叹，对孔丘说道：

"弟子追随先生以来，先是遇厄难于匡，后又有宋人伐树之危。今又困于此，看来都是命吧！与其看先生再次遭遇危困，不如我与他们拼个你死我活。"

说完，公良儒就挺剑而出，集合诸位师兄弟，摆开阵势要与蒲人决一胜负。蒲人兵力不强，见公良儒与子路等个个人高马大、威风凛凛，就畏惧退缩了，转而派人来与孔丘谈判说：

"如果你们不再回到卫都帝丘，我们可以让你们出城。"

公叔发的意思，孔丘及其弟子都明白，他是怕孔丘及其弟子到了卫都被卫灵公重用，会成为消灭自己的重要力量。孔丘让子贡与之交涉，答应了他们的条件。双方约盟后，公叔发便令蒲人放孔丘师徒出了蒲城。

出城后，子路问孔丘道：

"先生，既已与蒲人约盟，答应不再回到卫都帝丘。那么，我们下面要到哪去呢？"

"为什么不到卫都去？不去卫都，我们还能去哪？"

"先生，弟子没听错吧？"子路听了孔丘的话，惊讶得半天合不拢嘴，良久才徐徐问道。

"没听错。继续往卫都帝丘。"孔丘看着子路，以不容置疑的语气说道。

"先生,您没有开玩笑吧?您不是常跟弟子说:'人无信不立'吗?今先生刚刚答应蒲人,不往卫都。怎么信誓旦旦,言犹在耳,就公然背弃盟约了呢?"子路一脸严肃地问道。

"阿由,你想想,这个盟约是我们出于真心签订的吗?是他们强迫我们签订的。古人有曰:'迫人以盟,非义也。'既然盟约是蒲人强迫我们签订的,我们为什么要信守呢?"

子路与众弟子听了孔丘这番解释,觉得也有道理。于是,便心安理得地直奔卫都而去了。

周敬王二十三年,鲁定公十三年(公元前四九七年),十二月初三,日中时分,孔丘携弟子终于抵达卫都城外。

离城尚有几十里地,孔丘师徒刚想坐下休息一下,准备吃点干粮后再进城,却见一骑从城中飞奔而来。未等他们反应过来,只见从飞马之上跳下一人,奔到孔丘面前行礼后,说道:

"孔大夫,国君听说您要返回卫都,早就出城相迎了。"

孔丘听了,不禁吃了一惊。其实,这并没有什么好吃惊的。早在孔丘师徒刚脱离蒲人羁绊,朝着卫都进发之时,就有侦探将此消息报告给了卫灵公。卫灵公经过这次公叔发之乱,又了解到公叔发惧而释放孔丘及其弟子的情况,这才开始真正了解到孔丘及其弟子们的能量了。所以,打听好消息后,在孔丘离卫都帝丘尚有五十里地时,便早早出城迎到了郊外。

吃惊过后,孔丘又愣了一会儿,然后便随来者往见卫灵公。

卫灵公一见孔丘,立即上前,拉住孔丘的手,问长问短,就像阔别了多年的老友一样亲热。然后,又邀孔丘坐到了自己的马车上。

二人上车坐定后,没说几句闲话,卫灵公就上题了,侧身望着孔丘，试探性地问道：

"夫子刚从蒲城脱身，对其情况比较了解。寡人欲起兵伐蒲平叛，不知夫子以为如何？"

"可矣。"孔丘脱口而出道。

"不过，寡人之臣皆认为，蒲乃卫据以抗衡晋、楚二国的前沿战略要塞，寡人若是起兵讨伐，恐怕会招致不测之后果。"

"国君不必过虑。蒲地男儿向来就有报国献身之志，他们是不会追随叛乱者的。如果国君要起兵伐蒲，讨伐的也只是为首的几个叛乱者而已，还担心不能取胜吗？"孔丘说道。

卫灵公听孔丘这样一说，顿时有了信心，并露出了欣慰的笑容，拍了拍车轼，大声说道：

"善哉！"

2. 见南子

回到卫国之都帝丘后，卫灵公虽然仍未安排孔丘官职，但明显比以前对他更加客气了。

为了表示对孔丘的尊崇之意，周敬王二十四年，鲁定公十四年（公元前四九六年）三月十二，一个风和日丽的日子，卫灵公与夫人南子特意邀孔丘一起出郊踏青，并让孔丘为次乘。

这天，南子打扮得比平时更加妖娆。头挽高髻，身穿杏黄薄裙，上身的抹胸与下身的内裤在阳光的透视下，隐约可见，让人不禁产生无尽的遐想。孔丘因为就坐在她旁边，近在咫尺，不仅能闻到她身上隐隐散发的阵阵香气，更能在低头抬眼之间，不经意地看到她那半隐半露的酥胸。为此，孔丘感到非常不自在。但是，车内主乘与次乘位置固定，无法选择距离远近。所以，孔丘只能长时间地低着头，不能抬眼左右顾盼，生怕看到不该看的。

如果说这些让孔丘感到窘迫，那么还有更让孔丘手足无措的。南子是个风骚的女人，又是一个分外艳丽的女人，卫国人无人不知、无人不晓。大家虽然都在背后说她如何不守妇道，如何媚骚，但是卫国男人却没有一个不在心中想着她、念着她，都有一睹其丰采的渴望。今天得知南子要乘车出行，天气又很好，所以大家都奔走相告，男女老少争相涌到街上，企踵引颈，以望南子马车经过。因为女人们都想亲眼看看这个传说中的女人究竟有多美，男人们则想领略一下这女人究竟有多么风骚。

卫灵公见街道两旁都是夹道观望的民众，以为大家是为了争睹他的丰采与威仪，于是命令随从撤去两旁车帘，让民众便于观瞻。当卫灵公神采飞扬、得意扬扬地看向车外的民众时，民众们则都眼光齐刷刷地看向车上的南子。而南子呢，见车外男女老少企踵延颈相望，知道都是为了看她。于是，更是搔首弄姿，摆出各种风骚撩人的姿势。结果，引得男人们一阵阵惊呼。南子得意之余，不禁侧身瞟了一眼坐在身边的孔丘，却发现他正低着头，一动也不动。

"孔大夫，您看今天天气有多好，街上行人有多少！"南子故意柔声媚气地说道。

孔丘见南子侧脸跟自己说话，出于礼貌，只得抬起头来看了她一眼。南子一见孔丘终于抬起头来，但却窘迫得可笑。于是，一时兴起，故意侧过身子，挑逗似的向他抖了抖胸前那对高耸的酥胸。看到孔丘再次羞得低下头去，南子不禁哈哈大笑。笑声飘得很远很远，与车后街上民众一阵阵惊呼声汇成了一片，久久萦绕在人们的耳畔。

这次出游，孔丘不仅没有感受到受尊崇的荣耀，反而觉得人格上受到了极大的侮辱。众弟子们则更是在背后闲话三千，觉得老师此次真是一世的英名都被毁了。

一天，孔丘应卫灵公之召前往晋见。回来后，还未进门，隐隐约约就听院中有人在说悄悄话。出于好奇，他便驻足门外，听了一会儿。

"那天先生与南子同车出行，真乃莫大耻辱，让俺们都脸上无光。"好像是冉耕的声音。

"不能这样讲。卫君让先生同乘出行，也是出于对先生的尊崇。南子是卫君夫人，同车出行，也合于礼，无可厚非。"听声音，好像是颜回。

"先生与卫君、南子同车出行，于礼确实无可厚非，但是，南子之为人，先生应该也知道吧。为了避嫌，先生理应婉拒卫君的邀请啊！"听声音，仍是冉耕。

"南子怎么啦？"好像是颜回在反问。

"南子乃宋国公主，比灵公小三十岁，因为貌美而深得灵公宠爱。可是，灵公年老不能满足她的生理要求，所以宫中常有种种议论，说她与灵公男宠公子朝有不伦之情。最近，又传出她与弥子瑕有私情。"好像是冉求的声音。

"弥子瑕何人？南子怎么会与他有染呢？"似乎又是颜回提出了反问。

"弥子瑕是卫国美男子，不仅风流潇洒、仪表堂堂，而且能说会道，卫国女人都爱他，但他不爱任何女人，只钟情于南子。据说，弥子瑕颇得灵公信任，是其宠臣与朝中大红人。所以，他与南子接触的机会自然就多了。"似乎仍是冉求在回答。

孔丘听到此，觉得再让他们说下去，恐怕什么捕风捉影、道听途说的荒诞之言都会说出来了。于是，干咳一声，然后推开门，迈步进了院子。

众弟子一见孔丘回来了，立即禁口不言，站起来向他行礼致意。孔丘装着刚才什么也没听到，与大家打了个招呼，就径直进屋了。

因为亲耳听到自己的弟子们在背后说他闲话，孔丘更加后悔当初不应该与南子同车出行了。可是，就在孔丘还在为与南子同车之事而自怨自艾时，没几天又接到了南子的邀请，说要单独见见他，向他请教一些问题，也好长长见识。

孔丘怕再引起他人，包括自己弟子的非议与闲话，同时也为了不引起卫灵公不必要的猜疑，他不仅托人向南子婉转地表达了谢绝之意，而且还当着灵公的面表达了此意。没想到，卫灵公听了哈哈大笑，说道：

"人说夫子乃拘礼之人，没想到竟然拘礼到如此地步！天下诸侯与四方君子，大凡想结交寡人而为兄弟者，有谁不愿意拜见她啊！"

孔丘听了卫灵公这番话，又见他一脸的严肃与坦然，顿时感到非常惭愧，觉得是自己想歪了。既然卫灵公是坦荡的君子，他相信自己，也相信其夫人，如果自己再拒绝见南子，反倒显得自己心中有鬼，不够君子了。想到此，孔丘心定了许多。

正当孔丘准备开口应诺时，卫灵公又说道：

"明日寡人要与群臣出去狩猎，夫人对此不感兴趣，夫子也无此好，不如明日就让夫人与夫子相见。夫子多给她讲讲古今礼法与学问，也好让她长长见识，不要做井底之蛙。"

孔丘听卫灵公这样说，觉得已经没有退路了。如果再推托婉拒，就显得自己心中有鬼，是虚伪小人而非君子了。于是，只得恭敬地应道：

"既蒙国君与夫人厚爱与高看，丘自当遵命。"

第二天，卫灵公在出猎之前，就安排好车辆来接孔丘进宫。

进宫后，孔丘先在宫中一位男侍者的导引下，来到了宫内的一所偏殿等候。过了一会儿，有一个宫女过来，领着孔丘从侧门出了偏殿。然后，循着宫内曲曲弯弯的小径一直走。此时，虽是暮春时节，但小径两旁依旧有许多不知名的花儿在微风中绽放飘香。

不知走了多久，也不知是怎么走的，反正孔丘根本不知方向，只是低头跟着宫女走。最后，在一所颇是精巧的小殿前停下了脚步。

"大夫，请在此等候片刻，容奴婢进去报告夫人。"宫女对孔丘说道。

说着，那宫女就进去了。不大一会儿，那宫女兴冲冲地出来了，高声说道：

"夫人请大夫晋见。"

孔丘闻听，立即一路小跑，跟在宫女后面进了那所宫殿，应该就是南子居住的后宫。

进门走了几步，就见堂上挂着一幅珠帘，孔丘立即止步，知道南子就在这珠帘之后了。

"有劳孔大夫大驾，百忙之中允请莅临寒宫。"

孔丘一听南子说话，立即跪倒在地，一边向珠帘后绨帷内北面稽首，一边连忙说道：

"臣孔丘拜见夫人。"

孔丘话音未落，就听珠帘后绨帷内有叮叮当当的环佩之声。孔丘明白,这大概是南子在帘后欠身还礼,身上和头上的玉佩随着她的低头弯腰而发出了响声。

正当孔丘作如是之想时,又听南子说道:

"来人,请赐大夫一壶饮。"

"诺。"

珠帘动处,一个宫女从左面出来,手上端着一壶酒;另一个宫女则从右面出来,手脚麻利地在珠帘前摆好了坐布团与小食案。

"一壶薄酒淡浆,不成敬意,请大夫先饮了,妾再向大夫请教。"

两个宫女配合,一人递盏,一个执壶,给孔丘斟好了酒,然后倒退着站到一旁。等孔丘喝完了一盏,她们又如前再斟。直到孔丘全部喝完,她们才收拾壶盏退下。

两个宫女刚刚退下,又听南子说道:

"红儿,快扶大夫到里面稍坐片刻,等老身略作准备,再与大夫说话。"

南子话音未落,珠帘后已然闪出一个美貌的宫女。孔丘正要自己站起,却发现身子有些飘飘然。定睛一看珠帘之后,已不见了南子的影子。

正在孔丘疑惑之际,那宫女已经伸手过来,扶起了孔丘,连搀带拉,引孔丘进了一间面积虽小却很精致的小屋。小屋内也挂了一道珠帘,而珠帘之后又多了一道薄纱,看起来更显得有一种朦胧缥缈之感。

正当孔丘定睛打量小屋陈设布置时,忽闻耳边响起一阵琴瑟之声,好像就是从珠帘薄纱后面发出的。孔丘侧耳细听,发现伴着琴声,还有女子歌唱之声:

> 硕人其颀,衣锦褧衣。齐侯之子,卫侯之妻。东宫之妹,邢侯之姨,谭公维私。
>
> 手如柔荑,肤如凝脂。领如蝤蛴,齿如瓠犀。螓首蛾眉,巧笑倩兮,美目盼兮。
>
> 硕人敖敖,说于农郊。四牡有骄,朱幩镳镳。翟茀以朝。大夫夙退,无使君劳。
>
> 河水洋洋,北流活活。施罛濊濊,鳣鲔发发。葭菼揭揭,庶姜孽孽,庶士有朅。

听了一会儿,孔丘立即明白这唱的是什么,原来是《卫风·硕人》,说的是两百多年前卫庄公之后庄姜的事。听着听着,随着酒劲上来,孔丘眼前出现了幻觉,仿佛看到了美丽动人的庄姜正从帘幕后款款走出,那如柔荑一般白嫩的小手,那如蝤蛴一般颀长的脖颈,那如凝脂一般的皮肤,那如瓠犀一般的牙齿,还有那螓首蛾眉、巧笑倩兮、美目盼兮的样子,都让孔丘如醉如痴。不知不觉间,孔丘如同梦游般地迎了上去,一抱却落了个空,原来是珠帘与薄纱。正当孔丘疑惑是梦中之境时,忽然听到琴声中还有水声。于是,便一步步地走向了帘幕之后。结果,发现原来好像不是梦。因为眼前的大木桶中,就有一个肤如凝脂的美女躺在水中,正向他"巧笑倩兮,美目盼兮"。

"夫子,过来!"南子柔声轻轻地招手。

孔丘再次以为是进入梦乡,揉了揉眼睛,定睛一看,却是南子。他不敢相信这是真的,连忙闭上眼睛。稳了稳神,他想迈步逃出去,可是血却往上涌,让他迈不开步子往外走,不知不觉间,一步步地走向了那个浸泡着一个鲜活美人的大木桶。一步,两步,三步,越来越近，血越来越往上冲。

"扑通"一声，孔丘终于一头栽进了那只大木桶。

"迂夫子，假正经，你终于进来了。哈哈哈……"

南子胜利地笑了，银铃般的笑声回荡在兰室，也透过户牖之隙飘到卫宫的每一个角落。

3. 卫灵公问兵

"先生怎么还不回来？"

日中时分，子路与冉求站在寄住的璩伯玉家门口，焦急地望着远处。子路是急性子，一会儿抬头看看天上的太阳，一会儿望望远处，嘴上反复念叨着这句话。

"急什么？天不是还没黑吗？"冉求听得有些不耐烦了，说道。

"还要等到天黑啊？跟一个女人有什么重要的话需要说上一天？"

"南子也许是个像你一样好学深思的人，向先生请教的问题很多吧。"

"就算有再多的问题，也应该问完了答完了。一大早就进宫，现在都时已过午，快要三个时辰过去了。"子路听冉求这样说，更气不打一处来，不禁提高了声量，回应道。

"别急，别急，你看，那是不是先生的马车？"

子路抱怨声未落，冉求突然发现远处好像有一辆马车正朝这边过来，遂连忙指给子路看。

子路立即手搭凉棚，向远处望去，果然有一辆马车过来了。

不大一会儿,马车就到了跟前,从车上下来的正是子路焦急等待了很久的老师孔丘。

孔丘从车上下来,脸上还是红扑扑的。子路与冉求迎上前去,正要与他打招呼,他却低着头要往院内走。

子路见此,连忙叫住孔丘,说道:

"先生,您现在急什么?都已经到家了,进门早一步晚一步又有何妨?您一大早进宫,现在才回来,快三个时辰了,怎么不急啊?"

"子路,你这是跟先生说话的口气吗?"冉求拽了一下子路的衣袖,提醒道。

子路并不买账,继续说道:

"南子是什么样的女人,您与她单独相见这么长时间,就不怕别人说闲话吗?我们都知道您是正人君子,但世上并不是所有人都是正人君子啊!卫君可能怎么想,您想过吗?"

子路一连串的质问,不仅让冉求听呆了,也让孔丘听呆了。半天,孔丘都回不过神来。

子路见此,更加怀疑老师与南子有什么了。于是,继续问道:

"先生,您跟南子到底有没有什么?"

孔丘见子路这种无礼的话都问出来了,于是发急了,指着天上的太阳,跺了跺脚,说道:

"孔丘若做过什么,老天都会厌弃我,老天都会厌弃我!"

说完,一转身回到屋里去了。

子路与冉求见老师真的生气了,你看看我,我看看你,一时呆在了门口。

因为南子的事,子路等弟子与孔丘闹得很不愉快。为此,孔丘也深感苦恼。可是,更让孔丘感到苦恼的是,从宋国折返回到卫都快一年了，卫灵公虽比以前对他更加客气，但就是不给他安排职务，这使满怀治国平天下豪情的孔丘感到非常抑郁。

在抑郁中度过了一年，周敬王二十六年（公元前四九四年）初，孔丘又听到从鲁国传来的一个坏消息：鲁定公已于去年底崩逝，其子蒋继立，是为鲁哀公。为此，孔丘感叹唏嘘了好一阵子。因为一想起鲁定公为善不终，将本已走上正轨的鲁国政治重新引向混乱，使他不得不负气出走，他就无限悲愤；但是，想到鲁国是自己的父母之邦，想到鲁国的前途与未来，他又不能不忧心如焚。

其实，令孔丘忧心如焚的，不仅仅是鲁国不可预测的前途，还有卫国日益不稳定的政局。随着卫灵公年事渐高，早年知人善用、曾让孔丘充满期待的卫灵公，早已变得越来越胡涂了。贤能之臣如蘧伯玉等人越来越被排斥在卫国的权力核心之外，而弥子瑕之流的佞臣则上下其手，左右着卫国的政局。这一切，孔丘看在眼里，急在心里，却不能有任何作为。因为他只是一个流落卫国的游士，并非卫国的主人，更不是卫灵公的大臣。如果不是蘧伯玉重情重义，留他在其府中长期寄住，他如今在卫国连个立足庇身的地方都没有。因此，他虽明知蘧伯玉贤德而又能干，却不能为蘧伯玉在卫国朝廷争得应有的地位，或为他的屈辱鸣一句不平，因为他没有话语权。而有话语权的卫国忠直之臣如史鱼，虽长期为蘧伯玉鸣不平，但由于奸佞当道，屡谏卫灵公而无结果。最后，史鱼无奈，在病危之时，将其子叫到榻前，嘱咐道：

"我在卫国朝中，不能进荐蘧伯玉，使弥子瑕遭到罢黜，这是我为臣没能尽到匡正国君之责。生不能匡正君主之过，死也就不必成礼。我死后，你将我的尸体放在窗户之下。这对我而言，也算是尽到为臣之责。"

史鱼之子虽不明白父亲之意，但还是遵从了父命，按照父亲的遗嘱做了。

卫灵公获悉史鱼病故，前往史府吊唁，发现史鱼停尸于窗下，觉得不合礼制。遂怪而问之。史鱼之子将其父临终之言和盘托出，卫灵公这才如梦方醒，大惊失色地说道：

"这都是寡人之过！"

于是，一边令人将史鱼之尸停放于正堂，一边召进蘧伯玉，委以重用，同时罢黜了弥子瑕等佞臣。

当孔丘听到这个消息，并看到蘧伯玉终于被卫灵公重用时，不禁高兴地对众弟子说道：

"古代的正直之士，劝谏国君不成，到自己死了也就算尽职而结束。从未有人像史鱼这样，死了还以尸谏君。能够以忠诚感动君主，难道还不算是正直之士吗？"

虽然蘧伯玉终于再次被卫灵公起用，但是，卫灵公却始终不肯重用孔丘。尽管蘧伯玉多次推荐，但也没有结果。

周敬王二十七年，鲁哀公二年（公元前四九三年），孔丘已经五十九岁。眼看年届六旬，时不我待的紧迫感让他再也不能保持矜持了。为了在有生之年能一展治国安邦之长才，实现"克己复礼"、恢复周公礼法的理想，孔丘在一次与卫灵公的交谈中，跟卫灵公直白地说道：

"丘虽不才，国君若能委我以大用，一月之后便见分晓，三年之内定会有成。"

可是，卫灵公却王顾左右而言他，不置可否。这让孔丘颜面尽丧，自尊心受到极大打击。从此以后，他便有意疏远卫灵公。卫灵公即使有事召见他，他也只是礼节性地应酬一下而已。

周敬王二十七年，鲁哀公二年（公元前四九三年）八月初九，金风送爽，丹桂飘香。这天卫灵公兴致特别好，特意派马车接孔丘到宫中庭院赏桂。一番闲谈之后，卫灵公说道：

"寡人有心振兴卫国，惜武备不整，国力不强。夫子在鲁隳三都，平阳虎，有着天生的军事才能，不知能否给寡人出出主意？"

孔丘想想自己从鲁国往卫国，在卫国前后住了五年多，就是希望卫灵公给他一个治国安邦、一展长才的机会。但是，卫灵公却一再虚意推崇自己，而不予以重用。如今想振兴卫国，这才想起要问计于自己，天下岂有这样的君主？

想到此，孔丘闻闻桂花之香，看看天上的飞雁，从容不迫地回答道：

"孔丘不敏，俎豆之事曾闻之，军旅之事则未曾学。"

卫灵公一听，顿时默然。因为从孔丘说话的神态与语气，他已经明显感到孔丘对自己是心有怨气的，怪不得最近一年来孔丘与自己的关系是越来越疏远了。

孔丘偷眼看了一下卫灵公，见其低头沉思，也已了解到他的心理。

周敬王二十七年，鲁哀公二年（公元前四九三年）十月初一，孔丘召集在卫国的众弟子，郑重其事地跟他们说道：

"承蒙诸位深情厚谊，抛妻别子、舍家弃亲，追随为师来卫，至今五年有余矣。为师本寄望于卫君，希望在此有一番作为。但是，至今卫君都没有重用我的意思。为师年届六旬，来日无多。所以，经过慎重考虑，为师决定离开卫国，前往晋国，不知诸位以为如何？"

"先生，您为什么要去晋国呢？"孔丘话音未落，子路立即追问道。

"听说晋国现在是赵简子执政,政治上出现了新气象。所以,为师觉得,目前恐怕只有到晋国,才有可能有一些用武之地。"

听了孔丘这番话,众弟子终于明白,原来老师早已打定了主意,于是也就不再说什么了。

可是,行行重行行,昼行夜宿,师徒十余人走了近半个月,正准备渡过黄河进入晋国境内时,却无意中在渡口听一位刚从晋国来的人说到赵简子刚刚杀了窦犨和舜华两位贤臣的事。这让孔丘顿时如腊月里喝冰水,心里凉透了。站在黄河渡口,望着滚滚而去的黄河之水,孔丘不禁悲从中来,喟然长叹道:

"河水滔滔,汪洋恣肆,多美啊!可惜孔丘不能渡过这条河了,唉,这都是命啊!"

第九章 六十耳顺

1. 听其言，观其行

晋国没去成，孔丘只得召集众弟子商量下一步怎么办。最后，大家一致认为还是去郑国比较好。打定主意后，孔丘让子贡与子路去找客栈，安排早些休息，第二天一早就出发。可是，睡到半夜，突然听到门外有一阵阵的脚步声，杂乱而急促。子路起来，从门缝里往外一看，不禁大吃一惊，原来这帮不明身份的人已经包围了客店。子路立即叫醒大家，跟孔丘商量了几句，便立即准备突围，大家约定，若路上走散了，就在郑国之都的东门会合。

安排妥当后，子路持剑断后，让大家从后窗逃跑。还好，在夜色的掩护下，大家都从客店突围了出去。但是，经过一夜狂奔后，子路发现许多人都走散了，包括孔丘在内。

子路无奈，只得集合了子贡、冉求、颜回等几位师兄弟，按照事先约定的计划，前往郑国之都。因为他想，既然公良儒、冉耕等人都没见，那大概是与老师在一起。有了公良儒、冉耕等人保护老师，老师就不会有性命之忧。

经过近半个月的奔波，子路与子贡、冉求等人终于到了郑国之都。一到郑都，子路与子贡等人就按照在宋国突围那夜的约定，到郑都东门去找老师孔丘及其他师兄弟。等了三天，陆续等到了冉耕与公良儒等师兄弟，但却没见老师孔丘。大家一合计，开始着急了。

正当子路等人焦急万分时，第五天有人告诉子贡说：

"东门外有一个老头，身高九尺六寸，眼眶平正而长，额头高而突起。其头似尧，其颈似皋陶，其肩似子产。但是，自腰以下则比禹短了三寸。看他疲惫失落、东张西望的样子，就像是一只丧家之犬。"

子贡立即告诉子路等众位师兄弟，大家立即分头前往东门去找老师。果不其然，在东门口，大家找到了孔丘，却见他穿的不是以前穿的衣裳，而是老农穿的衣裳。众弟子一看，知道老师这是微服逃到郑国的。众弟子不禁心里一酸，眼泪夺眶而出。

在郑国之都逗留了几天，孔丘跟众弟子商量了一阵后，觉得郑国没有发展前途，于是决定去陈国。陈国跟卫国一样，也是一个小国，在郑、蔡、宋之间，但离卫国距离有点远。

周敬王二十七年，鲁哀公二年（公元前四九三年），十二月初，孔丘及其弟子来陈国已经有一个月了。这时从卫国传来一个消息：卫灵公已经崩逝，蒯聩之子立为国君，是为卫出公。

卫灵公的过世，让孔丘颇是感伤。想当初，他从鲁国出走，选择到卫国政治避难，而不去他国，并且一住就是五年，是因为他认为卫灵公除了家事没有处理好，在处理国政、任用人才方面，都是堪称明君的。只是晚年胡涂了，不仅不肯重用自己，而且近小人而远贤臣，致使卫国政局出现了混乱，太子蒯聩甚至逃往了晋国，并参与到晋国内部赵氏与范氏、中行氏之间的权力斗争。而今卫灵公已经不在了，如果去年离开郑国时选择再回到卫国，那么如今就郁闷了，恐怕连找个人说说话也难了。还好，离开郑国时他力排众议，选择了来到陈国。虽然陈国之君也没有重用他，但在陈国却比在卫国安静。特别令他高兴的是，这段时间他所收的弟子，比在鲁国时还多。因为经常有弟子来问学，络绎不绝，门庭若市，使他在陈国赋闲的这段日子过得很是充实，不至于百无聊赖，这对他也算是一种莫大的精神慰藉了。

鲁哀公三年（公元前四九二年），八月二十七，天气大热，街边树叶都被烈日晒蔫了。除了赶工过生活的，没有什么人在外面活动。而这一天，正是孔丘五十九岁的生日。尽管暑气逼人，但从一大早起，追随孔丘到陈国的弟子们都络绎不绝地前来给老师祝寿，这给他孤寂不得志的心灵带来了不少慰藉。

然而，直到午时已过，宰予才姗姗来迟。看着午后才来的宰予，孔丘不禁想起了宰予初投门下的那幕场景。

那是十年前，在鲁国曲阜。一个盛夏时节的午后，一场暴雨刚过，原来燥热难挡的暑气顿时消除尽净。孔丘召集弟子，在雨水未干的杏坛又开始了讲学。习习凉风吹过，树上的水珠不时滴下，打在孔丘的衣服上。难得有这么好的天气，难得孔丘有这么好的心情，在杏坛下听讲的弟子们都聚精会神，倾听着孔丘的每一句教导，记着他所讲的每一个历史掌故。可是，讲学开始后不久，坐在坛下前排、新来不久的宰予却呼呼大睡起来，而且还打起很响的呼噜，惹得周围同学全都侧目而视。

孔丘正讲得酣畅，突然听到有人在自己眼皮底下打起了呼噜，顿时怒不可遏，以未曾有过的严厉口吻呵斥道：

"子我，要睡觉就回去睡吧！"

宰予被孔丘声如洪钟般的怒呵声惊醒，一看孔丘怒不可遏的神色，这才知道事情的严重性。未等宰予开口解释，孔丘又厉声说道：

"真是朽木不可雕也，粪土之墙不可圬也！子我，对你为师还说什么好呢？先前我对他人，总是听其言而信其行，而今恐怕只能改变了，要听其言而观其行。子我，为师今天人生态度的改变，都是因你而起。"

孔丘之所以这样说，乃是因为他原来对宰予是寄予很大希望的。宰予投在他门下时，与别的弟子不同，已经有了一定的文化水平，能识字，能刻简，加上颇有独立思考的精神，让孔丘对他另眼相看。刚投在门下第一天，他便就丧礼问题跟孔丘辩论了起来：

"父母亡故，服丧三年，时间实在是太长了。君子三年不习礼，礼必崩坏；君子三年不奏乐，乐必荒疏。旧谷既已食毕，新谷既已登场，钻木取火之木已轮换一茬，所以服丧一年也就行了。"

孔丘觉得宰予的想法不对头，遂严肃地教育道：

"父母亡故，不足三年，为人之子便食稻米饭，穿锦缎衣，能够心安吗？你若心安，你便这样做吧！为师以为，君子服丧，食美味不觉其香，听音乐没有快感，居于家不能心安，才属正常。如果你觉得不然，你觉得心安，那便这样做吧！"

当宰予唯唯而退后，孔丘还不能平息情绪，喟然长叹道：

"子我真不仁也！子女生下三年，才能离开父母怀抱。子女为父母服丧三年，岂有不可？居丧三年，乃天下之通礼也。难道子我没有从其父母那里受过三年之爱吗？"

想起这些往事，看着姗姗来迟的宰予，孔丘虽有些生气，但始终是赏识其富有质疑精神的个性，认为他有思想，能够独立思考，不是人云亦云的平庸之辈，是个可造之才。

"今天是先生的生日，弟子来迟了，望勿见怪！弟子自知有许多毛病，也一直在努力改正。先生曾有言：'过而不能改，是过也。'弟子喜欢白天睡觉的老毛病总是改不了，真的成了弟子之过了。"宰予知道孔丘今天可能又要生气了，于是放低姿态，先向孔丘道了歉。

孔丘见宰予这样说，本来想批评他几句，现在倒是不好意思了。

宰予看看孔丘那迟疑不决、欲言又止的神态，心知老师此时的心理状态，遂接着说道：

"弟子今天来，一是来向先生祝贺寿诞，二是来向先生求教问学。"

孔丘毕竟是个儒生，有好为人师的毛病。一听宰予是来求教问学的，原来的怒气早就没了，代之而起的是施教授业的浓厚兴趣，遂连忙问道：

"有什么疑惑，尽管说来，为师愿尽我所学，给你解惑释疑。"

"谢先生教诲之恩！以前弟子曾听荣伊说过：'黄帝君临天下三百年。'请问黄帝是人，还是神？怎么能治理天下三百年呢？"

孔丘一听，知道这个好质疑成说的弟子又来事了。但想到他提问题是一种好学深思的表现，应该鼓励，遂莞尔一笑，语气轻缓地说道：

"禹、汤、文、武、周公之事,目前尚说不清道不明,更何况是传说中的上古黄帝之事?"

"关于上古的传说,前人或模糊其词,或众说纷纭而莫衷一是,没有确切的说法,此非君子之道。所以,弟子今天一定要弄清楚。"

孔丘本来想将此问题搪塞过去,没想到这个爱钻牛角尖的弟子偏要自己说清楚,这可让他犯难了。但是,顿了顿,他决定还是勉为其难地给弟子一个解释。于是,从容说道:

"既然如此,那为师就将所知道的说给你听听吧。黄帝是少昊氏之子,号轩辕。生而神异,少而能言。幼年时即睿智、机敏、诚实、敦厚,成年后则更是聪颖过人,能运五行之气,创制了五种度量器具。还遍历天下,安抚民众。又牧牛乘马,驯服猛兽。与炎帝战于阪泉之野,三战而克之。从此,天下太平,万民皆能穿上绣花的礼服,逍遥度日。"

"那么,黄帝何以能至此呢?"宰予见孔丘说得好像凿凿有据,立即追问道。

"黄帝治民,顺天地之纲纪,知阴阳之更替,明生死之道理。根据季节变化播种百谷,栽花培草,仁德及于鸟兽虫鱼。又观察日月星辰之变化,费心竭力,尽水火之利,造福万民,养育百姓。黄帝在世时,人民得其利、受其惠一百年;黄帝去世后,人民思念他、敬仰他一百年;之后,人民运用他的智慧、感念他的教化一百年。所以说,黄帝君临天下三百年。"

"哦,原来三百年是这么回事!弟子明白了。那么,颛顼帝又是怎样一个人呢?"

孔丘见宰予一个问题未了,又来一个问题,不禁莞尔一笑道:

"远古五帝,只有传说;近古三王,则可意度。你想一天遍闻远古之说,是不是太心急了?"

"记得先生曾教导过弟子:'小子有疑即问,勿需隔夜。'所以,今日弟子才敢有疑即问,请求先生教诲。"宰予脱口而出道。

孔丘听宰予说得如此理由充分,只得硬着头皮,接着说道:

"颛顼乃黄帝之孙、昌意之子,名曰高阳。他沉静而有谋略,旷达而有远见。他生财有道,善于因地制宜种植庄稼,造福于民众。他仰观天象,依循时序变化,根据神灵的意志,制定治国安民的政策。运五行之气以化育万民,虔诚斋戒而祭祀神灵,巡狩四海以安定民心。他治理的疆域版图,北至幽陵,南达交趾,西抵流沙,东到蟠木。因此,天下动静之物,大小之事,日月所照之地,莫不臣属于他。"

"那么,帝喾又是怎样的一个帝王呢?"不等孔丘歇口气,宰予又问道。

孔丘看了一眼宰予,顿了顿,又继续回答道:

"帝喾乃玄枵之孙、乔极之子,名曰高辛。生而神异,自言其名。博施厚利于万民,不谋私利于自身。他聪颖而富远见,明察秋毫,知微见著,仁义而有威望,慈惠而重诚信,并顺从天地自然的规律。他急民所急,苦民所苦,修身而天下服。他取地之财而注意节用,教化万民而使他们受益。他观察日月星辰之变化,通晓明暗晦朔之道理;明察鬼神之旨,敬而事之。他注重道德修养,待人和颜悦色,举止合乎礼仪,为父母举丧则尽其哀。春夏秋冬,育护天下万物。因此,日月所照之处,风雨所至之地,莫不为之感化。"

"帝喾如此深得民心,那么帝尧又如何呢?"宰予又问道。

"帝尧乃高辛氏之子,名曰陶唐。其仁如天,其智如神。接近他的人,都会感受到他犹如太阳般的温暖。但仔细看看他,则又如天上行云,自然而平常。他富而不骄,贵而能降。他命伯夷掌管礼仪,令夔、龙职掌音乐。请出贤人舜出来为官,令其巡视作物四季生长情况,要求他凡事务须率先垂范,为民榜样。流放四大恶人于远方。将共工逐之于幽州,驩兜驱之于崇山,三苗窜之于三危,鲧殛之于羽山。由此,天下咸服。他谨言慎行,从未说过错话;循规蹈矩,未曾有违道德纲常。因此,四海之内,舟车所及之地,民众无不欢悦。"

"那帝舜又怎么样呢?"

"帝舜乃乔牛之孙,瞽瞍之子,名曰有虞。帝舜以孝顺父母、友爱兄弟而远近闻名。他生于贫贱,出身清寒,以陶器为工具,捕鱼供养双亲。他宽厚而温良,机敏而知时,敬畏上天,爱护万民。体恤远方之人,亲近邻里乡亲。他受命而治天下,依靠二位贤妻。他聪明旷达,足智多谋,终为天下之王。尧为天下之主时,舜率二十二臣归附,虔诚而事之。天下太平,风调雨顺,他便巡狩四海,五年一次。他为天下之王虽仅在位三十年,却职掌天下之事五十年。后至四方之岳接受朝会,死于苍梧之野,并葬在那里。"孔丘说道。

"如此说来,帝舜虽是明君,可惜不得好死。"孔丘话音未落,宰予脱口而出道。

孔丘一听宰予这话,立即板起面孔,严肃地说道:

"小子无礼!帝舜忠于职守,鞠躬尽瘁,死而后已,乃是千古之明君也。"

"弟子失言了!请先生再讲讲五帝最后一位禹帝吧。"宰予一边道歉,一边转移话题道。

孔丘见宰予问到大禹,忍住了怒气,顿了顿,恢复了平静后,才接着说道:

"禹乃高阳之孙，鲧之子，名曰夏后。他为人机敏，无事不成。他道德高尚，言而有信，仁慈可亲。他说出的话便是法度，做出的事便是规范。他为人勤勉，容止庄重，一言一行都遵纲守纪。他的功德，使众神都有了归属感；他的恩惠，使万民感戴，视之如父母。他凡事皆遵循一定的准则与礼法，所作所为不违四时之宜。因此，他所统辖的地域能广达四海。他任人唯贤，任命皋繇、伯益为官，襄助治理国家，率六师以平定叛乱。四方之民，莫不臣服。"

孔丘说到这里，早已月华初生，虫声四起，暮色已经笼罩了四野。

宰予见天色已晚，就想起身告辞，但孔丘觉得意犹未尽，又补了一句道：

"子我，禹之功天高地大，大者如天，小者如我所言。但无论大小，民众都感到非常满意。子我啊，为师以为，你还不是了解帝王之德的人。"

宰予一听，立即明白，老师对他始终是有偏见的。于是，便顺着他的话回答道：

"弟子明白。弟子确实还不配以戒慎恐惧的心情来接受先生的教导。"

宰予嘴上虽然这么说，但告别孔丘之后，还是对其批评耿耿于怀，觉得老师瞧不起他。第二天，他实在忍不住了，就把心里话告诉了师兄子贡。而子贡不小心，无意中泄露了他的怨言。孔丘听说后，不禁脱口而出，感慨地说道：

"我欲以言取人，子我之事让我不得不改变想法！"

宰予听到孔丘跟子贡说了这样的重话，感到非常害怕，很久都不敢再向他求学问道。

2. 刑不上于大夫

周敬王二十九年，鲁哀公四年（公元前四九一年），八月二十七，是孔丘流落到陈国后所过的第二个生日，也是他的六十大寿。

六十岁，是人生的重要阶段，更是人生的一种境界。因此，这天一大早，孔丘在陈国的弟子就陆续前来给他拜寿祝福。而在齐、鲁、卫、宋等国的弟子，则早就数着日子在赶路了。

"今日是先生六十大寿，弟子无以献效，这点礼物聊表寸心。"

颜由因为一直追随孔丘左右，当时就在陈国，自然给老师祝寿不落人后。朝食时间未至，他就第一个来给孔丘祝寿了。一进门，他先给孔丘深施了一礼，然后恭恭敬敬地献上了礼物。

接着，子路、冉求、言偃、闵损等一众弟子都先后来给孔丘行礼祝寿，每人不仅备有礼物，而且都各有说辞。子路为人比较朴实，祝辞也比较朴实；子贡、曾点等人的说辞，则比较美妙动听。但是，不论动听与否，孔丘听了都很高兴。

日中时分，陆续赶到的弟子计有五十多人。孔丘看到这么多的弟子围在身旁嘘寒问暖，心里感到无比的欣慰。虽然政治理想至今无法实现，生活颠沛流离，但至少他还有一批信徒追随。他始终相信，有了一批信徒传承他的学说与思想，即使在他活着的时候看不到"天下大同"的景象，但在他身后，周公礼法仍有恢复的希望。

想到此，孔丘一直抑郁的心情好了很多。众弟子见老师今天心情不错，聊着聊着，便有大胆的弟子跟孔丘开起了玩笑。孔丘也不介意，乐呵呵地与众弟子说东道西，师生其乐融融。

后来，子路大胆向孔丘提出了一个要求：

"先生，今天是您的六十华诞，想必先生一定有很多人生感悟。如果可以，是否跟弟子们分享一下，让我们今后的人生道路有更明确的方向。"

孔丘慈爱地看了看子路，又扫视了一眼其他弟子，捻了捻花白的胡须，顿了顿，说道：

"为师十五志于学，三十而立，四十而不惑，五十而知天命。如今六十矣。"

"那么，六十是怎样的一种人生境界呢？"

孔丘见提问的是冉求，故意停顿了一下，才回答道：

"六十耳顺。"

"六十耳顺？什么意思？"子路立即追问道。

"人活到六十岁，算是什么人生经历都有了，世态炎凉、世道人心，都差不多看够了。因此，对于别人的话是真是假，是好是坏，凭着自己的人生阅历都是能分辨出来的。别人对自己的评价，说好说坏，都能泰然处之。这便是'耳顺'的境界。而今，为师差可及之。"

言偃觉得孔丘说得非常有道理，不禁连连点头，并顺势向孔丘提了一个问题：

"先生，那'五十而知天命'，又是一种什么样的境界呢？"

"五十已是半百，人的精力已衰，建功立业已非当时，一切当听天由命，顺其自然了。纵是一个壮怀激烈、豪情万丈之人，在这个年龄也多趋于冷静，归于平淡，能够达观地看待人事，一切随性了。"孔丘呵呵一笑道。

"如此说来，那'四十而不惑'，是不是就意味着人到四十，就没有什么不知道的事，没有什么不明白的道理了呢？不过，弟子而今虽早已年过四十，好像还有很多事情、很多道理都不明白。按照先生的话，弟子是不是一个不成熟的人呢？"

孔丘见提问的是闵损，先莞尔一笑，然后慈祥地看了他一眼，语重心长地说道：

"那倒不是。为师所说的'四十而不惑'，只是就一个人的人生经历与认知水平的不同阶段而言，并不是绝对的。如果绝对地说，就是为师，至今也算不得达到了'不惑'的境界。"

孔丘刚说到此，子路立即接口问道：

"弟子明白了，先生是说人到四十，是他人生中相对比较成熟的阶段，是吧？"

"正是此意，阿由果然比以前领悟力强了。若说阿由已届'不惑'之境，亦未尝不可。"

孔丘话未说完，子路早已咧开大嘴笑了。老师今天当着这么多师兄弟表扬他，让他好有面子，感到从未有过的自豪。

冉耕一直没有说话，见子路多次提问得到了孔丘的表扬，遂亦深受鼓舞，提了一个问题：

"先生，那'三十而立'又是怎样的一种人生境界呢？"

"'三十而立'，是指人到三十，思想基本定型，对于人生的态度也已经确定，人生的发展方向也已经明确，不会胡里胡涂地过日子了。"孔丘答道。

"先生，这个境界只有您才能达到吧。弟子认为，一般人很难达到。比方说，像弟子我，虽已年届三十，天天受先生耳提面命，却仍在胡里胡涂过日子，没有明确的人生发展方向。"

孔丘见卜商对自己不怎么有信心，正想对他予以一番鼓励时，南宫韬突然从鲁国赶到。

"子容从鲁来,有什么消息吗?"子路嘴快,没等孔丘开口,就抢先问道。

南宫韬没有回答子路的问题,而是先给孔丘施了一礼,然后祝贺老师六十大寿。

孔丘看了看南宫,显得非常高兴。南宫是他的得意弟子,也是其侄婿。当初就是由他作主,将其兄之女嫁与南宫的。这些年,孔丘一直在国外颠沛流离,家中之事幸有南宫韬照料。所以,一见南宫韬,孔丘就备感亲切。但是,南宫此时的心情则跟孔丘不同,此次他远道而来,不仅仅是给孔丘祝寿,而且另有重要任务,就是向孔丘禀报近些年来鲁国国内的相关情况。所以,跟孔丘聊叙寒温后,南宫就直接上题了:

"先生,向您报告一个消息:冢宰季桓子上个月已经过世了。病重期间,他非常后悔过去未重任先生,致使鲁国的经济文化振兴计划受到影响。所以,临终前,他嘱咐其子季康子,务必要召先生回去相鲁。只是由于公之鱼坚决反对,百般阻拦,季康子最终改变了主意,决定召冉求师弟回国任职,现在季康子派出的使者已在路上了。"

子路等人听了,虽为老师感到可惜,但听说师兄弟冉求将被季康子予以重任,回国就职,还是感到非常欣慰的。于是,大家纷纷向冉求表示祝贺。冉求对大家的鼓励一一表示了感谢,然后诚恳地请教孔丘道:

"先生如何看待这件事?"

"阿有,这是件好事,你应该回去就职。为师而今年已六十,虽有克己复礼、恢复周公礼法的志向,也有时不我待的紧迫感,想回到鲁国报效父母之邦,可惜已没有机会了。现在你回国就职,也算是代为师回国实现理想,为师之愿亦足矣!"孔丘脱口而出道。

"弟子谨受教,遵命就是。"冉求连忙躬身向孔丘施了一礼,说道。

"既如此,那就去准备准备吧。"

"今奉先生之命回国就职,虽已下定了决心,但心里总是惴惴不安,有诚惶诚恐之感。"

见冉求似乎信心不足,孔丘立即予以鼓励道:

"阿有,你有戒慎恐惧之心,这是好的。有此心,就能把事情做好。"

"不过,弟子有一个问题,一直想求教先生。不知先生今天能否给弟子解惑释疑。"

"阿有,你有什么问题?尽管说来。"孔丘直视冉求,慈祥地说道。

"远古圣贤帝王制定法律制度,定下一个戒律:'刑不上于大夫,礼不下于庶民'。依此规定,那是否意味着大夫犯罪了不能对其施以刑罚,老百姓行事可以不依循于礼?"

孔丘一听冉求问的是这个问题,而非治国安邦之策,不禁莞尔一笑,脱口而出道:

"不是这样。大凡治君子,不用刑罚,而是以礼驭其心。以礼规范其思想,是因为他们属于有廉耻之节的一类人。因此,古代大夫,若因不廉而被罢黜放逐,一般不说是'不廉而黜',而是说'簠簋不饬',意思是说他祭祀时祭器没整理好。"

"是不是说他嘴馋偷吃?"孔丘话没说完,子路便插话问道。

"正是此意,是不廉的一种委婉说法。若因男女无别,或淫乱之罪,而被国君见斥,一般不说'淫乱'或'男女无别',而是说'帷幕不修'。若犯欺上不忠之罪,一般不直言'罔上不忠',而是说'臣节不著'。若因软弱无能、不胜用其职而被罢免,不说'疲软不胜任',而说'下官不职'。有触犯国家法纪之罪,一般也不直言'干犯国纪',而是说'行事不请'。这五种情况,大夫早就自定其罪了,只是不忍心直言其罪名,这是为其避讳。但避讳的本意并不是开脱,而是使他们感到羞愧。因此,大夫之罪若在上述五种情况之内的,大夫就会自动摘去官帽,整理冠缨,以盘盛水,剑横于盘水之上,以请求自尽。或是直接向君王请罪,君王依法治罪,但不派有关司法官员对犯罪大夫予以拘捕。若是犯有大罪,闻君王有令,立即面北而拜。两拜之后,跪下自杀。君王并不派人拘捕,更不命人直接处死,只是说:'你身为大夫,咎由自取,我对你算是以礼相待了。'正因为如此,用刑用不到大夫身上,大夫也不能逃避其罪行,这便是教化的结果。"孔丘说道。

"原来如此!不是先生今日这番解释,弟子就要误解先王制法的本意了,以为'刑不上于大夫'是说大夫犯罪享有刑事豁免权呢。"

见冉求已然明白,孔丘遂又接着解释"礼不下于庶下"一句道:

"所谓'礼不下于庶人',并不是轻视庶民百姓,说他们不配讲礼,而是说对于庶民百姓在礼仪上的要求可以放宽。因为庶民百姓生活艰难,整天忙于生计,没有充足的时间详尽地学习有关礼仪之事,所以就不能要求他们懂得完备的礼仪。"

冉求听到这里,连忙跪直身子,并以膝行代步,离开座位,向孔丘再拜道:

"先生说得太好了,弟子从未听过如此精辟的解释。请让弟子退下后将这些话记录下来,以传后世。"

在场的众弟子也齐声唱诺道:

"弟子谨受教!"

3. 无礼则手足无所措

周敬王二十九年，鲁哀公四年（公元前四九一年），孔丘来陈国已经将近两年了。每日赋闲在家，甚是无聊，亦很抑郁。幸好有一批追随的弟子在身旁，时时来求教问学，算是给他寂寞的流亡生活增添了不少生气。

十月的一天，孔丘闲在家中，望着窗外云来云去，听着屋外鸟鸣人喧，越发感到寂寞。

日中时分，子张、子贡、子游三人结伴而来，手里还拿了一些食物，说是让老师品尝品尝。

孔丘一见有弟子来见，心情一下子就好起来了。师生略事寒暄，施礼落座后，就将带来的食物分而食之。

子贡又去烧了一陶壶热水，拿来四个瓦盏，将水倒满后，先给孔丘递上一盏，接着给子张、子游各一盏，最后自己也斟了一盏。师生四人一边喝着水，一边就开始闲聊起来。聊着聊着，不知怎么就聊到了礼。孔丘顿时兴奋起来，说道：

"小子们，坐好！为师今天好好给你们讲讲无所不在的礼。"

子贡一听，立即起座绕席，恭敬有加地问道：

"先生一直跟我们弟子强调礼，敢问先生，礼究竟有什么重要作用？为什么先生说它无所不在？"

对于子贡一连串的问题，孔丘没有立即回答，而是顿了顿，先看了看子贡，然后又扫视了子张、子游二人，这才从容不迫地回答道：

"礼啊,它的作用就是使一切表现得恰到好处。诚敬而不合乎礼,谓之野;恭顺而不合乎礼,谓之谄;勇敢而不合乎礼,谓之乱。"

"为什么?"孔丘话未说完,子游立即起座绕席,问道。

"一个人虽有诚敬在心,但行动上率性而为,不合乎礼,给人的感觉就是粗野、没修养。恭顺过了头,不合乎礼,给人的感觉就是谄媚,让人觉得反感。勇于行动,但不是依礼而动,便是鲁莽,结果必然添乱。"

子贡听了孔丘的这番解释,点了点头。顿了顿,接着又问了一个问题:

"敢问先生,具体如何做,才算是合乎礼呢?"

"这个要视具体情况而定,不能一概而论。总之,要使一切表现得恰到好处,就算合乎礼了。"孔丘答道。

"弟子谨受教!"说着,子贡退回席上坐好。

子游见此,连忙起座绕席,望着孔丘问道:

"敢问先生,所谓礼,是否就是把好的方面表现出来,把不好的方面排除掉?"

孔丘看了子游一眼,点了点头。

"可是,具体说来,又该怎么做呢?"子贡想作进一步了解,遂又起座绕席,问道。

"郊社之礼,乃祭天地之礼,要让鬼神感受到仁爱之心;禘尝之礼,是夏季于宗庙举行的祭祀祖先之礼,要让祖先感受到仁爱之意;馈奠之礼,乃祭祀死者之礼,要使死丧者感受到来自祭者的仁爱;乡射之礼,是密切同乡情谊之礼,要让同乡感受到乡邻间彼此的仁爱;食飨之礼,乃酒食待客之礼,要让受招待的宾客感受到主人的仁爱。明白了郊社之礼和禘尝之礼，治国安邦就像指画于手掌那样简单。"

孔丘说到此，顿了顿，看了看三个弟子。见他们专注向学的神情，遂又接着说道：

"日常生活有了礼，长幼之间才能有所区别；家庭内部有了礼，一家三代人之间才能和睦相处；朝廷之上有了礼，官职大小、爵位高低才能井然有序；田猎之时有了礼，行动起来才能彼此配合默契；军旅之中有了礼，将士才能奋勇杀敌，建立战功。"

孔丘说到此，子贡连忙起身给他续了一盏水。孔丘呷了一口，又继续说道：

"宫室营建要遵循一定的法度，祭祀器具要符合一定的形状要求，使用器物要视不同的季节，音乐演奏要符合一定的节拍，一驾马车要有合适的车轼，这些都是礼的要求。鬼神各有不同的供献，丧葬要有适度的悲哀，论辩要有唱答应和之人。这也是礼的要求。"

子游听到此，忍不住插话道：

"怎么有这么多礼？简直是无所不在了。"

孔丘点了点头，笑着答道：

"子游，你说得对！礼确实是无所不在。百官有了礼，政事才能顺畅运作。若能自觉以礼约束自己，并以礼处理日常生活中的一切事情，那么所有人的言行举止就都能适宜得当了。"

子游一边点头称是，一边起身向孔丘致谢。

子张一直都没有提问，见子贡与子游问得差不多了，遂也起身离座绕席，问孔丘道：

"先生，您说了那么多礼，那么究竟什么是礼呢？"

孔丘一听子张问的是这个问题，不禁莞尔一笑，看了他一眼，

从容答道:

"所谓礼,简单点说,就是处理事情的方法。君子遇事,必有自己解决处理的方法。治国安邦,若是没有礼,就会像盲人走路没有帮扶,必定茫然不知方向;为人处事,若是没有礼,就会像半夜里没有烛照而在暗室中寻物,必然一无所获。所以,没有礼,我们的手脚都不知该往哪儿放,眼睛不知往哪儿看,耳朵不知该听什么,进退、揖让都会失了尺度与规范。如此,日常生活中,会长幼无别;家庭生活中,三代不能和睦同堂;朝廷之上,会官爵失其序;田猎之时,会失去指挥而混乱;军旅之中,将士会没了杀敌立功之志。如果没有礼,那么,宫室营建就会失了尺度,祭祀之器就会没了规范,器物之用就会没有季节的区分。如果没了礼,音乐便没了节拍,车辆就像缺了轫,鬼神会失了四时供享,丧礼会没了悲哀,辩说会失了帮腔,百官会没了职守,政事无法开展。若不自觉以礼约束自己,并以礼处理日常生活中所发生的一切事情,那么众人的一切言行都会失宜。如此,岂能协调万民,安定天下?"

"先生言之是也,弟子谨受教!"子张、子贡、子游几乎异口同声地说道。

孔丘顿了顿,喝了口水,扫视了一下三位弟子,遂又接着说道:"仔细听着,小子们!为师告诉你们,礼有九项,大飨之礼则有四。这些若是都掌握了,纵使他是一个庄稼汉,只要依礼而行,也能成为圣人。两国之君相见,先要相互作揖谦让。之后,才能入门。入门之后,钟鼓齐鸣,二人再行揖让之礼,然后再登大堂。这时,钟鼓之声停止,庭下则奏起管乐之曲《象》。接着,夏钥之乐响起,执事者陈列鼎器供品,按照礼乐规范安排仪式,百官执事一一到位。如此,君子便可从中看到仁爱的精神。两国之君应酬周旋,一切中规中矩，合乎礼仪，就是车上的铃声也会合着《采荠》乐曲的节奏。当客人告辞将出时，奏《雍》曲以送行；撤下供品时，则奏《羽》曲。可见，君子行事，无一事不合乎礼。入门鸣金，乃表欢迎之情；登堂唱诗，意在赞美其功德；庭下奏《象》，是为表现祖先功业。所以，古代两个君子相见，表达敬意不需言语，以礼乐即可表现。所谓礼，就是条理；所谓乐，即是调节。无礼不动，无节不作。不懂赋《诗》言志，礼仪上就会有偏差；不能以音乐配合，行礼就会显得单调乏味；没有高尚的道德修养，有礼也显得虚伪。"

听孔丘说到这里，子贡情不自禁地再次离座绕席，恭敬有加地问道：

"先生，照此说，大家都知道的夔，也该算是精通礼的人吧？"

"阿赐，夔是舜帝时代的乐官，难道不是古人吗？事实上，他不仅是古人，而且还是上古之人呢。精于礼而不精于乐，叫淳朴；精于乐而不精于礼，是偏颇。为师以为，夔可能是只精通音乐，而不精通于礼，所以后世之人只知他精通音乐的名声。其实，在上古时代，一切制度皆见存于礼。制度靠礼来呈现，但实行起来还得靠人。"孔丘看了看子贡，说道。

子张、子贡、子游三人听到此，顿如醍醐灌顶，茅塞顿开，齐声说道：

"弟子明白了！弟子谨受教！"

第十章 游楚

1. 厄陈蔡

光阴似箭，日月如梭。到周敬王三十一年，鲁哀公六年（公元前四八九年）春，孔丘在陈国已经度过了三年多的时光。

在这三年里，孔丘的生活虽然平淡平静，沦漪不起，但却过得闲适恬然。在与来自诸侯各国的弟子们交流切磋之中，他感到是幸福的。看着他们的学问日益进步，自己"克己复礼"的思想主张为更多弟子所理解，他感到莫大的安慰。

这年三月的一天，孔丘在接待过几批弟子问学后，日中时分正想休息一下，子路来了。

子路见孔丘跟往日一样，一副乐而忘忧的神情，知道他在跟众弟子交流切磋学问中，早就把自己的理想抛到了九霄云外，于是，就信口问道：

"君子也有什么忧愁吗？"

"没有。"孔丘几乎是不假思索、脱口而出道。

"没有？怎么可能呢？何人会没有忧愁？"子路不以为然地反问道。

"君子修身养性，优良品德未养成时，会为自己有追求上进的想法而快乐；优良品德养成后，又会为自己修养成功而快乐。因此，君子一生都是快乐的，没有一日是忧愁的。但是，小人则不然。未得到所追求的东西时，会担心得不到而整日忧愁；得到所追求的东西时，又担心得而复失而整日忧愁。因此，小人只有终生之忧，而无一日之乐。"

"先生，如今您应该是乐而忘忧吧？"见孔丘说话时显得神采飞扬，子路遂笑着问道。

"得天下英才而教之，为师何忧之有？不乐何为？"

子路听了孔丘的话，不禁莞尔一笑。心想，老师怎么这样不诚实呢？这些年来一直不得志，到处求售却到处碰壁，明明每天都过得很不开心，却要装着快乐的样子，说些言不由衷的违心话。想到此，他决定一探孔丘的真实心理。但未等他开口，颜回兴高采烈地进来了。

颜回一向深沉稳重，很少有喜形于色的表情。孔丘见颜回一反常态，遂连忙问道：

"阿渊，怎么这么高兴啊？"

"先生，您猜猜看，今天会有什么高兴的事？"颜回仍然笑眯眯地。

孔丘摇了摇头，表示猜不到。颜回见此，就不再卖关子了，连忙说道：

"南宫师兄来看望您了，马上就到门口了。"

孔丘一听，立即从座席上爬起来，准备亲自出门迎接。没想到，南宫敬叔已经进来了。

师生相见，悲喜交加。互道别后思念之情后，二人又彼此认真地打量了对方一番。南宫看孔丘，觉得他老多了，但精气神好像还不错。孔丘看南宫，虽见其胡子更长了，头上也添了不少白发，但明显比以前更显沉稳了，颇有些政治家的气质。

略略说了些闲话后，孔丘立即向南宫打听这些年来鲁国政坛的情况。南宫一一向孔丘作了汇报，而且特意提到了上次随自己回国任职的冉求在鲁国政坛的表现。孔丘听了，感到很高兴，觉得自己培养人才还是有成果的。

在陈国盘桓了两日后，南宫告别孔丘回国了。孔丘又恢复了每日与弟子讲论的平静生活。

一天，孔丘正跟颜回讲君子修身的问题，谈得正投机，突然子贡急急地进来了。

"先生，不好了。"

"何事惊慌？到底出了什么事？"孔丘见子贡神色不对，连忙追问道。

"吴国又派兵伐陈了。"

"上次吴国已经无故出兵伐陈，此次又无故伐陈，意欲何为？"子路感到不解。

孔丘看了子路一眼，不假思索地说道：

"吴师伐陈，其意不在陈，而在楚。伍子胥逃楚投吴，意在借吴王夫差之力，报父兄被杀之仇。你们不用慌张，陈乃楚国盟邦，吴师伐陈，意在挑战楚国，楚国必然出师相救。"

果不其然，没几天就传来消息，楚国军队已经跟吴国军队打上了。虽然前线有盟主楚国相挺，但是，陈国民众一听说吴国军队来伐，立即人心浮动，形势一片混乱。

孔丘看看形势不对，立即召集众弟子商议对策。众弟子聚齐后，孔丘首先开言道：

"危邦不入，乱邦不居，此乃君子之道。今陈国外有吴师攻伐之忧，内有政治混乱之患，所以，为师以为，我们不如暂时离开陈国。"

"陈国虽小，却是先生目前寄身最安定的国家。如今要离开陈国，又能到哪里去呢？"孔丘话音未落，子路立即提出了疑问。

"为师准备趁此机会，到楚国走一趟。"

"先生，您是想到楚国投奔楚王吗？不过，楚都离此可不近啊！"公良儒提醒道。

"现在吴楚交战，为师不准备去楚都见楚王。"

"不到楚都见楚王，那先生到楚国干什么呢？"冉耕感到不解，问道。

"为师想去负函。"

"如果是要避难，何必一定要到负函呢？"子路知道负函比较偏僻，所以不赞成。

"因为那里有一位贤大夫，名叫沈诸梁，人称叶公。前些年，我们刚到陈国时，他曾托人给我捎信，希望能够跟他见一面。负函离此不远，现在正好趁此去一趟。一来可践朋友之约，二来可以短期避难。如果陈国形势稳定，我们马上赶回来也方便。"

一听孔丘去负函是为了拜访叶公，践朋友之约，众人都不再反对了。另外，大家对叶公早有耳闻，知道他是楚国贤大夫，也是楚国王室子弟，曾祖父乃春秋五霸之一的楚庄王。其父沈尹戌，乃楚之名将，在吴楚之战中屡立战功。后楚昭王感念沈尹戌之功，遂将二十四岁的沈诸梁封于楚国方城之外的北方重镇叶邑为尹。沈诸梁至叶，实行养兵息民、发展农业、兴修水利的政策，很快将叶邑治理得井然有序，呈现出一派繁荣景象。为此，不仅叶邑民众拥戴他，楚国朝野及四境之诸侯亦对之敬重有加，称之为叶公。

商议已定，第二天一大早，孔丘便在众弟子的陪同下，悄然离开了陈国之都，往楚国负函而去。但是，路出陈、蔡二国交界之地时，因为师徒人数较多，一路浩浩荡荡，引起了陈、蔡两国大夫的注意，他们相聚而谋道：

"孔丘乃一代之圣贤，经常指摘批评诸侯各国的政治弊端，每每都切中要害。他杏坛聚徒，弟子遍天下，贤能者如子路、子贡、冉耕、公良儒等，或文或武，都是治国安邦之才。如果他到了楚国，并为楚王所重用，楚国将如虎添翼，那时我们陈、蔡二国就危在旦夕了。"

一天，日中时分，孔丘师徒走到了陈、蔡二国交界的两座山之间，进入山谷后，还没等他们在山脚下的路边茅店安顿下来，就被陈、蔡二国的数百名士兵团团围住。

由于山谷两头都被陈、蔡二国士兵阻断，孔丘师徒既不能出，也不能进，更无法与外界联络。由于师徒一行共有二十余人，小店的食物根本无法供应。到了第三天，大家就断炊了，连藜羹这样粗劣的食物也没得吃了。众弟子都是年轻力壮之人，一顿不吃都饿得慌，更何况一两天没进食了。无奈之下，大家只好在山间挖些蕨菜，洗净后用清水煮一煮，就算食物了。但是，山谷不大，能挖到的蕨菜之类毕竟有限，所以，到第四天时，就彻底断炊了。

断炊的第二天，随从的弟子都感到困苦不堪。但是，孔丘仍然坚持要给弟子们讲学，并弦歌不绝。子路见大家困顿如此，老师仍然像没事人似的，甚至还到山谷欣赏兰草，并操琴而为《倚兰操》，于是，忍不住冲进孔丘所住的茅屋，问道：

"先生，这种情况下，您还弦歌不绝，合乎礼吗？"

孔丘继续弹琴唱歌，并没理会子路。等到一曲终了，才对子路说道：

"阿由，你过来。我告诉你：君子爱好音乐，是为了使自己不放纵不骄傲；小人爱好音乐，是为了消除心中的恐惧。你们追随我这么多年，有谁不了解我呢？"

子路觉得孔丘说得有理，并为其临危不惧的气度所感染，于是高兴地操起兵器舞了起来，直到三次乐曲终了才告辞孔丘而出。

第六天，许多弟子都病倒了。但是，孔丘仍然要给弟子们讲学，并弦歌不辍。见大家都无精打采，孔丘遂召子路至近前，问道：

"《诗》曰：'匪兕匪虎，率彼旷野。'意思是说，不是犀牛，不是猛虎，却都跑到旷野中。我们今天不正是如此吗？难道是我的思想与政治主张错了？不然，怎么会沦落到了今天这个地步呢？"

子路本以为孔丘要教导他什么，不意却是找他来发牢骚，在怨天尤人。于是，多天以来的憋屈再也忍不住了，面带生气的表情，对孔丘说道：

"既为君子，那世上就没什么能让他感到困扰的。想必先生或是因为还不够仁德，所以别人才不相信您，不重用您；或是因为先生还不够聪明，所以诸侯各国才不愿推行您的政治主张。记得以前先生曾教导弟子说：'为善者，天必报之以福；为不善者，天必报之以祸。'今先生积德怀义，长期以来一直在推行自己的政治主张，怎么会走到今日如此困顿之境呢？"

孔丘听了，并不生气，而是慈爱地看了看子路，语气平和地说道：

"阿由,其实你并没真正了解为师。既然如此,那为师现在就告诉你吧。仁德之人,你以为就一定会得到信任吗?如果是这样,那么伯夷、叔齐就不会饿死于首阳山中了;聪明之人,你以为就一定会得到重用吗?如果是这样,那么比干就不会被剖腹掏心了;忠诚之人,你以为就一定会得到好报吗?如果是这样,那么关龙逄就不会被杀了;忠君之谏,你以为就一定会被采纳吗?如果是这样,历史上就不会有那么多忠臣因为谏君而被杀了。"

"那么,先生以为这是为什么呢?"

孔丘见子路还是一副气鼓鼓和不以为然的样子,顿了顿,接着说道:

"一个人能否被人赏识,从而获得人生的种种机遇,那全要看他的运气;而一个人是否贤能,则是要看他是否真的有才能。学识渊博、深谋远虑的君子,终其一生,不被赏识、不被人重用,实在是太多了,何止是为师一人?但是,芝兰生于深林,不因为无人欣赏而不香;君子修道立德,不因为遭遇困顿、穷愁潦倒而改变志向。为善与否,在于个人;生死富贵,则在于天。重耳有称霸之心,乃因有曹卫之辱;勾践有称霸之心,缘于会稽之困。位卑而无忧者,一定是因为思之不深,没有远虑;立身处世,而贪图安逸者,一定是因为没有远大的理想与志向。这样的人,哪里用得着考虑自己的生死呢?"

子路唯唯而退后,孔丘又将子贡叫了进来,把对子路说过的话,再对他说了一遍。子贡听后,说道:

"先生的学说,博大精深。先生的主张,宏阔高远,故天下没有人能够接受。先生为什么不面对现实,标准稍微放低一点呢?"

"阿赐呀,出色的农夫也许懂得如何播种,但未必就懂得如何收获；优秀的工匠也许能够做出精巧的器具，但未必懂得如何修理。君子能够提升自己的道德修养，创立自己的学说，抓住其关键，理清头绪，但是别人未必就能理解并接受。而今，你不思主动提升自己的道德修养，创立仁德的思想主张，却一心想着如何使别人接受。阿赐呀，看来你的志向还不够远大！你的思虑还不够深远！"孔丘喟然长叹道。

子贡唯唯退下后，孔丘又将颜回叫了进去，把刚才对子路与子贡说过的话再对他说了一遍。颜回听完，略作思考，回答道：

"先生的政治主张，志存高远，博大精深，但天下没有人能够接受。即便如此，先生仍然执着地予以推行。先生的主张不见用于世，乃当政者之丑，先生何必为此而忧心呢？先生的主张没被人接受与践行，乃因曲高和寡，这正可见先生的君子本色呀！"

孔丘听了颜回这番话，欣然感叹道：

"不愧为颜家之子，真有修养！假若你有很多钱，那我就来做你的管家吧。"

颜回听了，不禁莞尔一笑，说道：

"先生，您可真会说笑！"

到了第八天，孔丘师徒终于可以说笑了。

大概是因为陈、蔡二国大夫动用的士卒太多，山谷中时有士卒喧嚣之声传出，闹出的动静很大，最终让楚国驻守陈、蔡边界的军队偶然侦知，遂立即前往驱散了陈、蔡二国士卒，使孔丘师徒在被围困了七天七夜后获得了自由。

危难过后，孔丘师徒重新振作精神，继续向叶邑出发。子贡抓住缰绳，对大家说道：

"诸位师兄弟，此次我们追随先生遭此厄难，恐怕一生难忘了！"

孔丘登车凭轼,捋须远望,欣然说道:

"善是什么?恶是什么?陈、蔡之间遭此厄难,乃丘之幸也!诸位追随我而遭此难,亦为大幸也!我听说,一国之君不受厄难,则不能成就王业;胸怀壮志、重义轻生之士,不遭厄难,则不足以彰显其高风亮节。上天有知,焉知我辈发愤励志,不始于陈蔡之厄呢?"

看到老师如此达观、如此自信,众弟子深受感染。于是,大家又精神抖擞地上路了。

2. 叶公问政

周敬王三十一年,鲁哀公六年(公元前四八九年),四月初二,走出幽兰之谷的孔丘师徒,终于进入了楚国北部境内。

在一个市井凋敝的小镇上,孔丘师徒一行一边走,一边向街道两旁观看着。突然,一个剪掉了头发、衣衫褴褛的中年汉子敞开衣襟,跟着孔丘乘坐的马车,窜前跃后地跑来跑去。孔丘觉得这个人好怪,怕马车撞到了他。于是,让执辔的公良儒将马车停了下来。

孔丘从车上探出头来,刚想问他是何人时,却见那人绕着他的马车不停地转圈,一边转圈,还一边拍手唱歌道:

"凤兮凤兮!何德之衰?往者不可谏,来者犹可追。已而,已而!今之从政者殆而!"

孔丘听了半天,才从他那浓重的楚语中听出其所唱的内容。公良儒始终没听明白,于是就回过头去,问孔丘道:

"先生，您听懂了这个怪人的话吗？"

孔丘点了点头，说道：

"为师听懂了。不过，这个人不是怪人，而应该是隐士。"

"那他唱的是什么意思呢？"公良儒追问道。

孔丘微微一笑，但从表情看，公良儒知道老师笑得颇是无奈。

"先生，这人到底唱的是什么意思啊？"公良儒再次追问道。

"他说，凤啊凤啊，你的德行怎么衰退了？过去的事就不必再说了，将来的事还来得及。算了吧，算了吧！如今的那些从政者，都是很危险的啊！"孔丘只得将那怪人所唱的内容给公良儒解释了一遍。

"他是将先生比作凤啊！"公良儒兴奋地说道。

"将我比凤，那是谬赞。他的中心思想，其实是要我不要再从政了。"

"为什么呢？"公良儒又问道。

"为师也不知道，待我下去问问他。"说着，孔丘便从车上跳了下来。

可是，没等孔丘走近，那人立即快步跑开，避而远之。孔丘没能跟他说上只言片语，只好悻悻然登上马车，望着其背影远去。后来，孔丘跟人打听，方知此人姓陆，名通，字接舆，人称"楚狂"，确实如孔丘所说，是个隐士。之后的两个多月间，孔丘及其弟子在行走与问道的过程中，不断遇到各色怪人，包括长沮和桀溺，他们大多言行怪诞，而且无一例外地对孔丘表示了很不友好的态度。孔丘心里明白，这些怪人其实都是隐士，他们是在用古怪的态度与言行婉转地劝阻自己不要再从政了。但是，孔丘还是不为所动。这趟楚国之行，虽然历经坎坷，非常艰难，但他还是抱着极大的希望。

他希望到了负函，见到叶公后，能够得其推荐而在楚国从政，开创一个新的生涯空间，从而最终实现其"克己复礼"、再造周公盛世的政治梦想。

周敬王三十一年，鲁哀公六年（公元前四八九年），六月十三，孔丘率众弟子终于到达了楚国叶邑的负函。

负函地处楚国方城之外的北疆，与北方多个诸侯国交界接壤。所以，这里南来北往的客流特别大，来自各诸侯国的消息也特别多、特别快。

六月十四，一大早，孔丘就起来了，正想安排一位弟子前去打探叶公的住所，并与之约定拜访的时间。就在此时，子贡急急来见，说道：

"先生，弟子刚刚听到一个消息，是从齐国来的客人说的。"

"什么消息？快说！"孔丘催促道。

"去年八月，齐景公病逝。临死前，命国惠子、高昭子立少子吕荼为太子，逐群公子而迁之于东莱。"

"为什么立幼不立长呢？吕荼即晏孺子，是齐景公嬖姬之子，还是庶出。"孔丘摇摇头，感到不解。

"先生说的是。"

"那后来呢？"孔丘又问道。

"齐景公死后，晏孺子吕荼继立。未久，田乞发动宫廷政变，迁晏孺子于骀，后弑之，逐其母芮子，与诸大夫另立年长的吕阳生为新君。"

"看来齐国要发生大乱了。"孔丘脱口而出道。

"先生说对了，从齐国来的人说，就在上个月，先是晏孺子被弑，后是陈氏、鲍氏联合，驱逐了国氏与高氏，国内大乱。"

"还听到什么消息?"孔丘又急切地问道。

"齐国的消息就这些。不过,从晋国来的客人,则说到了一些有关晋国的事。"

"晋国又发生了什么事?"孔丘瞪大眼睛,看着子贡,追问道。

"年初,晋定公为报复中山国曾支持范氏、中行氏作乱,乃倾晋国全境之兵,大举进攻中山,必欲灭之而后快。据说,现在正打得难解难分呢。"

正当孔丘还想问子贡别的消息时,突然子路领着一个年轻人进来了。一进门,子路就兴冲冲地对孔丘说道:

"先生,我给您带来一个人,您猜他是谁?"

孔丘将进来的这个瘦削而略显疲惫的青年上下打量了半天,最后摇摇头,说道:

"猜不出。"

子路哈哈一乐,又对子贡说道:

"师弟,你来猜猜看,你看长得像谁?"

子贡仔细看了半天,突然拍手叫道:

"像师兄子皙。"

说着,转身向那青年问道:

"你是不是曾点的儿子?"

那青年腼腆地点了点头。

孔丘一听是曾点的儿子,顿时醒悟过来,连声说道:

"不说想不起来,一说还真是越看越像阿皙呢!"

子路站在一旁,微笑不语。

"孩子,你叫什么名字?今年多大了?怎么跑到楚国来了?你一个人大老远跑到这里干什么呀?你父母不担心吗?"

对于孔丘提出的一连串问题，年轻人并没有急于回答，而是先给孔丘行了礼，然后从容答道：

"俺叫曾参，字子舆，今年十七岁了。家父说您学问渊博，是天下最好的先生，所以让俺来跟您学习。听说您在陈国，俺便赶到陈国。到了陈国，又听人说你到楚国去了，是来负函见叶公。于是，俺便一路走一路问人，半个月前就到这里了。可是，一问人，都说没见您来此。今天偶遇师叔，才知道您昨天刚到。于是就央求师叔带俺过来拜见您，想拜您为师。不知您肯不肯收俺？"

曾参话音未落，孔丘高兴地连声说好。

顿了顿，孔丘看着曾参，慈祥地问道：

"前几年，曲阜市井有一个'曾参杀人'的故事，说的就是你吧。听说你还是一个大孝子，曾说过一句传播很广的话，叫作：'慎终追远，民德归厚矣'，是吧？"

曾参腼腆地点了点头。接着，当着子路、子贡两个师叔的面，正式给孔丘行了拜师之礼。

行完礼后，孔丘吩咐子贡道：

"阿赐，你带子舆去找颜回，他们年龄相差不大，可以作个伴，互相多学习。"

子贡答应一声，便领着曾参出去了。

孔丘又对子路说道：

"阿由，你持我的名帖，去叶公府上拜见叶公，跟他约个方便的时间，我前往拜访他。"

子路答应一声，也出去了。

正午时分，子路回来了。孔丘详细询问了他拜见叶公的情况，子路一一作了回答，并将叶公约请的时间也一并告知。

报告完毕，又说了些闲话，子路便告别孔丘出去了。但是，出门没几步，他又折返回来了。

孔丘一见，连忙问道：

"阿由，还有什么事吗？"

"先生，还有一句话刚才忘记跟您说了。叶公在跟弟子谈话中，曾问弟子，先生是个什么样的人。"

"那你是怎么回答的呢？"孔丘饶有兴致地追问道。

"弟子一时答不上，就没有说。"

"阿由呀，你怎么不这样说呢？孔丘其人，发愤忘食，乐以忘忧，不知老之将至矣。"

"弟子不敏，愧对先生教诲！"子路连忙道歉说。

从孔丘屋内走出，子路更明白了老师此次要来见叶公的用意了。他是想通过叶公的推荐，在有生之年再有一番作为，所以他对自己的评价是"不知老之将至矣"。

周敬王三十一年，鲁哀公六年（公元前四八九年），六月十五，又是一个炎热的日子。一大早，客栈的前庭后院便蝉声阵阵。大概蝉也热得受不了，只得通过呻吟鸣叫来表达了。

虽然天气大热，但是因为要与叶公相见，所以，一向拘礼的孔丘还是穿得格外正式。

一切收拾停当后，孔丘便在子路与子贡的陪同下，由公良儒执辔，驾车前往叶府拜访了。

与叶公见了面，互道仰慕，答礼如仪之后，孔丘便与叶公依宾主之礼各自坐定。

"夫子乃圣人，杏坛授徒，弟子遍天下。今不远千里而至南蛮荒僻之地，使诸梁得以由神往而亲炙，实乃大幸也！"叶公作为东道主,首先开了口。

孔丘听了叶公的话,虽明知是恭维客套,但仍然很高兴。于是,以礼答礼,回敬道:

"明公过誉了!孔丘只是一介书生,立德、立功、立言皆无建树,至今仍颠沛流离,一事无成,实在是惭愧!明公治叶,轻徭薄赋,刑罚不用,万民拥戴,四方诸侯规之摹之。楚之有明公,不仅是叶邑万民之福,亦是楚国之福也!"

"夫子溢美之词,实在让诸梁汗颜。诸梁治叶,只是遇事公开,遇人公正,听断无私,正道直行。故叶邑民众皆率直无私,民风归于淳朴矣。"

孔丘听叶公说到叶邑民风,不禁想到刚刚听到的一件事。于是,随口问道:

"丘来负函,听人说叶邑有一个少年,其父窃人之羊,售而获利。失主查知,其父不肯承认,其子遂出而指证。这件事,在叶邑据说还被传为美谈。不知这是不是明公所谓的'率直无私'和'民风淳厚'?"

"夫子认为不是吗?"叶公听孔丘的口气,似乎不以为然,于是反问道。

孔丘心知其意,遂接口说道:

"丘之乡党,也有率直者,然其率直与此不同。其父窃羊,其子隐之。"

"父窃子隐,何谓率直?"叶公立即反问道。

"父子乃至亲,子为父隐恶,虽不求直,但直亦在其中矣。"

"此言何谓?"叶公不以为然,立即追问道。

"父恶子隐,顺乎天理,合乎人情。古人曰:'子不言父过',其义一也。"

叶公听了孔丘的这番解释,虽然觉得有狡辩之嫌,但碍于宾主初见的情面,就没有再争论下去,而是别开话题道:

"夫子昔为鲁国大司寇,兼摄国政,三月有成,期年而政通人和,四方则之。鲁为天下教化首善之区,楚为南蛮荒远之国,其间的差距不可以道里计矣。诸梁僻处叶邑,更是井底之蛙,不知为政之道究竟以何等境界为最高?"

"丘以为,为政之道,因人而异,因地而异,很难说有一个放之四海而皆准的标准。不过,就楚国情况而言,若能'近者悦,远者来',则至化境矣。"

叶公一听,顿时兴味盎然,立即追问道:

"何以言之?"

孔丘莞尔一笑,答道:

"楚乃泱泱大国,幅员辽阔,但都市偏狭,民有叛心,不安其居。所以,对于楚国而言,为政之道的最高境界,便是让近处的人感到高兴,让远处的人愿意来依附。《诗》曰:'乱离瘼矣,奚其适归?'这是哀伤国家大乱,民众离散而无所归依啊!"

叶公听到此,连忙起身绕席,施礼答谢道:

"夫子之言,真乃金声玉振,诸梁谨受教!"

3. 楚王欲封七百里

由于叶公的推荐,楚昭王对孔丘非常敬重,立即遣使者奉币往叶邑来礼聘孔丘。

周敬王三十一年,鲁哀公六年(公元前四八九年),八月初,孔丘师徒随楚昭王使者到达楚国之都。

孔丘一到楚都,楚昭王立即隆礼接待。

宾主行礼如仪,互致问候,分庭抗礼坐定后,楚昭王就开口说道:

"大夫乃当今圣人也,寡人久闻大名,望大夫如久旱之望甘霖。今幸得大夫不远万里而来,寡人得以亲炙受教,此何等之幸也?"

孔丘见楚昭王如此推崇自己,遂连忙起身绕席,谦恭答礼道:

"丘乃一介寒儒,何敢当得起大王如此溢美谬赞!"

楚昭王也欠身答礼,接着说道:

"强吴崛起于东,几灭我楚国。寡人不敏,临政之日浅,不知如何才能做好一国之君?如何才能使国家强大,不受他国欺凌?请大夫明以教寡人!"

孔丘一听楚昭王说到吴国几乎灭亡了楚国之事,立即明白,这应该是指十七年前(即周敬王十四年,楚昭王十年)的吴楚柏举之战。其时,吴人三战入郢,毁楚都,伍子胥掘楚平王之墓,鞭尸三百而去。这一往事,是楚国之痛,更是楚昭王之痛。所以,孔丘决定绕开历史的伤痛,只就楚昭王所问的问题谈谈自己的治国理念,不触及具体事件。

想到此,孔丘望了楚昭王一眼,从容说道:

"丘以为,要做一个明君,务须做到八个字。"

"哪八个字?请大夫明以教寡人。"楚昭王语似诚恳地说道。

"为政以德,以身作则。"

"此言何谓?"楚昭王追问道。

"为政以德,犹如北斗之星,高挂苍穹,安处其位而不动,而众星皆拱卫绕其旁。"

"大夫是说,做国君的首要任务,是加强自己的道德修养,以道德的力量感化臣下,教化万民,而不是以武力、以刑罚来让天下万民臣服,是吗?"楚昭王问道。

"正是此意。"孔丘看了看楚昭王,点了点头。

"那'以身作则'又怎么说呢?"楚昭王又问道。

"要做一个明君,就要像春夏秋冬一样运行正常。春雨夏阳,秋风冬雪,四季分明,风调雨顺,没有季节上的反常,万物生长才能顺利,五谷丰登才有可能。"

"这个比喻好!"楚昭王情不自禁地赞道。

见楚昭王神采飞扬、神情专注的样子,孔丘深受鼓舞,接着说道:

"周文王以王季为父,太任为母,太姒为妃,以武王、周公为子,以太颠、闳夭为臣,可见其出身便与众不同,是根正苗壮。"

"大夫是说,做一个明君既要有后天的修养,也要有先天的基础,是吗?"

孔丘点了点头,接着说道:

"近朱者赤,近墨者黑。一个人有什么样的成长环境,就会有什么样的人格境界。普通人如此,君王也是如此。"

楚昭王听了孔丘这句话,不觉低下了头。孔丘见楚昭王突然低头沉默,猛然醒悟,他大概是认为自己这话是在影射楚平王为君无道、强娶子妇、滥杀贤臣的事。于是,连忙说道:

"一个明君的成长之路,除了要有一个好的成长环境,更重要的是自己后天的修养。周武王之所以成为被后代称颂的一代明主,就是他重视加强自身的道德修养。他是先将自己的道德修养提升了，然后再去要求别人，治理国家，最后再治理天下的。他秉持道义，讨伐无道之国，诛罚有罪之人。他一旦行动，天下便得以安宁，功业即成。这就像四季按一定规律转换，万物才能茁壮成长一样。为王为君之人，治国安邦按照一定的方法，天下便会清平，万民便会驯服。周公辅佐成王，之所以天下归心，就是因为周公为政处处以身作则，严于律己，以自己的言行教化天下万民，所以天下百姓都会顺从他。可以说，周公治天下，是以人格感染人，以诚心征服人。"

听孔丘说到这里，楚昭王神色又变得自然起来了，面带微笑地说道：

"大夫说得真好！寡人谨受教！"

过了一会儿，楚昭王似乎意犹未尽，顿了顿，又望着孔丘问道：

"寡人听说大夫有句名言：'政在选臣。'那么，怎么知道何人是忠臣，何人是奸佞呢？"

"视其所以，观其所由，察其所安。"孔丘不假思索地答道。

"大夫，请为寡人详说之。"楚昭王立即请求道。

"所谓'视其所以'，就是考察他的所作所为，包括一些细节，从中可以看出其为人与人品如何。"

"那'观其所由'呢？"楚昭王紧追不舍道。

"所谓'观其所由'，就是考察他处事的动机，看他是否有正直之心。如果有正直之心，必然处事公正，那便是忠臣。反之，则为奸佞明也。"

"那'察其所安'，又是何意？"楚昭王先点了点头，接着又问道。

"所谓'察其所安',就是考察他做得心安理得的事是否真的合法合礼。如果不合法,也不合礼,而他做了却心安理得,则必为大奸大佞。"

"善哉!"楚昭王不禁拍案叫好。

孔丘见此,续又说道:

"抓住这三点,认真考察一个人,就能对其内心洞若观火。他的内心不能掩盖,他的品德如何,大王自然可以了解。这样选臣,岂能错得了?"

"大夫,刚才您说治国安邦,国君要以身作则。那么,教化百姓,又要达到什么境界,才算成功呢?"孔丘话音刚落,楚昭王又提出了一个新问题。

孔丘伸出一个指头,毫不含糊地说道:

"信。"

"大夫是说,教化百姓,让他们知道诚信,便是最高境界了,是吗?"

"正是。人而无信,不知其可也。"

楚昭王点点头,表示赞同。

于是,孔丘又接着说道:

"治国好比拉车。一辆牛车,车轴横木两头没装活键,牛车就无法拉动;一辆马车,辕前横木两端没装木梢,则无法运行。诚信,便好比是牛车的活键与马车的木梢。民不知诚信为何物,则治国安邦无从谈起。"

"这个比方好!"楚昭王又是拍案赞道。

顿了顿,楚昭王还是觉得意犹未尽,于是又问了一个问题:

"鲁乃礼仪之邦,楚在王化之外。大夫历来主张以礼治国,不知像楚这样的国家,如何贯彻落实这种治国理念?"

"治国如做人。人不学礼,则无以立世;国不讲礼,则国将不国。"孔丘脱口而出道。

"何以言之?"

"就一个人而言,为人不知礼,而只知一味对人恭敬,就会疲惫不堪;做事不知礼,而只知一味谨小慎微,就会缩手缩脚;处世不知礼,而只有敢作敢为的胆量,就会走上犯上作乱的道路;说话不知礼,而只知有话直说,心直口快,就会尖刻伤人。因此说,人不学礼,则无以立世。"孔丘侃侃而谈道。

"精辟!"楚昭王赞道。

孔丘深受鼓舞,接着说道:

"就一个国家而言,不讲礼法,则上下失序,君不君,臣不臣,父不父,子不子,国家必陷于混乱。所以说,国不讲礼,则国将不国。"

"大夫说的是。"

孔丘望了望楚昭王,突然语气一转道:

"不过,讲礼法,也不能完全拘泥于形式,无论个人修身,还是国君治国,只要内心纯正守礼,一切外表的虚饰都可以抛弃。"

"此话怎讲?"楚昭王知道孔丘是个拘礼之人,突然听他说不拘形式,不禁心存疑惑。

孔丘心知其意,于是有意看了楚昭王一眼,然后才从容说道:

"不讲形式的礼节,也可以是恭敬的;不穿丧服,也可以表达内心深切的悲伤;无声的音乐,也许是让人最感快乐的。不言而信,不动而威,不施而仁,这才是讲礼法的最高境界。何以言之?钟之音,怒而击之则武,忧而击之则悲。人的情感心志改变了,钟的声音自然随之改变。心有感触，通于金石，何况是人？"

"大夫是说，讲礼最重要的不是形式，而是内容，是一种发乎内心的真诚，是吗？"

"大王所言极是！大王天纵聪明如此，楚国何愁不治？"

宾主相谈甚欢，越谈越投机。最后，楚昭王突然对孔丘说道：

"寡人欲以书社地七百里以封大夫，不知大夫以为如何？"

孔丘简直不敢相信自己的耳朵。定了定神，觉得这应该是楚昭王的一时冲动，遂辞谢道：

"丘至楚时日不多，且寸功未立，岂敢受如此过望之封？"

接着，宾主又互相推让了一番。说了一些闲话后，才尽欢而散。

得知楚昭王要封孔丘书社地七百里的消息，孔丘的众弟子都欢欣鼓舞。既然第一次见面，楚王就要封老师七百里地，接着肯定要委老师以大用。他们都认为，这一次老师肯定会在泱泱大国楚国大展一番宏图，就是他们这些追随而来的弟子，也会因此而大有用武之地。

就在孔丘及众弟子跃跃欲试，等待楚昭王落实封地并委以重任时，却传来了一个意想不到的消息：楚昭王要亲临吴楚战争前线。孔丘及其弟子，之所以会离开陈国来楚国，是因为吴国从去年就开始征伐陈国，而陈国是楚国的盟友，所以楚国去年就派兵增援陈国。但是，战事时断时续，不仅不能迅速结束，现在反而更加吃紧了。楚昭王心中着急，决定亲征，以鼓舞士气，迅速击退老冤家吴国，然后专心楚国的经济发展。

楚昭王亲征的消息，虽极大地鼓舞了楚国将士的士气，使战争胶着的局面有所转变，但因战场上不比在国都宫中生活舒适，很快楚昭王就在前线病倒了，并最终死在了城父。

周敬王三十一年，鲁哀公六年（公元前四八九年），十月初五，楚昭王病逝于前线的噩耗传到楚都。其时，孔丘正在楚昭王招待他的崇贤馆跟弟子讲学论道。听到报告后，孔丘觉得楚国的政局可能有些复杂了，并开始忧心起当初楚昭王封之书社地七百里的许诺是否还能兑现。当时自己虽然假意推辞过，但楚昭王知道是谦逊的表示，所以仍然坚持要封赏。如果楚昭王还在，相信他一定会再提旧事，将书社地七百里封赏给他。即使不封赏，也会委自己以重任。其实，在他心中，封地不封地并不重要，这只不过是一种礼遇的表示，而能否得到一个实职，发挥自己的政治才干，实现自己的政治抱负，这才是他最希望的。

过了约一个月，子贡又打听到最新消息，说楚昭王死在前线城父时，公子启与子西、子期商议，决定将昭王之子熊章从郢都迎到城父，以继承王位。商议已定后，他们立即封锁消息，阻绝道路，派心腹之将秘密回到郢都，将熊章迎到了城父，在昭王灵柩前举行了继位仪式。子西仍然为令尹，掌领楚国的军政大权。

果不其然，没过几天，公子启与子西、子期护送新楚王熊章（即楚惠王）回到郢都，楚国历史从此翻开了新的一页。然而，就在楚惠王即位翻开楚国历史新一页时，楚昭王许诺孔丘的书社地七百里，以及当初遣使聘请孔丘，准备予以重用的计划，也一并被翻过去了。

楚惠王执政一个月后，孔丘众弟子终于得到消息，原来是令尹子西不同意再践诺当初楚昭王对孔丘的封赏以及重用孔丘的计划。楚惠王乃子西所立，自然不敢提出异议。

周敬王三十一年，鲁哀公六年（公元前四八九年），十一月十五，孔丘在子贡的陪同下，前往拜访新楚王。其他弟子则聚在一起,对楚惠王的无能与子西的独断议论纷纷,群情激愤。直到孔丘与子贡拜访楚惠王回来时,众人还在议论,为老师打抱不平。没想到,孔丘听了众弟子的议论,淡然一笑道:

"人不知而不愠,这才是君子应有的风度。不要说为师不是治国安邦的旷世之才,就真是这样的人,也不能因为别人不用而抱怨。君子修身,严于律己,不苟求他人。既然新楚王不用我,令尹子西不愿践行昭王前诺,为师也不贪那书社地七百里。如今,陈楚联盟与吴国的战争刚刚结束,楚国与陈国都要经过一段时间医治战争的创伤,看来这二国都非久留之地。所以为师想,咱们还是回卫国去吧。卫灵公虽已故去,但为师在卫国还有不少朋友。在那里,为师的心才能彻底安静下来,灵魂也会为之澄澈。今天我与子贡去晋见新楚王,就是说明咱们要回卫国的打算。"

众弟子听老师这样一说,虽仍然意犹不平,但也只能三缄其口了。

第十一章 在卫

1. 吴鲁之战

周敬王三十一年,鲁哀公六年(公元前四八九年),十一月中旬,楚都的天气又湿又冷,孔丘和他的众弟子都是北方人,很不习惯这种天气。

望着清冷而高远的楚国天空,看着广袤无际的楚国大地,孔丘及其弟子们的心里空荡荡的、冷飕飕的。这一趟千万里之行,空手而归,让他们内心感到无比的失落与凄凉。

行行重行行,晓行夜宿,起早摸黑,师徒一行连续走了一个半月。十二月二十八,行经当初被陈、蔡之兵围困的那个山谷地带时,孔丘望着山脚下那座当时住过的茅屋,想着当时被围困的日日夜夜,不禁再次回忆起当年春天那绝粮七日饥肠辘辘的日子。而当他从回忆中清醒过来,回过身来看到因一路又冷又累而病倒、躺在自己车内的得意弟子颜回那瘦削清癯的面庞时,他的思绪再一次被拉到当年陈蔡之厄的情景中,不禁感慨万千,无比悲伤。

周敬王三十二年,鲁哀公七年(公元前四八八年),一月底,阔别卫国五年后,孔丘终于又携众弟子回到了卫国之都帝丘。

此时的卫国已是卫出公执政,政坛格局有了很大改变。其中,最让孔丘意想不到的,也是最感欣喜的是,他的许多弟子都已在卫国任职。为此,因楚国之行而内心深受重创的孔丘深受鼓舞,再次燃起从政的热情。

七月初三,天气大热,室内高温难耐,孔丘乃与弟子到河边一棵大树下乘凉讲论。

日中时分,南宫敬叔从鲁国飞马而来。

"子容,如此酷暑,何事急急而来?"见南宫浑身湿透,马毛滴水,孔丘连忙问道。

"弟子此来,是奉冢宰季康子之命,来请师弟子贡的。"

"请子贡何事?"孔丘又问道。

"上个月初,吴王恃强挟持鲁君,会之于鲁国之鄫,公然向鲁君提出许多无理要求。"

"什么无理要求?"孔丘连忙追问道。

"如果说其他要求还能容忍的话,最不能容忍的是,吴王竟要鲁君向他敬献三百牢,就是牛、羊、猪各一百头,以为祭品。"

"岂有此理?简直是欺人太甚!"孔丘听了,顿时怒不可遏。

"此次吴鲁之君会盟,师弟子服景伯为相礼,为此据理力争道:'先王时无此礼。'吴人说:'宋已向吴敬献了百牢,鲁不可落后于宋。况且鲁国曾向晋大夫范鞅敬献过十一牢,今向吴王献百牢,不是理所当然的吗?'"

"那子服是怎么回答的?"孔丘对子服一直寄予很大的希望,认为在外交才干上，只有他可与子贡相匹敌。

"子服回答说：'晋大夫范鞅贪而弃礼，恃强晋而欺我弱鲁，敝邑不得已，乃献其十一牢。吴王若以礼而命诸侯，敝邑可依周礼规定之数奉之；若弃礼而强索，则必为天下诸侯所非议。周礼规定，奉天子之牢不过十二，此乃天之大数也。今吴王弃周礼而强索三百牢，不是敝职可以答应的。'"

"子服说得好，有理有据，不卑不亢。"孔丘脱口而出道。

"但吴人不听，必欲得三百牢而后止。否则，就要兵戎相见。子服权衡利弊后，对鲁君说：'吴弃天背本，必将亡国。但目前吴强我弱，为今之计，还是屈从为上。'遂予以百牢。"

"唉，弱国无外交啊！"孔丘不禁悲叹道。

"这还没完呢。吴得鲁百牢而归，吴太宰伯嚭得寸进尺，又令人召鲁冢宰往吴晋见。冢宰认为这是奇耻大辱，但又无计可以应对，故让弟子前来召师弟子贡回去。"

"季康子没能耐应对吴国的无礼要求，怕鲁国受辱，也怕自己受辱，这才想到了子贡，要他出面应对，是吧？"孔丘听到此，终于明白了原委。

"先生说得对，季康子正是此意。"

"鲁乃父母之邦，既有危难，匍匐救之，理所当然。"

说完，孔丘便召来了子贡，跟他交代了几句，就让他跟南宫一起快马加鞭回鲁国去了。

结果，如孔丘所预料的那样，子贡回到鲁国后，以鲁国之使的名义往见吴太宰伯嚭，述周礼凿凿有据，据理力争，有礼有节，终使伯嚭羞愧而罢。

却说季康子倚子贡之力，摆平了吴太宰伯嚭后，飨大夫而相与为谋，欲伐邾以泄吴国欺压之愤。邾乃小国，一直依赖于吴国。子服景伯认为此举不明智，劝谏季康子道：

"小国事大国，讲的是信；大国保小国，讲的是仁。小国背弃大国，是无信；大国伐小国，是不仁。筑城，是用于保民；保城，是为了修德。失信失德，还能保住什么？"

"诸位以为哪一种意见可行？"孟懿子拿不定主意，于是向诸大夫征求意见。

可是，大家都不肯表达意见。最后，有一位大夫站出来，说道：

"大禹涂山会诸侯，持玉帛与会者有万国。今天尚存者，不过几十国而已。究其原因，就是因为大国不养小国，小国不事大国。明知伐邾有风险，大家为何不说呢？"

结果，飨宴不欢而散。季康子也没听进大家的意见，最后仍然实施了其伐邾计划。

周敬王三十三年，鲁哀公八年（公元前四八七年），春二月，鲁师伐邾。邾本是鲁国的附庸国，但一直与吴国保持关系。此时见鲁国起兵要消灭自己，连忙向吴国求救。吴王接报，连忙征询与季孙氏家臣公山不狃一起叛鲁而亡奔到吴国的叔孙辄的意见。叔孙辄说道：

"鲁乃有名无实之国，举兵伐之，定会大获全胜。"

叔孙辄出来后，将自己与吴王的问答告诉了公山不狃。公山不狃不以为然，说道：

"此举于礼不合。君子离开父母之邦，不投敌对之国。我等在鲁时未尽到臣下之责，现在又为吴国效力而攻打父母之邦，不如现在就死去。一个人离开父母之邦，可能有不得已的理由，但是无论如何，不能因为心有怨恨，而起祸害乡土之心。而今，您因小怨而要颠覆祖国，于心何安？如果吴王要你领兵先行，你务须推辞。届时，吴王若让我去，我自有分寸。"

正当叔孙辄听了公山不狃的话而感到惭愧不已时，吴王已遣人来召见公山不狃了，询问他攻打鲁国的意见。公山不狃从容回答道：

"鲁国虽然素无盟友，然一旦有难，则必有生死与共者援之。臣以为，鲁国有难，其他诸侯纵然不出兵相助，晋、齐、楚三大国也不会袖手旁观。"

"为什么？"吴王不解地问道。

"鲁与齐、晋为邻，乃齐、晋之唇。唇齿相依，唇亡齿寒，这个道理大王是知道的。所以，鲁国一旦有难，指望齐、晋、楚按兵不动，坐视不管，那是不可能的。"

公山不狃虽然将道理讲得很透彻，说得也很巧妙，但是吴王最终没有听从，而是硬要他领兵先行。公山不狃无奈，只得领兵向鲁国进发。但是，进军时选择了一条险路，道经武城。最后，因得到一个曾遭武城人拘捕的鄫国人的引导，公山不狃攻下了武城。武城是一个重要战略要冲，对鲁国来说至关重要。武城陷落，对鲁国震动极大。孟懿子对子服景伯说：

"吴国大军如山一般压境，这如何是好？"

"既然吴人已经打过来了，又是我们自招的，现在怕也没有用了。眼前唯一的办法，就是直面现实，奋起抗战。"子服从容说道。

吴军攻势很猛，很快就攻下了鲁国重镇东阳。接着，继续进军，驻扎在五梧。第二天，又前进驻扎到蚕室。鲁将公宾庚、公甲叔子在夷地与吴国之师展开了殊死战斗。公甲叔子与析朱鉏同车作战，一同战死。吴军将二人尸体献给吴王，吴王感叹地说道：

"同车能俱死，看来鲁国会用人，鲁国不可觊觎。"

第二天，吴王便将军队驻扎到了泗水边的庚宗。

鲁国大夫微虎见有机可乘，遂决定夜袭吴王驻扎之所。为了保证夜袭的成功，微虎先从他所带的私家之兵中挑选出七百精壮。然后，又在帐幕之外的庭院中让七百精壮每人向上跳跃三次，从中挑出三百人，由此组成了一支夜袭突击队。其中，孔丘弟子有若也被选中。

夜袭突击队一切准备就绪，并已走到稷门时，突然有人报告了冢宰季康子，说：

"区区三百人不足以成事，不仅不能构成对吴军致命一击，反而无谓断送了鲁国最精锐的将士，还是取消行动为好。"

季康子觉得有理，遂下令停止行动。但微虎的坚持和有若等三百死士的决心，最终感动了季康子，季康子便同意了。最终，夜袭取得了成功。吴军由于地形不熟悉，又是半夜受袭，许多人慌不择路，掉入泗水中溺毙。吴王虽然侥幸保住性命，却吓得一夜转移了三次住处。

最后，吴王见情势不对，遂无奈地向鲁国求和，要求签订城下之盟。季康子胆小怕事，想早点结束战事，就准备答应了。但是，子服景伯觉得不可，劝谏道：

"昔楚人围宋，宋人易子而食，析骨为炊，尚无城下之盟。今我军大获全胜，吴国远道而来，时日甚多，已是师弱兵疲，何不乘胜追击，一鼓作气，彻底消灭来犯吴军？今与吴签城下之盟，岂非放虎归山，贻害无穷？"

季康子不听，子服景伯无奈，只得奉命背着盟书来到莱门。与吴国签下盟约后，子服景伯提出，为了落实盟约，双方以后不再兵戎相见，自己愿意到吴国为人质，但是吴国必须以王子姑曹为人质留在鲁国。吴王不同意，结果双方停止人质交换，订约而去。

周敬王三十三年，鲁哀公八年（公元前四八七年）四月，当南宫敬叔飞马奔卫，将吴鲁之战的结果报告给孔丘时，孔丘大为高兴。特别是听说自己的弟子子服景伯与有若是此次战役的功臣时，更是由衷地高兴，有什么能比培养出优秀而有用的弟子更令他高兴的呢？

2. 绝弦之哀

吴鲁之战，以鲁国大获全胜而告终，极大地鼓舞了孔丘的信心，从此，他更坚信培养弟子比什么都重要。

周敬王三十三年，鲁哀公八年（公元前四八七年），八月十八，孔丘如往常一样与来自各诸侯国的弟子坐而论道。正在讲论的兴头上，突然南宫敬叔急急而来。

"子容，又有什么急事吗？"孔丘一见南宫敬叔，便急切地问道。

"先生，齐国上月发兵伐鲁，取我讙、阐等三邑而去。"

"齐国现在当政的是公子阳生吧。"孔丘又问道。

"正是。前年田乞弑晏孺子，而诈立公子阳生，今年公子阳生才正式继任为齐国之君。"

"公子阳生继任新君不久，怎么就敢举兵伐鲁呢？"孔丘不解地问道。

南宫无奈地摇摇头，叹了一口气，说道：

"当初，阳生为公子，亡奔于鲁。季康子为了结好于他，曾将其妹许配给他。阳生归国为君后,就准备正式迎娶季康子之妹。"

"这是好事呀!是两国交好的一个契机。"孔丘脱口而出道。

"唉,先生有所不知。阳生以齐国新君名义派人来迎娶季康子之妹时,其妹才向季康子坦陈事实真相,原来她早就跟季鲂私通多年了。"

"季鲂是季康子之叔,这不是乱伦吗?"孔丘吃惊地瞪大了眼睛。

"正是这个原因,季康子不敢再把妹妹嫁给齐国新君阳生。但是,阳生不知事情真相,以为季康子有意毁约,遂发大兵伐鲁,夺我三邑而去。"

孔丘听说了齐悼公伐鲁的真正原因后,半天都说不出一句话来。过了好久,才问南宫道:

"那现在呢?"

"弟子今天来,就是来向先生报告结果的。本月初,通过外交斡旋,齐国将季女隆重迎回。季姬颇受新君阳生宠爱,遂建议将所夺鲁之三邑奉还给了鲁国。"

南宫话音未落,孔丘竟然脱口而出道:

"齐国之君为什么总是这样无耻呢?对这样无耻的女人竟隆礼迎娶,还宠爱有加。"

"先生为什么这样说?"南宫不知道孔丘为何情绪反应这么大,连忙追问道。

"子容,你知道齐国第十四代君主的事吗?"

"先生说的齐国第十四代君主,是不是两百多年前齐桓公之兄、齐僖公之子齐襄公?"

"正是。齐襄公年少时,就与其妹妹文姜乱伦通奸。后来,文姜嫁给鲁桓公为夫人。齐襄公即位的第三年,也就是文姜嫁鲁的第十五年,齐襄公求娶周庄王之妹周王姬。鲁为周天子同姓,齐襄公就邀请了鲁桓公出席婚礼并代为主持。文姜闻知鲁桓公将至齐国,就要求与鲁桓公一同回齐国。桓公竟然不顾众臣反对而允其随行。回到齐国后,文姜与齐襄公旧情复燃,留在齐宫与齐襄公彻夜宣淫,不回鲁桓公所居驿馆。桓公怒而斥之,文姜向齐襄公告状。齐襄公则以宴请桓公为名,派力士彭生在送桓公回驿馆时杀了桓公。"

"世上竟有这样的国君,既无耻,又无礼!难道鲁国就这样饶过齐国了?"南宫问道。

"齐强鲁弱,鲁国还能拿齐国如何?最后,齐襄公只是杀了彭生,算是向鲁国作了交待。"

"这不是鲁国的奇耻大辱吗?"南宫长长地叹了一口气。

孔丘也叹了一口气,接着说道:

"还有奇耻大辱在后面呢?鲁桓公死后,文姜与齐襄公的来往更是肆无忌惮了。鲁庄公二年,二人会于禚;庄公四年,会于祝丘;庄公五年,文姜往齐师会之。庄公七年,则一年两会,春会于防,冬会于谷。而鲁庄公竟然坐视并默认其母与齐襄公这种不伦的行为,这岂非鲁国更大的耻辱?"

说完,师徒二人相对无语,唯有击案叹气。因为孔丘生平最讲究的就是礼义廉耻、四维八德,想到齐鲁二国之君不断上演的乱伦丑事,他怎能不感到痛心锥骨呢?

然而,正当孔丘为此心情抑郁之时,南宫前脚刚走,公冶长又来报告了一个噩耗:

"先生,师母过世了。"

虽然早已做了孔丘的女婿,但公冶长还是改不了称孔丘夫妇为先生与师母的习惯。

"子长,你说什么?"孔丘不敢相信自己的耳朵,连问了三遍。

"先生,师母过世了。"公冶长也重复了三遍。

最后,孔丘终于不再追问了,目光呆滞地望着公冶长,久久都没有说一句话。当年与亓官氏结为夫妇的情景,仿佛还在眼前。

周景王十二年,鲁昭公九年(公元前五三三年),九月十八,日中时分,一辆装饰得颇为豪华的马车缓缓向孔府驶来。

马车之前并列打着两面旗子,分别写有"鲁""宋"字样。旗手之后,各有四名穿戴整齐,但明显服色不一样的两列年轻男傧。马车后面,也各有相同数量的两列同样的年轻男傧。很明显,这车前车后两列不同服色的男傧是按国别排列的。看得出来,这样的迎亲队伍在规格上不是普通平民所具有的,而是由国家出面、具有一定邦交联姻色彩。

事实确实如此。这辆向孔丘府前驶来的马车,里面坐的不是普通女子,而是宋平公挑选的宋国宗室女子亓官氏。她到鲁国来,是要与鲁国大夫孔丘成亲,是由鲁国仲孙大夫建议、鲁昭公确定的。由于这桩婚姻带有一种政治色彩,是宋平公有意要通过宋鲁联姻而达到敦睦邦谊的一种外交努力,因此,迎亲与送亲队伍都是由两国共同派员执行的,不是个人行为。

当马车平稳地停在了孔府门前时,孟皮定睛一看,立即转身,一瘸一瘸地跑向屋里。一边跑着,一边还兴奋地高声喊着:

"仲尼,仲尼,新娘子到了。"

穿戴整齐的孔丘,闻声立即从屋里出来,奔向门口。

看到停在门前的马车和马车前后两列整齐排列的年轻男子,孔丘已然知道,车里坐的肯定就是自己即将结缡的妻子亓官氏,而车子前后的两列男子，肯定就是两国迎送的男傧了。

孔丘虽然最重视礼，也对各种礼的仪式有所了解，婚礼也参加并观摩过几次，但是事情临到自己头上，反而一时手足无措了。在车前呆站了好久，最后还是经司仪的提醒，他才上车去搀扶着头盖纱巾头饰的亓官氏下了车，并迎她进了屋。

当他们走进大堂时，在司仪的指挥下，乐队吹起了欢快的《文王之什》乐曲：

> 明明在下，赫赫在上。天难忱斯，不易维王。天位殷适，使不挟四方。
>
> 挚仲氏任，自彼殷商。来嫁于周，曰嫔于京。乃及王季，维德之行。
>
> 大任有身，生此文王。维此文王，小心翼翼。昭事上帝，聿怀多福。厥德不回，以受方国。
>
> 天监在下，有命既集。文王初载，天作之合。在洽之阳，在渭之涘。
>
> 文王嘉止，大邦有子。大邦有子，伣天之妹。文定厥祥，亲迎于渭。造舟为梁，不显其光。
>
> 有命自天，命此文王。于周于京，缵女维莘。长子维行，笃生武王。
>
> 保右命尔，燮伐大商。殷商之旅，其会如林。矢于牧野，维予侯兴。上帝临女，无贰尔心。
>
> 牧野洋洋，檀车煌煌，驷騵彭彭。维师尚父，时维鹰扬。涼彼武王，肆伐大商，会朝清明。

乐曲过后，在司仪的主持下，花了近两个时辰，才算完成了繁文缛节的全部仪式程序。接着，便是喜宴。因为是由国家操办，宴席仪式也带有官方色彩，吃顿饭也费时甚多。直到戌时，孔丘与亓官氏才在接受了大家的祝福之后，双双进入了洞房。

虽然仪式上二人都嫌累嫌吵，很不自在，也不习惯，但是，一旦所有迎送宾客与亲朋都离开后，屋里只剩下他们二人时，孔丘与亓官氏这才发现更加不自在，更加不习惯了。因为他们都从未单独与陌生异性相处过。而今，洞房之中除了艾蒿和芦苇扎成的照明火把发出"丝丝"的微响外，什么声音也没有。二人略微靠近点，连彼此呼吸的声音都能听见。寂静，寂静，寂静得快要令人窒息了，孔丘这才努力鼓起勇气向亓官氏走了过去，犹豫了一下，终于揭开了亓官氏的遮面纱巾头饰，低头一看，不禁让他惊呆了。

眼前的亓官氏，与他平时在曲阜城看到的鲁国姑娘明显不同。她皮肤白皙而细腻，特别是她的脸，可能因被猛然揭去纱巾头饰而羞红，更是灿若三月桃花，粉白相间。再看她偶然偷偷抬起的明眸，恰似一泓清泉，清澈而灵动。孔丘都看呆了，而亓官氏的头则低得更低了。

就这样，一个呆呆痴痴地看着，一个羞羞答答地低着头。大约有半个时辰，亓官氏可能是头低得酸痛了，这才抬起头来，望着孔丘说了一句：

"夫君，您怎么一句话都没有？"

孔丘突然听到新娘子开口说话，虽然带有宋国口音，却听来恰如黄莺娇啼般动听，这让他更加怜爱了。情不自禁间，他双手捧起亓官氏的脸，看了又看，看得亓官氏实在不好意思了，又说了一句：

"夫君，您没看过女人吗？"

孔丘一愣，他没想到夫人会问出这种话来，不禁认真地思考了一下，说道：

"夫人，不瞒你说，孔丘还真没有这样认真看过一个女人。"

亓官氏听了，不禁咯咯一笑，道：

"听说夫君有句名言，叫作'非礼勿听，非礼勿视，非礼勿动'。是不是因为这个原因，所以不敢看女人呀！"

孔丘一听，不禁莞尔一笑。没想到夫人还如此调皮有趣，于是更是看不够，爱不够了。

说着说着，二人的情绪都放松多了，态度也自然多了，男女大防的那道堤坝渐渐被男女之爱的自然之情慢慢溢过。孔丘问过亓官氏一路而来的辛苦情状，表达了慰藉之情；亓官氏则问了孔丘家中的一些情况，对婆婆过早地去世而不能亲见一面而感到悲伤。

二人越谈话题越开阔，越谈越投机，最后就像是一对阔别多年的老朋友。就这样，直谈到子时已过，这才警觉到夜已深，照明的光线也越来越弱了。最后，在屋内照明的光线彻底消失时，二人才合帷并枕，一阵兴奋激动后沉沉睡去。

由于那情景太温馨，太让孔丘难忘了，沉溺于往事回忆之中的孔丘突然笑了起来。

公冶长不知老师为什么会笑起来，以为他悲伤过度、精神失常了，于是连忙问道：

"先生，您怎么啦？"

孔丘听公冶长突然这样一问，这才彻底从甜蜜的回忆中清醒过来，回到了现实。看着公冶长哀容满面的悲伤情状，他强抑着悲痛之情，尽量平静地说道：

"师母的后事都办妥了吗？"

"先生请放心，一切都办妥了。"

"那么，师母临终前有没有说什么呢？"孔丘又问道。

"师母临终前非常平静，只说您这么多年在外颠沛流离，不知身体怎么样，是否有饭吃，有水喝，衣服破了不知有没有人补……"

孔丘再也听不下去了，一股老泪如洪水溃堤似的夺眶而出。

3. 齐鲁之战

周敬王三十六年，鲁哀公十一年（公元前四八四年）春，齐为郎地的缘故，遣国书、高无丕率师伐鲁。当齐师前锋抵达清地时，季康子觉得情况不妙，慌忙问计于其府宰冉求道：

"齐师抵清，一定是要进攻鲁国的，怎么办？"

冉求镇定自若、胸有成竹地回答道：

"冢宰何必惊慌？兵来将挡，水来土掩，自有应对之策。"

"有何应对之策？"季康子急忙问道。

"鲁有'三桓'，一家守住国都，另二家跟随国君前往边境迎敌。"

"这不可行。"

"那就在鲁国境内抵御,如何?"冉求又提出了一个折中方案。

季康子将冉求的方案告知了孟孙氏与叔孙氏,二人都不赞同。于是,冉求又向季康子提出了一个新方案:

"作战时,国君可以不出城。但是,您作为一国之宰,必须率师背城而战。不肯效力作战者,就不算是鲁人。就实力而言,鲁国卿大夫所有的兵车,加起来比齐国之师多得多。就是冢宰一室之兵车,数量也多过此次来犯齐师。冢宰,您还怕什么呢?如果说孟孙氏、叔孙氏二家不肯效力作战,还情有可原的话,冢宰所代表的季孙氏如果也不肯效力作战,那就没有道理了。鲁国之政,向来都是由季孙氏执掌;鲁国国家命运,自然也要由季孙氏承担起责任。齐师伐鲁,季孙氏不能战,是您的耻辱。此战不能胜之,则鲁亦不配与诸侯等而视之。"

季康子觉得冉求说得有道理,于是就邀他一同上朝去见鲁哀公,在党氏之沟等着。这时,孟懿子长子孟孺子看见冉求,就问他如何应对齐国来犯。冉求故意激将他说:

"君子计深虑远,小人目光短浅,君子与小人没有共同语言。"

冉求话虽说得婉转巧妙,但孟孺子也不是傻瓜,当然听出冉求是在影射孟孙氏没种,大敌当前,为了保存自己的实力,不顾国家利益,不肯出兵。于是,装着听不懂,继续问冉求如何应敌的问题。冉求回答道:

"在下是量才而与人说话,量力而与人共事。"

"你的意思是说,我孟孺子不是男人喽?"

孟孺子说完,一气之下,立即回去整顿军备。然后,带着孟孙氏家兵,准备与季孙氏一起上前线作战。

冉求见此,心中大喜,激将法终于奏效了。于是,遣孟孺子率领的孟孙氏的军队为右军,让颜羽为他驾驭战车,以邴泄为车右。而他自己则率领季孙氏的军队为左师,让管周父为他驾驭战车,以樊迟为车右。季康子提醒冉求道:

"樊迟年纪太小,掌车右恐怕有失。"

但是,冉求不以为然,回答道:

"樊迟虽小,但惟命是从。"

此次出征,季孙氏共出动甲士七千人。冉求从中挑选了三百名作为亲卫,他们都是能够效死的武城人。又命令老弱年幼者守卫宫中,驻扎于雩门之外。冉求的左军开拔后的第五天,孟孺子的右军才赶上来。

冉求心里明白,孟孙氏的军队虽然出动了,但并没有坚心而战的决心。其实,不仅右军的军心令冉求忧心,就是他自己所率的左军,军心也不是很稳定。左军中有一人,名曰公叔务人。他出发时,曾对守城之兵说道:

"鲁国赋税多,徭役重,居上者不能深谋远虑,居下者不能效死战场,何以治国安邦?我已经将心里话说出来了,岂敢不效死努力!"

当齐鲁军队相遇于曲阜城之郊时,齐师已从稷曲对鲁师发起了攻击,而鲁师却不敢越沟迎战。面对这种不利的局面,冉求非常担忧。樊迟见此,乃建议冉求道:

"不是我师不能越沟迎敌,而是将士们不相信您。请您申明号令三次,然后自己带头冲过去,大家一定奋勇向前。"

冉求觉得樊迟说得有理,于是身先士卒,率先越沟冲入敌阵。最后,经过鲁国左右二军全体将士的浴血奋战,加上冉求让士兵改剑为矛作战的决策,终于将齐师击败。

齐鲁之战,弱鲁之所以能战胜强齐,固然与冉求指挥得当分不开,但更与子贡折冲樽俎,调动吴、越、晋等国的力量对齐国进行牵制有极大的关系。

当齐国的军队刚刚出发时,子路就获得了消息。

"先生,齐国又要攻打鲁国了。"

"这次又有什么借口?"孔丘追问道。

"齐为郯地的缘故,遣国书、高无丕率师伐鲁,前锋已抵清地。齐国大夫田常见有机可趁,便蓄谋叛乱。但是,忌惮鲍牧、晏圉二人的势力,于是准备将发动叛乱的军队转移到鲁,对鲁国发起进攻。"

"阿由,你觉得田常此举用意何在?"

"无非想借攻打鲁国建立战功,然后以外逼内,实现自己的野心罢了。"子路脱口而出。

孔丘点了点头,说道:

"你去把在卫国的师兄弟都召集来,为师要与大家商量一下应对之策。"

"弟子遵命。"

不一会儿,子路就将追随孔丘到卫国的几位师兄弟都召集来了。孔丘开门见山地说道:

"鲁乃我辈父母之邦。今齐无故犯鲁,不可不救。我不忍心父母之邦生灵涂炭,所以准备委曲求全,游说田常。不知你们谁肯出使齐国,替为师走一趟,向田常转达一下我的意见。"

子路率尔而出,说道:

"弟子愿往。"

孔丘摇了摇头。

子张见此,向前一步,说道:

"弟子愿往。"

孔丘又摇了摇头，没有答应。

公孙龙一向以能说会道而为师兄弟们所敬服，见子路、子张请战老师都没同意，便自信地上前一步，说道：

"先生，弟子愿往，您以为如何？"

没想到，孔丘仍然摇了摇头。

子路、子张、公孙龙三人退出后不久，前天刚从鲁国回来，向孔丘报告齐鲁战事的子贡施施然而至。于是，三人便将刚才的情况说了一遍，并劝说子贡道：

"先生一向赏识你的口才，认为你有天生的外交才能。这次你又刚刚显示了外交才能，何不抓住机会，代替先生出使，继续展示你的长才呢？"

子贡想了一会儿，便进去见孔丘，请求代他出使齐国。孔丘欣然同意。

子贡到了齐国，见到田常后，就开门见山地说道：

"听说大夫要领兵攻打鲁国，在下以为，此非明智之举，很难成功。要想凭伐鲁建功，以提高您在齐国的地位，恐怕是很难做到的。不如攻打吴国，反倒容易些。"

田常见子贡说话不转弯，但却一语中的，说到了他心里的痛处，于是就很不高兴。

但是，子贡却不管，他就是要先挫挫田常的锐气，然后再好好游说他一番。打定主意后，他先看了一眼田常，接着说道：

"忧患在朝廷者，必攻强国；忧患在百姓者，则必攻弱国。不才听说大夫受封三次都没成，那是因为您朝中有反对派。今大夫领兵欲攻弱鲁，战胜了鲁国，则会让齐侯更加骄傲；攻破了鲁国，则会让朝中大臣地位更显尊贵。无论如何，都没有您的好处。相反，您会因此与齐侯的关系越来越疏远，与朝中权贵的关系越来越紧张。所以说，攻打鲁国，对于您来说，确非明智之举，只会使您在朝中的地位有危机。"

田常一听，觉得子贡的话还真说到了要害处，于是情不自禁地说道：

"说得好。不过，我的兵已经派到鲁国前线了，现在不可能再抽掉回来去打吴国啊！"

"这好办。您的军队到了鲁国前线，按兵不动即可。在下请求前往吴国，让吴王发兵救鲁。届时吴兵伐齐时，您率兵迎击吴师即可。"子贡莞尔一笑道。

"诺。"田常欣然同意。

得到田常的允诺后，子贡立即飞马前往吴国，游说吴王道：

"在下听说有一句话，称王天下者，不使诸侯属国被人灭亡；称霸诸侯者，不会让另一个强者出现而威胁到自己。这就好比千钧砝码，一头加上些微重量，就会改变平衡局面一样。而今，齐以万乘之强而欺凌千乘弱鲁，而与吴争强。在下以为，这将构成大王之国莫大之患。大王今若发兵以救鲁，一则可以扬名天下，安抚泗上诸侯；二则可以诛暴齐而抑晋，利莫大焉。名存亡鲁，实困强齐，此乃智者不疑之所为。"

吴王听了，连连点头，说道：

"好！不过，寡人曾使越王受困被辱，越王今苦身养士，似有报复吴国之心。你等我收拾了越国，再出兵伐齐，不知意下如何？"

"大王，越国不比鲁国强，吴国的实力也比不了齐国。现在齐鲁交战，大王不趁机伐齐而伐越，等到齐国灭了鲁国，齐国的实力就更强了。届时，对于吴国的威胁也就更大。再说，大王一向以'存亡继绝'相标榜,今弃强齐而伐小越,非勇也。勇者不避难,仁者不爽约,智者不失时,义者不绝世。大王今若存越,则示天下以仁;救鲁伐齐,则威加晋国,诸侯必相率而朝吴,大王霸业成矣。如果大王还不放心越国,恐遭其报仇突袭,那么臣请求去见越君,令其发兵随大王出征。这样,越国国内就空虚了,大王无后顾之忧,而越国只是得了一个跟随诸侯一起伐齐的虚名。"

吴王听了非常高兴,于是立即委任子贡为吴国特使,前往越国晋见越王勾践。

越王勾践听说子贡奉吴王之命而来,郊迎二十里,而且亲自给子贡驾车,说道:

"越乃蛮夷小国,王化所不及,今大夫不惜降尊纡贵,辱临小邦,勾践哪里担待得起啊!"

子贡没有客套,而是直接上题道:

"臣此来,意在存越。齐师犯鲁,臣说吴王伐齐而救鲁。吴王有伐齐之志,但有畏越后顾之忧,说:'待我伐越后伐齐。'如果这样,那么越国必亡。在下以为,无报复之志,而令人空起怀疑之心,这是笨拙的表现;有报复之心,而让人侦知,这是危险的预兆;事情还没做,而让人先知道,这就更危险了。以上所述三种情况,都是成大事的最大祸患。"

勾践一听就懂,连忙顿首拜谢道:

"寡人曾不自量力,兴兵而伐吴,结果受困于会稽山上。这种耻辱,至今让寡人痛入骨髓。寡人整天口干舌燥向属下讲述历史教训,只求最终要与吴王拼个你死我活。今大夫告知利害关系,寡人真是感激不尽!"

子贡见越王坦陈心意,遂接着说道:

"吴王为人暴戾阴鸷，群臣不堪，国家疲惫凋敝，百姓怨声载道，大臣都有蓄谋叛离之心。伍子胥忠言直谏而屈死，太宰伯嚭专权独断，迎合吴王之意，这是报复吴国最好的时机。当此之时，大王若发兵以佐吴王伐齐，必投合其心意；若再以重宝以悦其心，卑辞以尊其礼，则吴王必然答应起兵伐齐。这一谋略，便是圣人所说的'屈节而求其达'。吴王一旦发兵伐齐，战而不胜，则是大王和越国之福；战而胜之，吴王必乘胜而兵临于晋。届时，臣请求北往晋国，请求晋侯出兵共击之。如此，吴师必败，吴国必弱矣。吴师精锐尽丧于齐，吴国重兵皆困于晋，大王趁机而起，伐吴而敝之，必获大胜也。"

勾践听了，不断点头称是，诺诺连声。

与勾践约定后，子贡立即返回吴国复命。五日后，越王勾践派大夫文种至吴，向吴王顿首而拜道：

"敝邑之君悉起境内所有之兵，得三千人，愿率之而听任大王驱使。"

吴王将文种来见的事告诉了子贡，并问子贡道：

"越王愿率兵跟随寡人一起伐齐，可以吗？"

"大王，使不得！"子贡装着大惊失色的样子，说道。

"为什么？"吴王感到诧异，连忙反问道。

"一国之君调动另一国所有之兵，还要其君亲自出征，这不合道义啊！"

吴王觉得子贡说的在理，于是决定让越国之兵跟随自己出征，越王勾践可以不随从。

结果，吴王悉起吴国全境之兵以及越国三千兵卒，趁齐师不备，发动突袭，一举而败之。

子贡获悉吴师已败齐师，立即北见晋定公，让他乘机攻打吴国，不让吴国一国坐大。晋定公接受了子贡的建议，发兵与吴师在黄池展开了一场二强相搏的恶战。

越王勾践获得消息，乘机出动十年生聚的生力军，趁吴国国内空虚之机，一举占领了吴国国都。吴王获悉，立即从晋国撤兵回救，但吴师已经精疲力竭，越师以逸待劳，最后以吴王身死国灭而告终。

当吴国灭亡的消息传到卫国之都时，孔丘心情颇为复杂，对弟子说道：

"乱齐而存鲁，乃我之愿。至于折冲樽俎之间，使晋国强大而吴国灭亡、越国称霸，则是子贡游说的功劳。不过，应该汲取的教训是，美言伤信，还是应该慎言啊！"

第十二章 哀公问政

1. 何为则民服

齐鲁之战,由于孔丘弟子冉求杰出的组织与指挥能力,以及樊迟等人的奋勇无畏和子贡折冲樽俎的外交努力,终于使鲁国化解了一场覆巢厄运。

战事结束后,鲁哀公专门召见了冉求,在表彰了他与樊迟、子贡等一番后,好奇地问道:

"此次齐鲁之战,孔门弟子出力甚多,起了关键性的作用。只不过,寡人有个疑问,夫子并不懂兵阵之事,你们的军事才能是从何而来?莫非是与生俱来的吗?"

冉求自从上次孔丘将他从卫国送回鲁国后,心里一直想着如何让老师也能回国,重返鲁国政坛。只是一直没有机会见到鲁哀公,跟季康子说的机会也不成熟。这次,倒是一个很好的机会,得在鲁哀公面前好好夸夸自己的老师,让他知道其才能,以便及早让老师返回鲁国，一展政治才干，不然老师真的就要老死卫国而不得其用了。想到此，冉求立即回答道：

"臣等排兵布阵、运筹帷幄的本领，都是学之于夫子的。只是一般人并不知道夫子在兵法方面的造诣，因为夫子向来主张以仁治天下，不公开言兵，所以，大家都有一种错觉，以为夫子在军事方面是外行，其实不然。"

"哦，原来如此！怪不得这些年屡有孔门弟子在战场立功。"鲁哀公恍然大悟似的说道。

冉求见此，觉得机会来了，于是就想顺水推舟，请求鲁哀公将孔丘从卫国请回。可是，不巧的是，还没来得及开口，宫中侍者来报，晋侯使者求见。

冉求一看，今天没法再说此事了，只得告辞而出。

告别鲁哀公出来后，冉求想请回孔丘的愿望更加强烈了。虽然今天没有在鲁哀公面前找到机会推荐老师，但已了解到鲁哀公对老师的军事才能开始相信了。这就好。如果有一个合适的人自然巧妙地予以推荐，那么鲁哀公肯定会答应老师回国的。想着想着，冉求突然想到了季康子，他是鲁国的冢宰，只要说服了他，再由他去向鲁哀公建议，肯定能成功的。

到了冢宰府，见到季康子，冉求跟他闲聊了一会儿后，就直接上题了：

"冢宰，您也知道，夫子在卫国已经很多年了。若卫君真的委以重用，以夫子的才能，卫国必然很快强盛起来。卫国乃鲁国近邻，国虽小，强盛起来则势必成为我们的大患。鲁有人才，而资以邻国，难以言智也。"

话一出口，冉求就后悔了，觉得话说得太直白了，季康子肯定不爱听，因为孔丘当初被迫离鲁，就是与季孙氏有关。没想到，就在冉求后悔的一刹那，季康子则单刀直入地问道：

"依你之见，应当如何？"

"冢宰可建议国君，发重币迎回夫子，为鲁所用。"冉求也不闪避，直白本意道。

季康子点了点头。

周敬王三十六年，鲁哀公十一年（公元前四八四年），五月二十，天气格外的好，和风轻拂，鸟鸣于枝，狗吠于巷。一大早，曲阜城的主街道上便热闹起来。辰时刚过，熙熙攘攘的人流突然被一辆疾驰的马车分开左右两股。人们还未回过神来，马车早已风驰电掣而过。

"禀国君，孔丘大夫已经回鲁国了。"

鲁哀公一听侍者的禀报，不禁吃了一惊。没想到，季康子向他提出从卫国迎回孔丘的建议到现在不过十几天，孔丘就回国了。看来，这个季康子比他父亲强，起码办事效率比他高。

"孔丘大夫现在何处？"过了一会儿，鲁哀公醒过神来，问侍者道。

"禀国君，冢宰已将他接到招贤馆了。"

鲁哀公听了，又是吃了一惊。心想，这个季康子还比乃父有容人雅量，竟然这样礼贤下士。于是，顿了顿，对侍者说道：

"你到招贤馆把冢宰叫来，寡人想先问问有关孔丘大夫的情况，然后再召见他。"

"禀国君，冢宰正在招贤馆向孔丘大夫求教呢。"

"你怎么知道的？"鲁哀公问道。

"小人就是刚从招贤馆回来的。"

265

"那冢宰问孔丘大夫什么了?"

"小人在旁边听了一会,还有南宫大夫也在场。"

"说了些什么?"鲁哀公又追问道。

"冢宰问的是如何从政的问题。"

"那孔丘大夫是如何回答的呢?"鲁哀公顿时兴味盎然起来。

"孔丘大夫只说了四个字。"

"哪四个字?"鲁哀公问道。

"孔丘大夫说:'政者,正也。'冢宰不明白,就问何意。孔丘大夫答曰:'为政,就是把人做端正。'"

鲁哀公听了,点了点头,接着又问道:

"孔丘大夫还说了些什么?"

"接着,孔丘大夫又说了八个字。"

"哪八个字?"鲁哀公问道。

"'子率以正,孰敢不正?'"

"是不是说,为政者要以身作则,率先垂范,别人就不敢胡作非为了?"

"国君说得对,孔丘大夫就是这么说的。"

"除此,孔丘大夫没有说别的什么吗?"鲁哀公又追问道。

"禀国君,小人因为急着回来禀报,没有再听下去了。"

"那好,你现在就去招贤馆,请孔丘大夫立即来见寡人。"

侍者去后,约过了烙十张大饼的工夫,鲁哀公便盛装出宫,恭谨有加地站在大堂东阶,迎候孔丘。虽然早就听说孔丘其名,大家都称他为圣人,但他却从未见过这位号称圣人的鲁男子。所以,这次接见,他颇是充满期待。

就在鲁哀公站在东阶一愣神之际,刚才那位传报的侍者已一路小跑地进来了。而离他约十丈远,另一个侍者正陪着一个高大魁梧的男子迎面走了过来。鲁哀公知道,这大汉应该就是大家口耳相传的圣人孔丘了。于是,情不自禁地站直了身子,表现出一种敬仰之情。

眼见孔丘越走越近,鲁哀公愈加恭谨有加,情不自禁间扯了扯衣袖与前襟。然而,就当他注目相迎,二人近在咫尺时,孔丘却突然绕他而去,小步快趋地跑到了西阶。这不仅让引领的侍者莫名其妙,更让鲁哀公大感困惑。

然而,就在鲁哀公感到困惑而一愣神的瞬间,孔丘已然站到了他的面前,正行礼如仪呢。鲁哀公这才醒悟,原来孔丘是个守礼拘礼之人,东阶是国君之位,所以才舍近就远,循西阶而上,以与自己相见。

"打开中门,恭请孔大夫入殿。"快进集贤殿时,鲁哀公高声命令宫内侍者道。

两个高大的侍者闻令,立即上前打开了集贤殿的中门。鲁哀公随即从中门迈入,走在了前面。连进三重门,进殿落座后,鲁哀公却突然发现,孔丘并没有随自己进殿,而是还站在殿门之外。良久,才见他从集贤殿的第一重正门慢慢进来。进第二重门时,不是从门的中央迈入,而是提起长裾,高高抬起左腿,从门的西侧一边小心翼翼地跨进去。进门后的步伐也比先前小得多,那种小心谨慎的样子,仿佛此处没有他的容身之地。到进第三重门时,也没有从洞开的中门昂首而入,而是绕到中门之西的侧门,侧身轻轻挤了进去。鲁哀公看他进门的样子,像是在做贼似的,差点没笑出声来。不过,鲁哀公最终既没笑他,也没说出揶揄他的话来,而是连忙招呼他就座,非常礼貌地跟他寒暄问候后,说道:

"大夫一路舟车劳顿，今既回国，寡人日后便可随时求教了，真是欣慰之至！"

孔丘听了鲁哀公的慰问，连忙回答，但是，声音低得像蚊子叫。鲁哀公只见他嘴巴在动，却没听清他在说什么。经过鲁哀公座位前，他的脸色变得更加庄重起来，脚步更小了，但速度却很快。鲁哀公知道，这叫"小步快趋"，是一种对君主表示敬重的礼节，于是说道：

"大夫不必拘礼，请就座吧！"

听到鲁哀公再次招呼他就座，孔丘似乎显得更加惶恐不安，连忙提起裙裳下摆，小步急趋地走上台阶。到达席前时，憋住一口气，好像不呼吸似的慢慢跪坐下去。

看孔丘已在席上坐定，鲁哀公遂高声说道：

"赐食。"

随着鲁哀公一声令下，立即有一位宫内侍从端着一个食盘上来，放到了孔丘坐席前的几案上。孔丘情不自禁地低头看了一眼，原来是一碗黍米、一只鲜桃。

"大夫，请！"鲁哀公看了一眼孔丘，说道。

孔丘先起身答礼，然后就低头端起食盘中的那碗黍米吃了起来。鲁哀公身边的侍者见了，都捂着嘴大笑。鲁哀公连忙制止，并笑着提醒孔丘道：

"大夫，黍米是给您擦拭桃子用的，不是让你吃的。"

"这个臣是知道的。只是黍米是五谷之中最为贵重的，国君在郊外举行大典祭祀祖先时，都是以黍米为上等祭品供物的。而我们所吃的水果，一般有六种，其中最低档的就是桃子了。因此，祭祀时桃子根本摆不上供桌。"孔丘跪直了身子，回答道。

鲁哀公听了，连连点头。鲁哀公左右的侍者听了，则都肃然起敬。

孔丘见此，遂又接着说道：

"臣听说，君子以贱物拭珍品，没听说以珍品而拭贱物。黍为五谷之长，桃乃果中之下。今臣若以黍拭桃，则是以贵拭贱。这样，于礼不合，有伤于礼，有碍于义，故臣不敢。"

"善哉！大夫真圣人也！"鲁哀公脱口而出道。

"国君过誉矣，臣实不敢当！"

"大夫博古通今，又周游列国，见多识广。寡人愚钝，治国之日浅，望大夫不吝赐教！"

"臣岂敢在国君面前言教？但愿竭余忠心，以效愚诚！"

鲁哀公见孔丘语气虔诚，不禁又对他多了一份尊敬，于是也语气虔诚地问道：

"为政治国，不知关键何在？"

"为政之要，治国之本，贵在选臣。"

"何以言之？"鲁哀公问道。

"选臣得当，不贪不怠，官知清廉，民知勤奋，国家何愁不治，政治何愁不清？"

鲁哀公听了，重重地点了点头。顿了顿，又问道：

"一国之君，何为则民服？"

"臣以为，一国之君，若能做到五个字，便可使臣民信服，天下太平。"

"哪五个字？"鲁哀公问道。

"举直错诸枉。"

"可否请大夫说得具体些。"鲁哀公诚恳地说道。

"国君治国，要使臣民服从，唯有以德服人。为政以德，譬如天上北斗之星，安然处其位，而众星拱之。国君任用正人君子，将其置之奸邪小人之上，就能以正压邪。臣民就会知道国君用人的导向，大家一心向善，天下何愁不治？国君何忧之有？反之，'举枉错诸直'，以错误的纠正正确的，以邪压正，则民心必不服，国家必不治也。"

"大夫言之是也！"鲁哀公连连点头道。

2. 民之所以生者，礼为大

周敬王三十六年，鲁哀公十一年（公元前四八四年），六月初一，因夜间刚下过一场大雨，曲阜城连日的暑气顿时一扫而光。

一大早，孔丘呼吸着清新的空气，看着湛蓝的天空，以及沿街两旁枝繁叶茂、浓绿欲滴的树木，心情愉快极了。站在门口看了一会儿，有弟子提醒他说：

"先生，您今天跟国君有约，准备什么时候出发？"

"不妨早点去，我们可以等国君，不能让国君等我们。"孔丘脱口而出道。

"好！那先生就赶紧更衣准备吧。"

在弟子的帮助下，孔丘很快进屋换好了一套麻布夏服，然后登上马车，穿大街，过窄巷，直奔鲁哀公的宫殿而去。走到曲阜东西走向的主街道时，孔丘让驾车的弟子放慢了车速，撩开车帘，探出头来，朝街道两边张望。看到街上熙熙攘攘的人群，看到飞过天空的小鸟,他的思绪也随之飞向了远方。

走了大约烙二十张大饼的工夫,马车停在了鲁国国君的宫墙之下。

宫内侍卫远远望见,立即转身进宫,向鲁哀公报告。鲁哀公吩咐侍卫,请孔丘立即进宫。可是,鲁哀公等了很久,才见孔丘穿门入户,诚惶诚恐地走到近前。鲁哀公约孔丘今日相见,本来是为商讨治国大计的,但见他今天穿了一套新衣服,走路那样小心翼翼,进殿时那种诚惶诚恐的拘礼之态,突然忘记了正事,情不自禁地脱口而出道:

"早就听说,大夫非常推崇礼。据说,大夫曾经为了了解夏朝的礼制,特意前往杞国考察。为了了解殷朝的礼制,又专程前往宋国考察。只是不知结果如何?"

孔丘见鲁哀公突然对礼的问题感兴趣,觉得这是个好机会,他一生的理想就是要"克己复礼",恢复周公制定的礼乐制度。他一直认为,当今天下,之所以乱臣贼子横行,人心不古,就是因为大家都不守礼法。想到此,他立即接住鲁哀公的话茬,回答道:

"禀国君,臣确曾因为考察夏、殷二朝礼制而专门去过杞国与宋国,虽然因为年代久远而没有得到验证,但却得到了夏朝的历书《夏时》和殷朝的易书《乾坤》。"

"可是,《夏时》和《乾坤》并不是关于礼乐制度的书啊!"鲁哀公说道。

"国君说得对,《夏时》《乾坤》确实都不是关于礼乐制度的专书。但是,透过《夏时》和《乾坤》二书,我们可以从中了解有关阴阳的功用与礼的区分等级。更重要的是,我们由此发现了一个重要线索:礼最初是肇始于饮食的。"

"礼最初是肇始于饮食？此话怎讲？大夫可否为寡人详说之？"

见鲁哀公有求知的欲望，孔丘当然感到高兴，于是便兴味盎然地打开了话匣子：

"在远古时代，我们的祖先发明了火，开始用火将黍米烤熟了吃。又将一整头的猪用刀劈开，割片烤熟来吃。还在地上挖出一个坑作为容器，将酒盛放其中，以手为杯，舀酒而饮。为了助兴娱乐，他们还扎草为槌，击打以土制成的鼓。这样，他们就可以祭鬼神，以示敬意了。每当一个人死了，活着的人就会登房顶而高呼：'某某，回来吧！'接着，以生肉作为'饭含'之礼。为免死者日后挨饿，人们还在埋葬死者的同时，给他包一些熟食。这样，死者虽埋于地下，但灵魂却在天上。这就是远古时代登高招魂、就地埋葬的古礼。另外，死者下葬时还有一个规矩，就是头须朝北，脚须朝南。因为北方属阴，南方属阳，为了尊重活人，死者必须头朝北下葬。这就是从远古时代传下来的古礼。"

说到此，孔丘抬头看了看鲁哀公，见他正凝神倾听、一副恍然大悟的样子，于是深受鼓舞，心情振奋，接着说道：

"古时的君王，在住的方面，条件极为简陋，不像今天的君王，都住在高大巍峨的宫殿之中，冬暖夏凉。他们冬天垒土为窟以避寒，夏天扎草为巢以庇身。在食的方面，由于当时尚未发明火，他们只能食草木之果，或是生吃禽兽之肉，饮动物之血。在穿的方面，那时还没有丝麻等纺织品，男女老少都以鸟毛兽皮蔽体遮羞。后世圣人出，钻木取火，人们开始以火烤煮食物。还发明了用模具浇铸金属，调和泥土烧制砖瓦陶器等技艺，于是便有了宫室之营造，酒醋之酿造。后来又在生产活动中学会了栽桑养蚕、种麻织布。这样，人们开始穿上了丝绸与麻布，生活水平得到了大大改善。在养生送死、祭祀鬼神的过程中,祭礼也日益趋于完善,与早先有了大不同。"

"如何不同,请大夫详说之。"

"祭祀时,先将清酒置于内室,甜酒与浊酒放在门里,赤酒放在堂上,澄酒置于堂下。然后,抬上牛羊猪三牲,摆上鼎俎等祭器,排列琴、瑟、管、磬、钟、鼓等乐器,以此迎接上神与祖先降临享用。通过祭祀活动,使君臣上下的尊卑关系得以彰显,父慈子孝的人伦规范得以明确,兄弟友爱的手足情谊得以加强,从而使上下同心,尊卑同德,夫妇各得其位,这就叫'承天之佑'。"

说到此,孔丘顿了顿,见鲁哀公不住地点头,眼里透着真挚,遂又接着说了下去:

"除了祭品、祭器有讲究外,祭祀时的礼仪也进一步强化。祭祀时,必须有主祭,先吟诵祝辞,然后敬清酒,献牲血,荐牲毛,置生肉于祭器之中,呈鱼肉熟食于案盘之上。顶礼膜拜时,践蒲席而过,以布覆酒樽,着丝绸新装,献甜酒浊酒,呈烤熟之肉。为悦祖先之灵,主人与主妇交互进献祭品。祭毕退下,将半生不熟的祭品合于一鼎之中烹煮。然后,再按牛、羊、猪分类盛入祭器之中。最后,主人再诵祝辞,向鬼神表达孝顺之心;又代鬼神诵嘏辞,转达鬼神对主人的慈爱之意。这叫'大祥',是礼的最大功用所在。"

"哦,寡人明白了。那么,大夫特别推重的'大礼'又是怎么回事呢?"

孔丘见鲁哀公如此好学不倦,虽然心里高兴,但却谦虚地回答道:

"臣乃孤陋寡闻之人,尚不足以知'大礼'也。"

"大夫不必谦虚,还是给寡人说说吧。"

看着鲁哀公那副虔诚的样子，孔丘不好再谦虚推托，遂接着说道：

"在人类社会生活与人类发展中，没有比礼更重要的了。"

"何以言之？"鲁哀公觉得孔丘的话说得太过夸张了，没等他说完，就反问道。

"国君想想看，如果没有礼，何以节制人们的行为。不能节制人们的行为，如何能够虔诚地敬天地、事鬼神？没有礼，何以区分君臣、上下、长幼之尊卑？没有礼，何以分别男女、父子、兄弟、婚姻等彼此之间的亲疏关系？正因为如此，有道德、有远见的君主都是极其推重礼的。"

"那么君主推重礼，对治国有什么好处呢？"鲁哀公立即接口问道。

"明白礼的重要性，国君就会懂得如何用礼来教化百姓，使他们不至于在男女婚配、亲疏交往中有失礼行为。"

鲁哀公点了点头，表示认可。

"等到礼的教化效果达到一定程度时，再通过器物和服装上的纹饰区分人的上下尊卑。只有百姓都接受了礼的教化而知礼守礼，才可能有丧葬祭祀的规范，以及宗庙礼拜的仪轨。只有熟悉了祭祀的仪轨，才能安排好祭祀用的祭品，布置好祭神祭祖的食物，每年按时举行隆重的祭礼，以表达对祖先和神灵的崇敬之情。"

"大礼就这些吗？"鲁哀公又问道。

"非也。祭祀过程中，还要安排参祭亲属的座次，区分长幼的次序，分别血缘的远近。祭祀之后，宗族聚会饮宴也有座次排序的问题，安排必须合乎礼仪规范。这样，才能在聚宴中加深亲情、融洽关系，体现血缘纽带的意义。往昔的君主，非常重视这些，但日常生活上却非常朴素。他们住着低矮简陋的房子，穿着质朴无华的衣裳，车不加饰，器不镂花，食不二味，心无奢望，与百姓同甘共苦，有福同享，有难同当。古代的贤君圣主就是这样讲礼的。"

听孔丘如此推重古人，鲁哀公又情不自禁地问道：

"那么，现在的君主为什么不这样做呢？"

"而今的君主，则好利不厌，放纵不羁，荒唐怠政，傲慢无礼。他们只知搜刮民脂民膏，以满足他们无尽的贪欲，而不怕激起民愤。他们一意孤行，刚愎自用，违逆民意，以伐有道之国。他们为了满足自己的欲望，无所不用其极，屠戮无辜，滥杀民众，完全不依法治国，不立法安民。远古的君主清心寡欲，爱民如子；现今的君主贪得无厌，视民如寇。因此，现在的君王不能修明礼教。"孔丘感慨地说道。

"寡人终于明白了，原来礼并不是虚的摆设，而是教化百姓、治国安邦的利器啊！"

见鲁哀公如梦方醒，明白了礼的作用，孔丘感到非常欣慰，遂脱口而出道：

"国君意识到这一点，实乃鲁国万民之福也！"

3. 事任于官，无取捷捷

周敬王三十六年，鲁哀公十一年（公元前四八四年），六月十九，一大早，就热得令人透不过气来。太阳升起才一会儿，刚刚上面还滚动着晶莹露珠的树叶，转眼间就燥得打起卷儿。树间的蝉儿，叫声时断时续，大概是热得叫不动了。

早朝过后，鲁哀公一身大汗，大臣还没走出大殿之门，他就急急往后殿跑去，一边跑一边催促内侍道：

"快去备水，寡人要沐浴更衣，热死寡人了。"

洗过澡，脱去笨重而不透气的朝服，换上轻便透气的麻布轻装，鲁哀公感到一身轻松，原来躁动不安的情绪也渐渐平复下来。

午后，鲁哀公无所事事，觉得非常无聊。远远望着宫墙正门外来来往往、川流不息、为生活奔波的人们，他突然怜悯起他们的辛劳，觉得自己应该有所作为，让百姓日子过得好点。

这样想着，他突然想起，因为自己生病，已经三个月没见孔丘了。当初让季康子从卫国迎回孔丘，目的就是要发挥他的才干，帮助自己治国安邦。如今这样冷落孔丘，不是待贤用才之道啊！于是，他立即叫过内侍，传令下去，让人备车去接孔丘大夫来见。

大约过了烙三十张大饼的工夫，宫中侍者就驾车接来了孔丘。

孔丘以为鲁哀公有什么重大国事相召，一入宫门就小步快趋，满脸的汗水"吧嗒""吧嗒"往下掉，宽大的衣袍早已被汗水湿透了。

如仪入殿，走到鲁哀公座前时，孔丘猛一抬头，发现鲁哀公竟然穿着薄薄的轻纱，不禁愕然。鲁哀公请他入座，他半天没有反应。最后，鲁哀公猛然醒悟，大概是因为孔丘看到自己的着装不合君臣之礼吧。于是，连忙起身道歉说：

"大夫，寡人失礼了！"

鲁哀公一边说着，一边就向后殿而去。而孔丘则仍立在原地不动。

不一会儿，鲁哀公穿戴整齐地坐在了君主的位子上，笑着说道：

"大夫，现在可以入座了吧。"

孔丘见此，连忙施礼如仪，然后慢慢地跪坐到席上。

鲁哀公虽知孔丘是个拘礼之人，但见孔丘汗流浃背，衣服全湿透了，还是忍不住地问了一句：

"大夫，您穿成这样不热吗？"

孔丘明白鲁哀公话中的微言大义，但并不想说破，只是顺着他的话的表面意义回答道：

"心静自然凉。"

"言之有理！"鲁哀公礼节性地说道。

"其实，治国亦是这个道理。"

一听孔丘的话题转到治国上，鲁哀公立即接口说道：

"寡人因为近期多病，数月未请教大夫了。今日特召大夫来见，就是要请教治国之道。"

"臣乃孤陋寡闻之人，岂敢奢谈治国之道？"

"大夫不必谦虚。寡人虽然愚鲁，但愿勉力而为之。"

"国君有思治之心，实乃鲁国万民之福也。"

"鲁国现状，大夫再清楚不过了。依大夫之见，要想改变目前的现状，使鲁国富强起来，老百姓的生活水平有所提高，当务之急是什么？"

"依臣之见，只有四个字。"

"哪四个字，请大夫明示。"

"为国抢才。"

"寡人早就有心为国抢才，选贤与能，与寡人共治鲁国。可是，放眼望去，不知才从何来？"鲁哀公不假思索、脱口而出道。

"鲁国虽然不大，但也不乏人才。只是人才是有层次的，要善于发现、善于任用。"

"那人才有哪几个层次呢？大夫可否为寡人详说之？"孔丘话音未落，鲁哀公立即请求道。

"纵观古今，人才有五个层次，也就是五类，分别是：庸人、士人、君子、贤人、圣人。国君若能区分这五类人才，并有选择地使用，那治国平天下的方法就都有了。"

"大夫说人才有五类，那其中的庸人，是指什么样的人呢？"鲁哀公问道。

"所谓庸人，就是那些做人不懂谨慎、善始善终的人，说话信口开河而毫无道理的人，处世不知择贤而托其身的人，做事不努力而使自己生活得以安定的人。这些人往往见小不见大，小事明白，大事胡涂。他们整天忙忙碌碌，却不知所事何为。为人没主见，做事随大流，不知自己追求的到底是什么。这就是庸人的表现。"

"那什么样的人算是士人呢？"鲁哀公又问道。

"所谓士人，就是那些为人有主见、做事有原则的人。他们做事有明确的计划，即使不能达到行道义、安天下的境界，也一定有自己一套值得人效法的行事法则。他们不一定能集百善之美于一身，但必有值得人们借鉴的处世方法。他们未必学识渊博、无所不知，但一定会审慎地思考所掌握的知识究竟哪些是正确的。他们说话不求多，但求说得符合事理。他们未必行过万里路，但一定知道所走过的路是否正确。他们善于通过自己的思考而弄清事理，并用恰当的语言表达出来，最终落实到行动上。这就像生命与身体合而为一，不可分离一样。他们不视富贵为有益，不以贫贱为有损。这就是士人的风骨。"

"那君子呢？"鲁哀公再次问道。

"所谓君子，就是那些言必忠信，而心无怨愤之人。他们行仁行义,美德在身,但脸上却看不出丝毫自夸炫耀的表情。他们考虑问题周到细致,但表达看法时绝不会把话说死。他们对自己的理想有执着的追求,对实现理想有充分的信心。他们认准目标,就会勇往直前,自强不息。看看他们那平和从容的样子,好像就是平凡人,人人都可超越,实际上则是可望而不可及。这就君子的境界。"

"君子如此,那贤人又如何?"鲁哀公又问道。

"所谓贤人,就是那些道德不逾规范、行为合乎法则的人。他们的言论可以成为天下人行动的指南,而又不会成为天下人批评的箭垛;他们的思想可以化育天下百姓,而又不会有碍于人的自然本性发展。他们生财有道、富可敌国,天下人也不认为他财雄势大;他们散财济贫、施惠苍生,天下人也就不再有温饱之忧。这就是贤人的形象。"

鲁哀公听孔丘所说的贤人是如此的完美,对圣人更是充满了期许,遂又问道:

"那么,圣人又是怎么样的一种人呢?"

"所谓圣人,就是那些德比天地、符合大道的人。他们处世善于变通,为人圆融。他们了解万事万物发生发展的过程,能够根据万事万物的特点,依其发展规律予以协调推动。他们善于布达思想,阐发大道,使万民情志畅达。在天下百姓心中,他们如头顶上的日月,化育万民犹若神灵。可是,普通民众不知其德,近在眼前,亦不识其人。这就是圣人的造化。"

"说得真好啊!若无大夫之贤,寡人今日何以得闻如此高论?不过,寡人由于自幼长于深宫之内,养于妇人之手,不知何谓哀伤,何谓忧愁,何谓辛劳,何谓畏惧,何谓危险,恐怕不足以对万民行'五仪'之教。大夫,您看怎么办?"

孔丘一听，觉得鲁哀公说的也是实情，态度颇为诚恳，但是对于这样没有体验过人间疾苦的公子哥儿，他也不知如何教了。于是，只得无奈地说道：

"从您的话中，知道您已明白了其中的一些道理。对此，臣就没有什么好说的了。"

"寡人资质愚钝，如果没有大夫的开导，寡人恐怕还是难以明白如何用人治国。所以，还望大夫为寡人再指点指点。"

孔丘看了一眼鲁哀公，从其神情中没见出有什么虚情假意，顿了顿，遂又接着说道：

"到宗庙祭祖，行祭祀之礼，侑劝祖神享用三牲，依礼从东阶登堂，抬头仰视屋椽，低头察看案席，见俎豆鼎箫俱在，牺牲玉帛俱在，却看不到先祖来享用。睹物思人，触景生情，国君就知道什么是哀伤之情了。黎明即起，着衣正冠，天刚亮就上朝视事，与群臣谋划国家大计，考虑国家可能面临的各种危机，唯恐思虑不周，就要导致国家的动乱甚至灭亡。设身处地想一想，国君就知道忧为何物了？每天日出就要上朝听政，要一直忙到深更半夜。诸侯子孙，往来宾客，都要一一接见，按照礼仪行礼揖让，每个动作都要中规中矩，以表现出一国之君的威仪。用心体会一下，国君就知道什么叫辛劳了。沉思于现实，思念着先祖，思绪飞到了遥远的古代；走出都门，极目远望，思接千古，睹前代城池之废墟，知国家兴亡之有定。想想自己的责任，国君就知道什么是畏惧了。国君，就好比是一艘船；老百姓，就好像是一江水。水可以载舟，亦可以覆舟。国君想想此中情景，也就知道什么叫危险了。国君若能明白这五个方面，又稍稍留意一下上述的五种人才，那么治国理政还会有什么失误呢？"

孔丘说完，抬头看了看鲁哀公，见他若有所思地点了点头，知道这一下他应该明白了。

没想到，鲁哀公突然又提出了另一个问题：

"寡人明白了人才有五种，治国有'五仪'。但具体到用人的方法，需要掌握哪些原则呢？寡人不敏，还望大夫明以教之。"

孔丘似乎早有预见，知道鲁哀公要问这个问题，立即脱口而出道：

"事任于官，无任捷捷，无取钳钳，无取啍啍。"

"什么意思？大夫可否详说之？"

"所谓'事任于官，无任捷捷'，就是任命官员，主管相关事务，不要挑选那些没有清廉节操、贪得无厌之徒。"

"那么'无取钳钳'呢？"鲁哀公又问道。

"就是任用官员，不要挑选那些口是心非、待人不诚之人。"

"那'无取啍啍'，又是什么意思？"

"就是不要任用那些口无遮拦、说话不谨慎的人。这些人为官，可能因为性格的原因，往往会信口开河，言多必失，引起社会的混乱，坏了国君的大事。"

"大夫说得有理！"鲁哀公由衷地赞道。

"任人好比用箭、御马。弯弓射箭，必须先要调好弓弦，这才能使射出去的箭射得远，射得强劲有力。驾车远行，必须先要套好马，然后才可能让马跑得快、车子行得稳。用人之道亦复如此。选用官员，先要看他是否具有诚实、谨慎的品格，然后再考虑他是否聪颖有能力。如果选用了一个有才干而无道德的人，那么他会运用手中之权胡作非为，祸害无穷。这样的人就好比凶狠的豺狼，避之犹恐不及，所以千万不可亲近。"孔丘补充说道。

"寡人明白了，用人之道，德在先，才在后，先德而后才。"

"当然，能够德才兼备，则更好。"孔丘点了点头，说道。

"如果做到了大夫上述所说的，是否就能治理好国家，称得上是贤君了呢？"

"可以这样说吧。"孔丘不假思索地答道。

"如果是这样，依大夫之见，当今天下诸侯之中，何人能算得上是贤君？"

孔丘没想到鲁哀公会提出这个问题，将了自己一军。顿了顿，以略带勉强的口吻说道：

"目前尚未发现有这样的国君。如果硬要从中找出一位，臣以为卫灵公还算够格。"

"卫灵公？"鲁哀公不禁大吃一惊，立即瞪大眼睛，望着孔丘问道。

"是啊，是卫灵公。国君难道认为卫灵公算不上是贤君吗？"

"寡人听说，卫灵公闺门之内，姐妹姑嫂之别亦未区分好。'齐家'尚谈不上，遑论'治国'了。大夫将他视为当今贤君，寡人实在困惑不解。"鲁哀公脱口而出道。

"臣说卫灵公为当今贤君，乃就其在朝廷上的表现而言，而非指他闺门之内的事。我们评价一个国君是不是贤君，主要看他在朝堂之上的表现，在任人处事方面的作为。"

"那么，卫灵公在任人处事方面到底有些什么表现呢？"鲁哀公明显不服气，追问道。

"孔丘在卫国多年，曾听卫灵公弟弟亲口说过，灵公有一弟子，名曰渠牟，其才智足以治千乘之国，其品德足以表率万民，维护国家稳定。灵公爱之，亲之，任之。卫国有一士，名曰林国，敬贤爱贤，唯贤是举。被他荐举的贤人，即便被罢黜，他也会将自己的俸禄分一半与他。灵公认为林国贤能，对之信任有加，大凡林国有荐，灵公必用。因此，在灵公治下的卫国，没有一个赋闲游荡而不为国所用的士人。卫国还有一个士人，名曰庆足，人格高尚，国家有难之时，国君不请自到，帮助出谋划策，排忧解难。国家太平时，他则挂冠封印，让位于贤能。灵公亲之爱之，对他尊重有加。卫国还有一位大夫，名叫史䲜，因为政治主张没能实行，就离开了卫国。灵公为此郊居三日，琴瑟不张，必待史䲜回来才敢回城。由上述诸事例来观察，说灵公是贤君，有何不可？"

孔丘说到这里，鲁哀公终于心服口服地点了点头，表示认同。顿了顿，又问道：

"那么，贤君治国当以何事为先？"

"为政之急者，莫大于使民富且寿也。"

"那么，具体怎么做，才能使民富且寿呢？"鲁哀公又问道。

"不夺农时，轻徭薄赋，则可富民；加强教化，远离罪疾，则可让人民健康长寿。"

"只是寡人有些担心，若轻徭薄赋，国库入不敷出，恐怕鲁国会变得更加贫困了。"

孔丘听鲁哀公这样说，明白其心理，遂抬起头来，诚恳而坦诚地凝视着鲁哀公，说道：

"《诗》曰：'恺悌君子，民之父母。'既然国君爱民如子，百姓亦视国君为父母，那么天下哪有子女富裕了，而父母独受其贫呢？"

"大夫说得没错。可是，有一个现实问题。而今周公礼法不存，天下诸侯尔虞我诈，常常以大欺小，兵戎相见。鲁乃小国，国无财力，如何能在这弱肉强食的社会生存下去呢？大夫有没有办法，让我鲁国小而能守,大而能攻,始终立于不败之地呢?"

"假如国君朝廷有礼,君臣相亲,上下同心,天下百姓皆欲为国君之臣,谁还敢贸然戈矛以临之?如果有违此道,百姓弃国君而去,视国君为仇敌,那么天下谁还愿意替国君守疆卫土?"孔丘莞尔一笑道。

"说得好!寡人谨受教!"

此后不久,鲁哀公颁布政令,废除山泽之禁,允许老百姓上山自由打猎,下河自由捕鱼。并减轻了关卡与交易场所的税收,让百姓感受到国君爱民之心、惠民之意。

自从废除山泽之禁的政令颁布之后,鲁国百姓一片叫好,觉得这是鲁哀公的一大功德与善政。鲁哀公听到来自民间的称颂之声,自然心里非常得意。

第十三章 传道解惑

1. 季康子问学

周敬王三十六年，鲁哀公十一年（公元前四八四年），十月初三，孔丘往冢宰府拜访鲁国执政季康子（季孙肥）。因为从卫国回鲁后，季康子已经两次登门拜访过他，他得回访。

没想到，时至巳时，季康子还在内室睡觉。孔丘感到不解，就跟季孙氏家臣说：

"你进去问问冢宰，他得了什么病？"

季孙氏家臣进去禀告季康子时，陪同孔丘一起来访的子贡连忙悄声说道：

"先生，季康子没病，而您要探他的病，这合乎礼吗？"

"按照礼，君子若无丧事，则不睡在外室；若非斋戒，或是生病，大白天不会睡在内室。如果夜间睡在室外，即使有人来吊丧也是合乎礼的。今季康子白昼睡于内室，为师探问他的病，难道不合乎礼吗？"孔丘不假思索地答道。

孔丘话音刚落，季康子已经从内室出来了。

宾主相见，互相寒暄问候了一番，便分宾主坐定。

因为没有别的事，说了些闲话后，孔丘便要起身告辞。正在此时，一个家臣进来报告说：

"昨天国君遣人来请求的事，冢宰如何答复？"

"请求什么事？"孔丘一时好奇，随口问道。

"哦，是这么回事。国君欲举行田猎，看中了本府一块田，想借用一下。肥正想就这个问题请教夫子呢。依夫子看，是应该借，还是不借？"

孔丘一听，立即正色回答道：

"丘听说，君取之于臣，叫取；君给予臣，叫赐；臣取之于君，叫借；臣给予君，叫献。"

季康子一听，不觉神色一变，恍然醒悟道：

"肥实在是未明白这方面的道理，惭愧！"

说完，季康子立即对侍立在旁的家臣说道：

"从今往后，国君若是遣人来要什么，一律不得再说借字了。"

见季康子如此从谏如流，孔丘不禁由此及彼，联想到一件往事。

那时，孔丘任鲁国大司寇，季桓子为执政，季康子只是其父的助手，正在学习从政。有一次，因一件涉及鲁与邻近小国关系的问题，孔丘要往冢宰府拜访季康子，跟他协商。可是季康子年轻气盛，不仅不敬之以礼，还显得有些不耐烦。之后，孔丘继续派人往其府中通报，季康子仍是拒绝。但是，孔丘最终仍决定要前往冢宰府拜访。弟子宰予实在看不下去，遂心有不平地说道：

"弟子曾经听先生说过：'纵使王公贵族，若不以礼相聘，我就不会去找他们。'而今先生任大司寇时日不多，怎么就折节委屈自己多次了呢？弟子以为，为名节计，为人格计，先生都是以不去为好。"

"子我，你有所不知。鲁国以大欺小、以兵加害邻近小国的日子不短了。可是，鲁国相关官员不闻不问，这会闹出大乱子来的。今国君任我为大司寇，有哪一件事比这件事更值得我关注的呢？"孔丘莞尔一笑道。

后来，孔丘这番话被其弟子传了出去，鲁国很多人听了，都在背后议论说：

"孔丘这样贤德的人治国安邦，我们有什么理由不主动停止做那些违法乱纪的事呢？"

自此以后，鲁国少了很多争吵之事，人与人之间也多了一份礼让。

宰予看到老师谦恭礼让的品德深深影响到全体鲁国民众，不禁非常感佩老师的人格，甚至当面赞扬老师。可是，孔丘却意味深长地说道：

"离山十里，蟪蛄之声犹在耳。为政者理应像隔山倾听蟪蛄之声一样，仔细听取他人的意见，然后择善从之，并付诸实施。"

正当孔丘对比季康子今昔听取意见的不同态度，而一时陷入回忆之中，久久无语时，季康子为了打破沉寂，没话找话道：

"夫子博古通今，学识渊博，弟子遍天下。惜肥年轻时未能醒悟，错失了向夫子求学的机会。今虽为鲁国执政，然才疏学浅，以致有很多问题都还弄不明白。不知夫子肯不肯为肥指点迷津，让肥也长点学问。"

孔丘突然听到季康子说出这番话，先是一惊，后是一喜。因为他毕竟是书生，又有教书匠好为人师的职业病，一听季康子说有问题讨教，顿时来了精神，不假思索、脱口而出道：

"冢宰不必过谦，有什么问题尽管提出来，我们可以讨论。"

"肥曾听闻五帝之名，而不知其实，请问何谓五帝？"

孔丘看了一眼季康子，见其态度认真，顿了顿，从容答道：

"丘曾听楚人老聃说过：'天有五行，水、火、金、木、土。五行分时化育，以成万物。其神谓之五帝。'古代帝王改朝换代，都要改国号、改年号，就是取法五行的称谓。按五行改朝换代，更替帝王，周而复始，循环不已，这便是仿效五行的变化。古之贤君圣主，死后也会以五行与之相配。如太皞配木，炎帝配火，黄帝配土，少皞配金，颛顼配水，就是如此。"

"太皞氏从木开始，有什么道理吗？"孔丘话音未落，季康子便问道。

"因为五行运行，是从木开始的。木配东方，万事万物皆从此出。因此，为帝王者亦仿之，首先就以木为德，称王于天下。然后，则以所属之行，依次转换承接。"

"肥听说，句芒为木正，祝融为火正，蓐收为金正，玄冥为水正，后土为土正，这些掌管五行之神彼此有别，不相混淆，而都被称为帝，原因何在？"季康子又问道。

"以上这五正，都是五行的官属名称。五行辅佐他们成为帝王，于是便被称为五帝。太皞等人也与之相配，也称作帝，后来就一直这样称呼了。以前，少皡生有四子，分别叫做重、该、修、熙，他们的能力可以胜任金、木、水。于是，少皡氏乃使重为句芒，就是主木之官，号曰木神；让该为蓐收，就是主金之官，号曰金神；让修和熙为玄冥，就是主水之官，号曰雨神，或称水神。又让颛顼之子黎为祝融，就是主火之官，以火传布教化，号曰火神；让共工之子句龙为后土，就是主土之官，号曰土地神。这五个人各以其才能和所掌管的事情为职业，生为上公，死为贵神，别号五祀。不过，从地位上看，不可与帝位等同。"

"如此说来，帝王改号，于五行之德来说，是因为各有其不同的管辖范围吧。那么，他们之所以要这样承继变化，主要原因又是什么呢？"

孔丘一听季康子提出的问题，便知自己上面所说，他都听懂了。于是，顿了顿，说道：

"这主要与他们所崇尚的德行有关，因为他们称王时都有其所依据的特定德行。夏人以金德治天下，所以崇尚黑色。大事、丧事皆用黑色，行军打仗乘黑马，所养供祭祀和食用的牲畜也是黑色。殷人以水德治天下，所以崇尚白色。大事、丧事用白色，行军打仗乘白马，所养供祭祀和食用的牲畜也是白色。周人以木德治天下，所以崇尚红色。大事、丧事用红色，行军打仗乘红马，所养供祭祀和食用的牲畜也都是红色。这便是夏、殷、周三代不同之所在。"

"那么，尧、舜二帝所崇尚的颜色又是什么呢？"

"尧帝以火为德而称王，崇尚黄色；舜帝以土为德而称王，崇尚青色。"孔丘答道。

"陶唐、有虞、夏后、殷、周，独不与五帝相配，这是什么原因？是因为他们德不及上古，还是有什么限制呢？"季康子又绕回到开始时的话题，问道：

"古代平治水土、播种百谷的人很多，但只有共工之子句龙配飨土地之神，帝喾之子弃则成为稷神。易代供奉，只限于二人，不敢增多，其原因是要表明不可与帝等列。所以，自太皞以下，直到颛顼，都顺应五行而称王。称王者数目虽不限于五，但都与五帝相配。这是因为他们不论有多少人，其德行都不可能超过五这个数目的缘故。"

孔丘说完，季康子连忙离座绕席，恭恭敬敬地向孔丘深施一礼后，说道：

"肥谨受教！听您一席话，胜读十年书！"

2. 闵子骞问政

自从向孔丘问学后，季康子对于孔丘的态度有了一个根本的转变，开始打内心深处佩服他的博学与卓识。

孔丘来访后的第三天，季康子找来冉求，跟他说道：

"我想实行田赋改革，将军费改按田亩征税。想了很久，但始终拿不定主意。俗话说：'一动不如一静'，我怕改革田赋制度会带来很多新问题，所以，那天夫子来访，我也不敢拿这个问题请教他。你是他的得意弟子，你去帮我探探夫子的口气，看他有什么意见？"

冉求做了好多年的冢宰府宰臣，与季康子有主仆之谊。加上目前在朝廷为官，也都与季康子的提拔信任有关。因此，季康子既然已经请托，他就无法推辞了，于是便答应而去。

见到孔丘,冉求将季康子的意思连说了三次,孔丘都只有一句话:

"这个问题我不懂。"

冉求了解自己的老师,于是坦诚地说道:

"先生,您是鲁国的元老,季康子要实行田赋制度改革,就等着听您的意见,而您却说不懂,不肯发表自己的看法,这是为什么?"

可是,不论冉求怎么说,孔丘就是始终不予回应。冉求无奈,只得硬着头皮回去向季康子汇报。但是,等到冉求再从季康子那里回来时,孔丘却叫过他,悄悄地跟他说道:

"子有,你没有听说吗?先王确定土地制度,是依据劳力多少与田地多寡来分配的,而且还结合田地的远近予以调整平衡。根据市镇所收赋税,来估算居民财产的多少。征发徭役,是以夫为单位来派劳力的,并且根据夫的标准,酌量老幼的减免数目;而对于那些鳏寡孤疾和老者,则一律予以免除。国家有战事时,就征收一定的赋税;没有则不收。有战事的年份,以井田为单位,每一井田承担一稷禾、一秉牲口草料、一缶米的赋税额度。这对国民来说负担不算太重,先王也觉得只能是这个税率了。"

"惭愧!这些弟子都不知道。如果早点知道,也可劝谏季康子别起改革赋税的念头。"

孔丘看冉求态度诚恳、面有惭愧之色,于是接着说道:

"君子之所为,必依据于礼。施舍当从厚,举事要适中,敛赋要从薄。季康子若能及于此,我也觉得心满意足了。若不依礼,贪欲不加节制,即使是按田亩来征收赋税,也仍会觉得不满足。季康子若真想依法行事,周公的典章制度就摆在那里,完全可以拿来参考啊!若是有心要违背先王法度,随意行事,那何必又要来请教我的意见呢?"

一席话说得铿锵有力,全在理上,冉求连声说道:

"弟子谨受教!"

当冉求诺诺而退,一脸沮丧地走出孔府时,闵损却兴高采烈地进了孔府。

"子骞,有何喜事?高兴得这个样子啊!"看到闵损喜形于色的样子,孔丘笑着问道。

闵损也不隐瞒,如实回答道:

"国君授予弟子费邑宰之职,不日就要履新了。"

"哦?这可是好事啊!学而优则仕嘛,你早就该出仕了。这次既然有了一个行政历练的机会,可要尽心尽力,务必要像师兄子路、子贡、子有一样,做出成绩来,千万不要让为师脸上无光喽!"

"先生请放心,弟子一定遵照您的教导,竭尽全力,治理好费邑。只是弟子从未有过从政经验,所以临行前还想请先生指教一番。"闵损谦恭地说道。

"其实,没有从政经验也无妨,只要记住两个字,足矣。"

"先生,哪两个字?"闵损连忙问道。

"德与法。为政以德,为政以法,则无往而不利也。"孔丘脱口而出道。

"为什么?"

孔丘看了看闵损,见其一副茫然困惑的神情,呵呵一笑道:

"德与法,乃御民之工具也。这就好比驾驶马车,需要用马勒与缰绳一样。一国之君,就好比是马车的驭手。而各级官员,则好像是约束马的马勒和缰绳。至于刑罚,则如同马鞭。君主执政治国,事实上就像驭手掌握着马勒、缰绳与马鞭一样。"

"先生说得真是形象！弟子明白了。不过，弟子还有个问题要请教先生，不知古人究竟是怎样执政的？"闵损望着孔丘，诚恳地问道。

"在古代，天子治国，以内史为左右手，以德、法为衔勒，以百官为缰绳，以刑罚为马鞭，以万民为马，因此治国数百年而无过失。善于御马者，重视矫正马勒，备齐缰鞭，均衡使用马力，使左右两骖同心协力。这样，驭手口无声而马随缰用力，驭手鞭不举而马奔驰千里。善于治民者，重视道德与法制的统一，百官言行的端正，人民劳力的平均，百姓之心的安定。这样，政令不必重复而民皆顺从，刑罚不用而天下大治，天地都认为他有道德，万民皆归顺于他。如此，他的德化必然是美好的，他的民众必然会称颂他。"

闵损听了，连连点头称是。孔丘见之，则非常高兴，接着说道："而今，人们说到五帝三王，都认为他们所创造的盛世境界是独一无二的，他们的尊严与威仪仿佛还历历在目。为什么会这样呢？别无他因。是因为他们的法制健全，他们的德化深厚。因此，老百姓思念他们的德政时，必然会称颂他们，早晚祝福他们，让上天都知道他们的德化恩泽。上天欣悦，因而福佑他们的朝代，使他们的年成五谷丰登。而那些不擅驭民者，则正好相反。他们弃德废法，专擅刑罚。这就好比驭马，弃缰绳与马勒而专用杖策鞭打。这样，岂能驾驭得了马。不用缰绳与马勒，而专用杖策，马必受伤，车必毁坏。不修德政，没有法制，而只用刑罚，结果必然导致人民流离、国家灭亡。"

闵损见孔丘如此强调德与法，于是便反问道：

"德、法对于治国就那么重要吗？难道舍此就别无他法了？"

"治国而无德、法，民众就无道德修养；民众没有道德修养，则必迷惑失道，不知所从。如此，上天必认为是乱了天道。如果乱了天道，刑罚必然失据，上下相谀，无人再讲忠诚信义，这就是失道的必然结果。今人言恶者，必比之于夏桀、商纣，这是为什么呢？没有别的解释，是因为他们法制不公，民众心怀不服；他们道德不厚，民众恨其残虐。因此，当时的民众莫不为之悲叹，并朝夕诅咒他们，以致上天都知道了。上天震怒，不肯饶恕他们的罪恶，于是便降祸于他们，使灾害并生，让他们的朝代灭绝。因此说，德与法，乃御民之本也。"孔丘以不容置疑的口气说道。

"御民要讲德与法，这个道理弟子明白了。那么，先王御民到底有哪些有效之术呢？"

"古之明君圣主，御民治天下都有一套行之有效之术。他们以六官总理国务，以司会周知四方。"

"六官是指哪六官，司会又有什么职责？"孔丘话还没有说完，闵损便迫不及待地问道。

"六官，是指冢宰、司徒、宗伯、司马、司寇、司空。他们分工明确，职责分明。冢宰用以成就'道'，司徒用以成就'德'，宗伯用以成就'仁'，司马用以成就'圣'，司寇用以成就'义'，司空用以成就'礼'。司会，乃冢宰之副，掌管君王六典八法之戒，加强对四方诸侯及化外之人的统治。君王控制了六官，就像驭车手里抓住了缰绳。司会掌握了六典八法，使仁义均齐，就像驾驭四马之车，手中握有两旁马的内侧缰绳。"

"先生意思是说，御民治天下，就像御马。驾驭四马之车，要控制好六根缰绳；治理天下之民，要厘清六官的职责，端正他们的行为。是吧？"闵损又问道。

孔丘点了点头，接着说道：

"善御马者,坐正身体,握好缰绳,均衡左右马力,使四马步调一致、同心协力,回旋曲折,皆能纵心所欲。这样,长途奔赴目标,也可以应付一切危难。这就是明王圣主御天地、治人事的法则啊!"

闵损听了,连连点头。

孔丘顿了顿,又接着说道:

"昔天子治天下,以内史为左右手,将六官用作缰。然后,配合三公控制六官,均五教,齐五法。如此,控引正确,便能无往而不利。为政以道,则国治;为政以德,则国安;为政以仁,则国泰;为政以圣,则国平;为政以礼,则国和;为政以义,则国兴。此便执政之术。"

"先王御民治天下,难道都是这样十全十美吗?"闵损又问道。

"人非圣贤,孰能无过?即使是明君圣主,也会有过失,此乃人之常情,不可苛求。过而能改,善莫大焉;过而不能改,则为过也。官属不分,职责不明,法政不统一,诸事失纲纪,这叫乱。如果出现这种情况,那就要追究冢宰之责。耕地荒废,财物匮乏,万民饥寒,教化不行,风俗淫僻,人民流离,这叫危。如果出现这种情况,就要问责于司徒。父子不亲,长幼失序,君臣异志,上下乖离,这叫不和。如果出现这种情况,就要整饬宗伯。贤能而失官爵,有功而失赏禄,士卒恨怨,兵弱不堪用,这叫不平。如果出现这种情况,那就是司马之过,需要追究。刑罚不公,乱象丛生,奸邪不尽,这叫不义。如果出现这种情况,那就要追究司寇渎职之罪。度量标准混乱,诸事皆无章法,大都小邑都不整修,财物失散,这叫贫。如果出现这种情况,就得问司空之罪。治国如驾车。同样的车马,有的人驾驭起来可以日行千里,有的人则只能一天走几百里。这是由驭手驾车进退缓急有所不同所造成的。官员执政,以同样的法律、法规为据，有的可以实现治平的效果，有的则导致混乱。究其原因，乃是他们在法律、法规的执行上有进退缓急的差别。"

闵损听到这里，忽又想到一个问题，于是问道：

"天子高高在上，深居宫廷，如何了解下面的官员做得好不好呢？"

"天子考核官员，自有一套办法。古代的帝王，都常在冬末考察官员的德政，及时调整法律制度，观察国家的治乱。德盛者，则所治必平；德薄者，则所治必乱。因此，天子考察官员德政，足不出户，坐于庙堂之上，便可了如指掌。德盛，法律制度就会得以健全；德不盛，则整饬法律与政治制度。立法与行政都要依德而行，这样才能天下大治，国运绵长。为帝王者，在春季的第一个月对官员的德、才、功予以考评。能将德、法统一起来而用以施政者，则为有德；能施行德、法者，则为有行；能实践德、法并有所成效者，则为有功；能以德、法治平天下者，则为有智。因此，天子考评官吏，考察其德、法施行的成效，治理好国家，就算大功告成。"孔丘侃侃而谈道。

"先生意思是说，冬末调整法律制度，初春考评官吏，乃先王治平天下的关键，是吧？"

孔丘看了一眼闵损，高兴地点点头，说道：

"正是。费邑虽小，施政原则却是一样的。"

"弟子谨受教！"闵损恭敬地说道。

3. 子张问入官

由于齐鲁之战中孔丘的弟子冉求、子贡、樊迟等人有突出的表现，加上孔丘又从卫国回到了鲁国，孔门弟子先后走上仕途的不在少数，这既使孔丘有一种心理安慰，又对其他孔门弟子产生了鼓舞激励的作用。原来追随孔丘只为学问、不为做官的弟子，也开始跃跃欲试了。

周敬王三十六年，鲁哀公十一年（公元前四八四年），十月二十八，曲阜的天气已经开始冷起来了。这天西风吹得正紧，尘沙刮得让人睁不开眼。孔丘从卫国返回鲁国，虽然颇受鲁哀公与季康子的尊重，但也仅止于尊重，而并没有委他以大任，只是时不时地召见请教问题。因此，充其量，他只是一个国策顾问的角色。因为没被委用任何职务，他的政治抱负也就无法实现，所以他每天更多的时间都贡献给了来自诸侯各国的弟子。虽然弟子问学络绎不绝，让他不得清闲，但也消除了他晚年不少的孤寂，因为夫人过世后，家中更显冷清了。

因为天气不好，这一天前来问学的弟子也就少了。到午后，则一个弟子也没了。孔丘正感到孤寂无聊时，却见颛孙师冒着冷风与尘沙来了。

"子张，这么大的风沙，你怎么来了？有什么紧要事吗？"颛孙师一进门，孔丘便问道。

"先生，没什么事，就是来看看您。"颛孙师显得很随意的样子，好像真没什么事似的。

子张是孔丘以前在陈国时所收的弟子，当时也只有十几岁，比孔丘小四十八岁，今年刚刚二十一岁。别看他年纪不大，但却少年老成，待人接物从容娴雅，又长得一表人才，性格也不错，宽厚而有君子之风，所以，孔丘颇为赏识他。

师生闲话了一会儿，子张突然将话题切入入仕做官方面。这时，孔丘才知道他今天是有备而来，看来是要为入仕作准备了。于是，就跟他聊起了冉求、子路、子贡、樊迟等人。

聊完了冉求、子路等人的从政业绩后，子张向孔丘提出了一个问题：

"先生，您觉得做官什么最难？"

"安身取誉最难。"孔丘不假思索、脱口而出道。

"先生意思是说，宦海沉浮，安身立命，维护稳定的地位不易，获得良好的声誉更难，是吧？"

孔丘看了看子张，点了点头。

"那怎么办呢？"

孔丘看了看子张认真的样子，知道他是有意要进入仕途了。于是，严肃地回答道：

"如果要想从政，在官场上站稳脚跟，并有所作为，为师送你几句话。"

"先生请赐教！"

"己有善勿专，教不能勿怠，有过勿再，失言勿掎，不善勿遂，行事勿留。"

"弟子不敏，请先生说得更明白点。"子张恳求道。

"所谓'己有善勿专'，就是自己有什么优长，不要独专，也要让别人学习而拥有。所谓'教不能勿怠'，就是教诲别人行善，要持之以恒，不要有懈怠情绪。所谓'有过勿再'，就是已经犯过的错误，不能让其重复犯多次。所谓'失言勿掎'，就是话说错了，要勇于承认，不要强词夺理，曲意辩护。所谓'不善勿遂'，就是不对的事不要再继续做下去了。所谓'行事勿留'，就是做事要讲究效率，不要拖拉，更不能拖泥带水。君子从政，如果能做到这六点，那么他一定能在官场站稳脚跟,政治地位得到保障,名誉也会不求自来,而且今后的从政之路也会走得更顺遂。"孔丘从容解释道。

"那么,从政过程中,是否有什么要避免的呢?"子张又问道。

"这也有六个方面需要注意。"

"是哪六个方面?"子张急切地问道。

"怨嗟,拒谏,慢易,怠惰,奢侈,专独。"

"这话怎么讲?"

孔丘看了看子张,故意停顿了一下,然后才接着说道:

"怨嗟,就是心中常怀恨怨不平之意,看什么问题、做什么事情都带有抵触情绪,不能客观冷静,这是产生刑案的原因。拒谏,就是不能虚心听取他人的意见,这是考虑问题会出现偏颇的原因。慢易,就是言行轻慢而不庄重,这是缺乏必要的礼仪教育的原因。怠惰,就是为人懒惰,处事懈怠,这是机会迟迟不来的原因。奢侈,就是不注重节俭,挥霍浪费,这是造成国家财政不足的原因。专独,就是作风专横,独断独行,这是事情难以办成的原因。君子从政,如果能够避免这六个方面,那么他的官位就能巩固,名誉也就不求自得,从政之路会走得非常顺利。"

子张听到这里,不住地点头,似乎心有所悟。

孔丘见此,接着说道:

"因此,君子一旦受大位、领大任,居庙堂之高,统治广大疆域,就要精明睿智,头脑清醒,处事公正,从大局着眼,办事大刀阔斧。将忠与信结合起来,考察所做之事是否符合伦理规范。分清善恶,惩恶扬善。对治国安邦有益的,则予以推广;否则,则予以消除。为国尽忠,为民尽力,不求回报。这样,他就会深得民心,获得民众的拥戴。实施政令时,不逆民之意;说服民众时,无犯民之言；处理民事时，没有欺民之辞；为使民众安居乐业，不在农忙时节打扰他们；为体现爱民之意，也不会置法律于不顾，对他们太过宽容。如果做到这些，那么君子从政便会地位稳固，声名鹊起，百姓也会衷心拥护。"

"具体说来，又该怎么做呢？"子张又问道。

"君子为政临民，重视考察身边之事，这样就不至于因为看不清真相而出错。重视从身边之事做起，事情就容易做成。为政抓住关键，不用烦众便能有成，而且会获得民众的称誉。君子治国，其实从身边的许多事情上都能得到启示。泉水源源不断，从不干涸，那是因为它有许多源头活水，不是只有一个水源。君子治国安邦，重视积聚民众于自己周围，招贤纳士而为己用。人才多了，就像泉水源头活水不断。这样，就可以量才而用，委以不同的职责，人尽其才，各尽所能。如此，政治必然清明，天下自然太平。君子有优良的品德，那是长期培养修养的结果。这种品德蕴藏在心灵深处，形诸色，发乎声。如果能够做到这些，那么他的地位也就稳固了，声望也能获得，百姓也都会自愿接受其管理。"

子张听了，连连点头称是。

孔丘停顿了一下，看了一眼子张，又继续说道：

"居高位而不善治理，则政局必乱。政局乱，则纷争必起。纷争起，则乱局更乱。因此，明君治国必宽厚以容其民，慈爱以安抚其心。这样，民众能够安居乐业，自然乐意听从其管理。躬行实践，是治国安邦的关键；慈爱之言，是纾解民众郁情的良药。善政易于推行，而且民无怨色；善言容易打动人心，让民众不生二心。以身作则，率先垂范，老百姓就会仿效而行；心胸坦荡，光明磊落，老百姓就会坦诚相见，言行不会躲躲藏藏。为政者肆意挥霍，不注意节俭，国家财力便会耗尽，生财之道便会断绝。为政者没有公心，只知贪图私利，国家便会受损，善政就难以推广。如果善政不能得到推广，弊政丛生，则必天下大乱。天下乱，则善言必不闻于耳。"

孔丘说到此，已是口干舌燥。子张见此，连忙趋前，给他斟了一盏水。

孔丘呷了一口，看了看子张虔诚的样子，又继续说道：

"为政者治国安邦，对于他人的建议能够虚心听取，详察后予以采纳，那么天天都会有人来向他进谏。君子治国，之所以能有好的措施，那是因为他听得进别人好的谏议。君子治国，之所以能有好的作为，那是因为他凡事都能躬亲实践。国君乃万民之表率，官员是百姓言行的标杆，君王宠臣则是百官群臣的榜样。表率若是不正，民众便失去参照学习的对象；标杆若不正，民众则乱了方寸，不知所措；君王宠臣若只知谄媚，则百官群臣都会学坏。因此，君王治国安邦务须要有戒慎恐惧之心，时刻牢记诸多伦理道德规范。"

"那君子为政到底该怎么做才好？"子张觉得孔丘说得太多，难以把握重点，于是问道。

"道德情操的培养最为要紧。"

"那么，怎样培养呢？"子张立即追问道。

"君子培养高尚的道德情操，务须持之以恒，不断积累。这样，才能明辨是非，把握事物发展的方向与规律，然后选择正确的方法，把国家治理好。如此，他的地位就能巩固，名望不求自来，而且受用一生。"

"除了培养高尚的道德情操外，还应该注意什么呢？"子张又问道。

"君子为政，要善于识人用人。这就好比一个妇人织布，首先要做的工作是亲自挑选丝麻；又好比一个优秀的工匠，开工之前一定要精心选料。明君圣主治国安邦，亦复如此。他们为了将国家治理好、获得好的名声，一定会亲自挑选能够辅佐自己治国的得力能臣。因为识人选人时用心些，治国安邦的过程中就能省心些。一旦君临天下，就好像爬树，越往上爬，就越怕掉下去。六马驾车，四散逃逸，一定是在通衢大道。民众犯上叛乱，一定是因为君王失道。君王虽有高高在上的威严，但失去民众的支持便危如累卵；民众虽地位卑下，但却决定了君王的命运，爱之则存，恶之则亡。为君王者，必须明白这一道理。"

"先生曾说过：'君与民，犹如舟与水。水能载舟，亦能覆舟。'就是这个道理吧。"

孔丘见子张能深刻领悟其思想，并能触类旁通，感到非常欣慰。于是，点了点头，说道：

"为君王者，居庙堂之高，南面而牧民，当贵而不骄，富而不倨，既要总揽全局，也要见微知著；既要用心经营当前，又要谋虑将来。虽深居内廷，却并不闭塞视听；情虽见于近，而思则达乎远；考察的虽为一物，明白的却有很多道理。长久关注某一问题，而不被别的事情干扰，这是因为他善于集中注意力，用情专一。因此，君子治国，不可以不了解民众的心性，而理解其情感。既知道其心性，又洞悉其情感，这样才能贴近民众，得到他们的真心拥护，惟命是从。国家安定，则民亲其君；政策公平，则民不怨君。"

孔丘说到此，看了看子张，见其神情专注，于是啜了口水，又继续发挥道：

"因此，君子治国，既不会高高在上，熟视民众的疾苦而不闻不问，也不会误导民众去做那些虚无狂妄之事。有些事情，民众不愿为之,君王不应责备他们;有些事情,民众不能为之,君王也不应强迫他们。为显扬功业,青史留名,君王扩军备战,开疆拓土,完全不考虑民众的意愿,民众可能表面恭敬,但心里会老大不乐意。为奠定王霸之业,君王连年大兴土木,不顾民众劳苦,民众就会逃避而不听其命。若责民所不为,强民所不能,则民众必起怨恨之情,从而惹出乱子来。"

"先生意思是说,君子治国要以民为本,不能只从自己的主观要求去做,是吧?"

"正是此意。其实,不仅要以民为本,还要有宽厚之心。子张,你知道古代的帝王为什么冠冕之前悬有玉旒、两旁悬有玉纩吗?"

"那是为了不让臣下看见自己的真面目,让人觉得神圣而神秘吧。"子张脱口而出道。

孔丘听了,莞尔一笑,看着子张说道:

"你太浅薄了!有这样一句话:'水至清则无鱼,人至察则无徒',听说过吗?"

"听过。意思是说,考察别人太过仔细,就无人愿意追随了。也就是说,为人处世有时装聋作哑,也是有必要的。"

孔丘一听,觉得子张果然人情练达,对世道人情颇是通透。于是,意有嘉许地说道:

"正是此意,你很有悟性。其实,装聋作哑也是一种对人的宽容、宽厚。古之圣王明主,之所以玉旒遮目、玉纩充耳,那是故意给臣下一种耳不聪、眼不明的感觉,以此让臣下减少心理压力,充分发挥其才能。这就是君王对臣下的宽厚。古之贤君明主,对民众亦如此。民众做错了事,并不依法严惩,而是教育他们,让他们自己认识到错误,自己改正。民众犯了小罪,一定会设法找出民众的优点，借此赦免他们；民众犯了大罪，一定认真追查原因，了解真相，以仁爱之心教化他们，从而让他们改恶从善；民众犯了死罪，尽量宽恕他们，让他们活下来，让他们在得到训诫后获得新生、重新做人。这不是好事吗？"

"原来宽容、宽厚竟有如此大的力量。看来，宽以待人也是君子治国的成功法宝呀！"子张感叹道。

孔丘点了点头，继续说道：

"君臣同心，君民不离，上下相亲，君王的治国措施就能得以落实而无阻碍。因此，君子治国，首先要培养自己的道德。道德，是从政的第一步。以德治国，则政通人和，民众莫不从其教化。为政者无德，则无以教化民众。民众不受教化，则不可驱而使之。因此，君子为政，要想取信于民，让民众配合落实其政见，就要先虚心听取民众的意见；要想迅速地推行其政见，就要躬行实践，以身作则，作出榜样；要想民众尽快顺从其统治，就要按事物发展的规律办事。否则，虽然口头顺从，但落实到行动上一定会很勉强，效果不彰。为政不为民，则民必不亲之信之。不能取信于民，民众不回应君王之命，则何以治国安邦？以上所说，便是治国安邦的纲领，也是入仕做官的诀窍。"

"谢先生耳提面命，弟子谨受教！"

子张唯唯而退后，立即回去将孔丘的话全部记录了下来。

第十四章 从心所欲

1. 韦编三绝

周敬王三十七年，鲁哀公十二年（公元前四八三年），三月底，鲁国实行了税制改革，将军费改按田亩征收，称为田赋。对于这一改革，季康子曾转请冉求侧面征求过孔丘的意见，孔丘明确反对。尽管孔丘知道自己的反对不会起什么作用，田赋制度付诸实施是迟早的事，他心里早有准备，可是当季康子真的予以实施时，孔丘还是感到非常震惊。

经过多日的思考与思想斗争，四月初五，一大早，孔丘就让人备车。今天他要去拜访季康子，希望能说服他收回成命，不要实行田赋制度，以免加重人民的负担。

"先生，先生！"

辰时刚过，孔丘的马车就抵达了冢宰府门前。可是，停车未稳，孔丘还没来得及下车，就听身后一迭声的叫喊声传来。孔丘惊讶地从车上探出头来向车后张望,只见一人正骑马飞奔而来。未等他反应过来,来人已到近前。这一下,孔丘终于看清了,原来是新近所收的弟子公孙宠。他是卫国人,今年刚刚十六岁。

"子石,你有什么事,跑得这么急?"孔丘惊讶的语气中不失关切之情。

"先生,不好了!"

"什么事不好了?"孔丘也顿时紧张起来。

"师兄伯鱼走了。"

"伯鱼不是生病卧床吗,他能走到哪里去?"孔丘不解地问道。

"先生,不是这个意思。师兄过世了。"公孙宠声音哽咽地说道。

孔丘一听,顿时呆住了。半晌,才瞪大眼睛追问道:

"子石,你说什么?"

"师兄过世了。"公孙宠低声又说了一遍。他内心实在不忍心把这样的噩耗再说一遍,他怕年迈的老师经受不住这样的巨大打击。

正当公孙宠一愣神的瞬间,孔丘已重重地倒在了车上。

公孙宠见此,连忙爬上车,扶起孔丘,对正坐在驭手位置发呆的师兄叔仲会(字子期,鲁国人)说道:

"师兄,快赶车回去。"

回到孔府,孔丘虽在众弟子与家人的拍打与叫喊声中醒来,但却痴痴呆呆,不哭也不笑,不说也不叫,只是整天坐着发呆。众弟子都急坏了,但又无计可施,他们知道老师这是受到了极大的精神刺激。

得知老师丧子的消息,在鲁国和在境外的弟子们都纷纷赶来。这其中包括子路、冉求、子贡、颜回、子夏、商瞿等得意弟子。大家一边照料孔丘,一边帮助料理孔鲤的丧事。

到了第四天，一直不言不语、只是呆呆痴痴的孔丘，突然一大早就起来坐到了书案前，就像以前一样，摊开书简，聚精会神地阅读起来。

众弟子一见，感到非常不解，于是议论纷纷。

"先生是不是因为伤心过度而发疯了？"

"有可能。先生年届七旬，接连丧妻失子，岂能不悲痛万分？谁能承受这样的打击？"

"是啊，先生与师母一生相濡以沫，可是师母过世时，先生流亡于卫，师母离开人世时，夫妇俩竟然不能作一生死告别，这岂是常人所能承受的心理之痛？"

"而今，先生又失去心爱的儿子，白发人送黑发人，情何以堪？"

听大家这样议论，颜回不以为然，莞尔一笑。

"师兄，您为什么笑？难道俺们说的不对吗？天下哪有人丧妻失子而不悲痛欲绝呢？"冉儒望着颜回，不解地问道。

未及颜回答话，子夏接口说道：

"先生不是不悲痛，而是为人达观，真正达到了'生死由命，富贵在天'的境界。"

"先生到底是发疯了，还是真的达观，待俺进去与先生谈一谈，不就知道了吗？"子路率尔说道。

"师兄不要冒失为好。此次伯鱼师兄过世，对先生的打击非同小可。依我看，还是让子渊以问学的方式探探虚实，看先生的精神是否正常？"

"有道理。"

大家异口同声地赞同子贡的提议，子路也同意。于是，颜回在大家期许的目光下慢慢走进了孔丘的书房。

"先生,弟子给您请安来了。"颜回一边行礼如仪,一边温情地说道。

孔丘听到是颜回的声音,立即从书简上移开目光。看了看颜回,然后示意他坐下。

颜回见老师态度平静温和,一如往常,遂大起胆子,开口说道:

"弟子好久没有机会向先生问学了,学问久不长进。先生博古通今,学问天下无人能出其右,还如此勤奋,一大早就起来读书,真是让弟子们无地自容。"

孔丘知道颜回这是说的奉承话,尽管他平生最恨阿谀献媚之徒,但颜回是他最得意的弟子,大概是不忍心驳颜回的面子,于是便莞尔一笑。

颜回见孔丘一笑,便更大起胆子,问道:

"不知先生正在读什么书,如此专注?"

"《易》。"孔丘轻声答道。

"先生老而好《易》,人所皆知。先生自卫返国后,尤其专注于《易》的研究,至今已是韦编三绝。《易》乃天书,弟子愚钝,虽素有研习之志,但不得其门而入,不知先生今天能否开示弟子一二?"

"哦?子渊也有研《易》之志?"

颜回见孔丘似乎眼睛一亮,大有找到知音似的,立即抓住机会说道:

"先生肯教弟子吗?"

"不敢言教,愿与子渊讨论。"

颜回见孔丘答应得非常爽快,而且态度不失谦虚,遂大起胆子,问了第一个问题:

"先生,《易》究竟是谁创始的?"

"《易》道深,人更三圣,世历三古,非一时一人所创。"孔丘脱口而出道。

"先生,此话怎讲?"

孔丘看了一眼颜回,顿了顿,回答道:

"《易》有象有辞。象,就是卦画。据说,卦画是起于伏羲,八卦则由文王所演,周公则对六十四卦进行了系统化整理。辞,即卦辞,也就是《易》中解说卦象的文字。"

"大家都知道,不论是八卦,还是六十四卦,都是由两个基本符号构成。那这两个符号到底是什么意思呢?先生可否给弟子详细解释一下。"

见颜渊问得认真,态度恳切,孔丘立即进入平时诲人不倦的状态,脱口而出道:

"《易》象的两大卦形符号,名曰阳爻与阴爻。阳爻,以一直横表示;阴爻,也是一直横,不过中间断了,实际成了两个短横。对于阳爻与阴爻的符号寓意,历来都有争议。有的认为它们分别象征着男根与女阴,也有人认为是表示数字的奇偶,还有人认为是源自龟甲占卜的兆纹形象。不管是哪种情况,阳爻与阴爻作为《易》卦的两大基本符号,都跟先贤对于阴阳的观念分不开。也可以说,阴阳观念是先圣古贤对自然现象长期观察,并在此基础上进行了高度抽象概括的结果,是对世界万事万物矛盾对立现象的深刻洞察。"

"由阳爻与阴爻构成的八卦,每一卦都代表什么呢?"颜渊接着问道。

"阳爻与阴爻,分别代表着天地、男女、昼夜、明暗、上下等观念,八卦就是在此基础上形成的。八卦各有不同的名称,分别是乾、坤、震、巽、坎、离、艮、兑,分别代表了天、地、雷、风、水、火、山、泽等八种自然界常见的事物或现象。同时，它又分别代表西北、西南、东、东南、北、南、东北、西等八个方位，还分别表示秋冬之间、夏秋之间、春、春夏之间、冬、夏、冬春之间、秋等八种季节变化。除此，它们还分别表示健、顺、动、入、陷、附、止、悦等八种状态。"

"那八卦又是怎么演变为六十四卦的呢？"颜渊进一步追问道。

"八卦的每一卦都是由三爻构成，如最初的乾卦，就是由三个阳爻构成，坤卦则是由三个阴爻构成。也就是说，八卦的每一个卦象原来都是一个三画卦。将两个三画卦两两重迭，相互匹配，便推衍出六十四卦。居上的三画卦称之为上卦，或称外卦；居下的三画卦叫下卦，或称内卦。"

"六十四卦的每一卦都有六爻，那么这上下六爻怎么称呼呢？"

孔丘听了颜回所提的问题，觉得他对《易》并非完全不了解，而是有相当的了解，顿时有了一种茫茫人海遇知音的感觉，兴致更高了。于是，接着说道：

"《易》卦六爻，自下往上，依序各有其名称。最底层的一爻，称之为'初'。由下往上的五爻，则分别称之为'二''三''四''五''上'。其中阳爻称'九'，阴爻称'六'。"

"那么，由三画卦及其组合而成的六画卦，其爻象之间构成了什么样的关系呢？"

一听颜回提出这一问题，孔丘更觉得他对《易》不是外行了。于是，兴奋地回答道：

"《易》之爻象，彼此之间的关系虽然非常复杂，但都有其内在的联系。比方说，刚柔相应，刚柔相敌与相胜，当位与不当位，刚柔得中与得尊，以及乘、承、比、应等。《易》所要揭示的吉凶悔吝，就是由此而呈现。"

看到孔丘说得神采飞扬，颜回顿时胆子陡增，脱口而出道：

"好像先生曾跟人说过：'吾百占而七十当。'可见，先生对《易》精研之深。不知先生肯不肯在占筮方面也传授弟子一二？"

孔丘一听颜回说要学占卜，先是一愣，犹豫了一下，还是爽快地答应了：

"那你去后园弄几根蓍草来吧。"

颜回一听，不禁喜出望外，没想到自己唐突的要求，竟然没被老师驳回。于是，一蹦三跳地奔向了孔府后园。

子路等人见此，立即追到后园，七嘴八舌地向颜回问了起来。得知老师要教颜回占筮，大家都来了兴致，一个个欢呼雀跃起来。子路见此，愤愤不平地说道：

"你们高兴个什么劲？又不教你们。先生对子渊真是太厚爱了。"

"师兄不要这样说，先生教子渊占筮，咱们也可以进去一起学啊！子木，你更要进去，你对《易》研究的水平，也许能跟先生切磋交流一番呢。"子贡一边招呼大家，同时特别怂恿商瞿，因为商瞿对《易》有研究，孔丘也有意要传《易》学于他。

"有道理。"大家同声附和。

于是，颜回采好蓍草后，大家都跟着他一起进了孔丘的书房。然后，一字排开，齐刷刷地向孔丘行礼如仪。孔丘见此，心里早就明白其意，遂莞尔一笑，示意大家都在席上坐下。

"先生，蓍草采来了，请先生示教！"颜回一边恭恭敬敬地将所采蓍草递上，一边说道。

孔丘并没有伸手接颜回递过去的蓍草，而是对颜回说道：

"子渊，你将这些蓍草切成整齐一律的五十根。"

颜回答应一声，便出去切蓍草了。不一会儿，蓍草切好了，颜回恭恭敬敬地呈给孔丘。

孔丘接草在手，先扫视了一下面前的诸弟子，然后从容地说道："古人占筮，一开始都是因地制宜，采蓍草而为。其占筮的方法大体是这样：将五十根蓍草，先从中抽出一根，置于一旁不用。"

"为什么？"子路嘴快，立即追问道。

"这一根表示太极。剩下的四十九根，则随意分成两组，各握在左右两手之中，象征天地。接着，再从一只手中抽出一根，放在两手中间，代表人。这样，便有了天、地、人三才。"

"接着呢？"子路性子急，又催促道。

"再将任意一手中的蓍草按四根为一组的原则进行分组。这表示春夏秋冬四季。分组后，会剩下一根、两根或是三根、四根蓍草。将其夹于指间，以象征闰月。另一只手中的蓍草，也依此方法处理，剩下的蓍草夹在另一只手的指间，也表示闰月。"

"然后呢？"子路又问道。

"经过两次分组，两手所夹的蓍草加上先前拿出代表人的那根，应该是九根或五根。刨开这九根或五根，先前用于占筮的四十九根蓍草就只剩下四十四根或四十根了。这个过程，在占筮上称之为第一变。第一变之后，将所剩四十四根或四十根蓍草，依据上述方法再予以分组推演一次，结果会有三种情况：或剩四十根，或剩三十六根或三十二根。此时，夹在左右两手指间的蓍草与先前提取的代表人的那根，应该是八根或四根。这是第二变。"

"这么复杂啊？"子路有些不耐烦了。

孔丘抬眼看了看子路，继续说道：

"还有第三变呢，与第二变推演的方法一样。推演的结果是：所剩蓍草或是三十六根，或是三十二根、二十八根、二十四根。而左右两手所夹的蓍草与先前提起的代表人的那根，合计起来应该是八根或四根，与第二变相同。这便是第三变了。经过这三变，就可得到一爻。经过十八变，最后才能得到一卦。"

"先生，这多麻烦啊！有没有简便点的方法？"子路率直，情不自禁间又冲口而出道。

"占筮乃神圣之事，务须虔诚。今天为师是给大家演示占筮过程，若要真的占筮，那是要沐浴斋戒的。若嫌麻烦，如何能够学《易》，如何能够占筮而求吉避凶呢？"

孔丘的一席话，说得子路惭愧地退到一旁。但是，子贡却趋前说道：

"先生，您自卫返鲁后，一直沉潜于研《易》，津津乐道于占筮。恕弟子冒昧不恭地说一句，先生是否已经忘记了自己终身追求的理想，放弃了'克己复礼'的理念？"

子贡话未说完，大家已是惊愕得目瞪口呆，怎么一向非常会说话的子贡，今天竟然说出如此令人错愕的话来。其实，子贡说这番话是另有用意的。他明白老师一生不得志，晚年又接连丧妻失子，沉迷于占筮是麻醉自己以缓解心灵痛苦的表现。今天见老师如此津津乐道地跟大家大讲占筮，所以他想借机激一激老师，让他从丧子之痛中清醒过来，同时看看他的神志是否清醒。可是，师兄弟们都不知道子贡的这番良苦用心，大家都以奇怪的目光看着他。

就在大家面面相觑，不知所措的时候，只见孔丘莞尔一笑，平静地说道：

"阿赐，你是认为为师玩物丧志吧？"

"弟子不敢。"子贡连忙辩解道。

"为师好《易》,大家都认为我是迷恋于占筮。其实不然。为师好《易》,实是不安其用而乐其辞。"

"这话怎么讲?请先生赐教!"子贡连忙接口道。

"对于《易》,大家都有一个错觉,以为它的作用就是占筮,用以趋吉避凶。其实,《易》的真正价值不在此,而在其深刻的思想。如果大家细细体味一下卦辞,就会明白其中的道理。"

"《易》之卦辞,弟子虽然很多都弄不懂,但隐约觉得确实有深奥的道理蕴含其中。不知先生能否给弟子们略举一二,以开我等之茅塞。"颜回不失时机地接住了孔丘的话,似乎为老师打圆场,又似乎为子贡转圜。

孔丘一听,觉得还是颜回悟性最好,明白自己的心意。于是,微微一笑,从容说道:

"乾卦有云:'亢龙有悔'。这句话看起来简单,只是告知人们一个占卜的结果,实则蕴含了一个治国安邦的大道理。它说的是,一个人处于太尊贵的地位,往往最容易失去地位。因为高高在上,不与百姓亲近,就不会得到百姓的拥戴。因为脱离群众,社会底层有人才不能被发现,就不会有人才来辅佐,因此做起事来就会处处失败,时时会有后悔。"

孔丘话音未落,商瞿立即接口说道:

"先生,谦卦有云:'劳谦君子,有终,吉。'是否讲君子处高位,谦恭而有功的道理?"

孔丘觉得商瞿懂行,不愧是众弟子中对《易》有研究的。于是,点点头,顿了顿,说道:

"勤劳做事而不声张,功劳很大而不自满,这是为人忠厚至极的表现。它体现了一个人有功德而又甘居人下的谦逊态度,是一种为人的崇高境界。为人处世,道德要讲究盛大,礼节要讲究谦恭。谦恭,是一种放低姿态而赢得他人信任,从而保持自己地位的最好方法。《书》曰:'满招损,谦受益',说的正是这个道理。"

听了孔丘这番结合修身养性而对《易》卦的解说,众弟子这才明白,老师研《易》并非是沉迷于占筮,而是在参悟《易》卦的奥蕴,深究先王古贤演卦的深意。

"听先生这么一说,弟子明白了,《易》的作用并不完全是在占筮,原来先王创《易》是别有寄托的。"子夏接住孔丘的话,说道。

孔丘点了点头,看了看子夏,又扫视了子路、颜渊等在座的众弟子,然后从容说道:

"先王作《易》,意在开启人类智慧,揭示事物之间的内在联系,概括天下事物发展的根本规律和道理。有了《易》,就能沟通天下人的心志,确定天下人的事业,解决天下人的疑问。《易》以六爻成卦,意在用变化来告知人们吉凶祸福。《易》之神奇,在于可以预知未来;《易》之智慧,在于贮藏往昔的经验信息。可见,圣人创《易》,是要人们明白自然规律,察知世上万物变化之理;用卦象显示吉凶,是为了指导人们的日常行动。"

"哦,原来如此。"子路恍然大悟似说道。

孔丘看了一眼子路,又继续说道:

"圣人在卜卦占筮前,都要净身斋戒,是表示虔诚,也是以此表明卜卦的神奇德性。关门曰坤,开门曰乾,一开一关就叫变。往来变化而无穷尽,便叫通。变化之后,显现于外就叫象;有了具体的形状,就叫器;制定并灵活运用法则,就叫法。百姓皆知利用而出入往来,但又不知其所以然,则叫神。《易》之本源乃太极,太极一分为二而生两仪,两仪又分化而为四象,四象则再衍化出八卦。有了八卦，便可判断吉凶；断定了吉凶，就可趋吉避凶，从而可以成就一番伟业。可以取法的物象，莫大于天地；变化通达无穷者，莫大于四季；高悬天穹、光明昭著者，莫过于日月；为人处世追求的崇高目标，莫过于富有四海、贵为君王；能备物致用，制定典章制度，以便利于天下万民者，莫过于圣人；探赜索隐，钩深致远，以定天下吉凶，使天下人勤勉奋进者，莫过于蓍龟。天生神物有蓍龟，圣人便取法而用以占卜；天地变化无穷，圣人便效法而确定易变之原理；天象有变化，圣人便取法而显示吉凶；河水出图，洛水出书，圣人便效法而创八卦、九畴。《易》有四象，乃为显示吉凶征兆；《易》系爻辞，乃为告知人们卦象之义；定出吉凶，乃为指导人们决断行动。"

"先生意思是说，《易》乃先圣取法于自然的产物，是上天垂象的结果，是吗？"一直坐在一旁、沉默不语的冉求突然开口说话了。

孔丘点了点头。

"《易》曰：'自天佑之，吉无不利。'请问先生，这是什么意思？"好久没说话的颜回，突然又提了一个问题。

孔丘看了颜回一眼，顿了顿，拈须而笑道：

"佑者，助也。天之所助者，必是顺从天道之人；人之所助者，必为讲究诚信之人。这个卦辞说的是，一个人恪守诺言信用，既有顺从天道之心，又有崇贤尚能之意，上天必然会保佑他，他想做任何事都会无往而不利。"

听到这里，大家终于明白，老师神志没有因为丧子之痛而错乱，老师研《易》原来是有拯救世道人心的用意。于是，大家连忙从座席上爬起，跪直了身子，一齐向孔丘行礼，几乎是异口同声地说道：

"弟子谨受教！"

2. 吾道穷矣

自从孔鲤过世后,孔丘的身体一天不如一天。他隐约知道自己年届七旬,剩余的时间也不会太多了。于是,在跟众弟子谈《易》过后不久,便决定不再研《易》,而是抓紧时间将史书《春秋》编定杀青。

周敬王三十七年,鲁哀公十二年(公元前四八三年),六月,鲁昭公夫人卒,孔丘闻讯前往吊唁。孔丘由鲁昭公夫人自然而然地联想到鲁昭公作为一国之君坎坷的一生与最后客死他国的悲惨结局,由此在思想上产生了极大的触动。孔丘觉得,整理鲁史《春秋》不应该只具有一种历史文化意义,在乱臣贼子横行的今日,尤其要通过史书褒贬来遏制和约束诸侯的行为,不让他们继续为非作歹、肆意妄为。于是,他决定在整理《春秋》的过程中融入自己的感情与思想理念,对《春秋》的文字进行重新修订,该记的史实如实书写,该删削的曲笔就删削,以此别嫌疑,明是非,定犹豫,褒善贬恶,崇贤斥不肖,上明三王之道,下辨人事之纪,从而达到存亡国,继绝业,补敝起废,恢宏王道的修史目的。

众弟子知道孔丘专心修订《春秋》,都不敢多去打扰,甚至连问学的念头有时也会因犹豫而打消。但是,子夏则不同。他是孔丘晚年所收的得意弟子,对于修史特别有兴趣,所以常常会就修史问题向孔丘请教,甚至一起讨论。

鲁哀公十二年(公元前四八三年)九月初二,曲阜城已经秋意渐浓,天气有些凉了,子夏挂念孔丘的身体状况,又往孔府探望孔丘。进了孔丘书房,看见老师正聚精会神地在竹简上刻写着,子夏就蹑手蹑脚地站到一边,静静地看着。过了一会儿,子夏终于忍不住,悄悄地绕到孔丘身后,从老师已经刻好的竹简中轻轻地抽出一简,想看看老师所刻的内容。虽然极力不想惊动老师,抽简时非常小心,但还是弄出了动静。

"是子夏吧?"孔丘头都没抬,问道。

"是弟子,先生。"子夏连忙在孔丘身后跪下行礼。

"想看为师的书简吗?那就看吧,看看有什么措辞不合适。"孔丘头也没抬,一边继续刻字,一边说道。

子夏得到孔丘的鼓励,便捧起书简,端坐在老师旁边,认真地展读起来。读着读着,便不时冒出许多困惑和不解。他想弄清这些疑惑,可是又不忍心打扰正在全神贯注刻字的老师。最后,子夏犹豫了半日,还是开口了,怯生生地问道:

"先生,弟子有一些问题不明白,想请先生赐教!"

"什么问题?但说无妨。"孔丘停下手中的刻刀,抬起头来看着子夏,和蔼地说道。

"先生记鲁隐公四年三月卫人州吁杀其君,有曰:'卫州吁弑其君完',用'弑'字;而记同年九月州吁被卫人所杀时则曰:'卫人杀州吁于濮',用'杀'字。为什么,同样是以下犯上,一个用'弑',而另一个用'杀',这是为什么呢?"

孔丘一听,呵呵一笑道:

"为师修《春秋》,意不在修史,而在别嫌疑,明是非,定犹豫,褒善贬恶,崇贤斥不肖,恢宏王道。因此,为师就不能不在措辞用语上推敲斟酌,以此让天下乱臣贼子有所惧。为师记'卫州吁弑其君完'用'弑',意在告诉天下与后世,州吁杀君为不义之举,是应该谴责的。记'卫人杀州吁于濮'用'杀',是告知天下人,州吁是篡位者,不是合法的国君,他被杀是死有余辜。"

"哦,原来先生措辞是一字见褒贬啊!如此笔法,真是妙不可言!如果那些乱臣贼子们还在乎历史定位的话,一定会因此而有所畏惧的。"

见子夏恍然大悟的样子,孔丘莞尔一笑,说道:

"这正是为师之所以反复斟酌用字的原因所在。"

"先生,弟子还有一个问题。您记州吁弑君,只记其弑君之事,而不及其弑君的地点;而记卫人杀州吁,则明记地点曰'于濮',这又有什么微言大义呢?"

孔丘一听,知道子夏是看懂了自己用语措辞的深意,不禁捋须而笑,以非常赞赏的眼神看了看子夏,然后从容说道:

"濮是卫国临近陈国的一个城镇,特意点出州吁被杀的地点,暗示卫人没有能力讨伐州吁,而需邻国陈的帮助。"

"先生,您记杀州吁之事,只说'卫人'而不具体点出人名,这难道也有什么微言大义吗?"子夏又追问道。

"说'卫人'而不言及具体人名,乃是为了告知世人,州吁乃卫国之公敌,人人得而诛之。杀州吁乃是民意人心,而非泄个人之私愤。"

"哦,原来是这样。看来先生是字字皆有玄机,非弟子所能全部参透的。"子夏说完,又继续展读起书简的其他部分。

读了一会儿,子夏突然又有问题了:

"先生,您在记文公十八年事时,有云:'春,王正月,庚申,晋弑其君州蒲。'又云:'冬,莒弑其君庶其。'为什么记晋国、莒国大臣诛杀其君,只言其国名而不及人名呢?事实上,这两国之君都是被其大臣所诛杀的呀！"

"弑晋君、莒君者确系二国之臣，之所以只记其国名，而不及其大臣之名，是暗示世人，二国之臣处死其国君虽是以下犯上，但并非为了篡位，乃是顺应民意，为了国家的前途。因此，应该受到谴责的是被处死的两个昏君，而非为国请命的大臣。"

"原来是这样，先生的措辞真是用心良苦啊！"子夏恍然大悟道。

孔丘说完后继续刻简，子夏则在一旁继续展读已经刻好的简册。大约读了半个时辰，子夏又发现问题了，遂又忍不住问道：

"先生，您记宣公年间事，有曰：'二年，秋九月乙丑，赵盾弑其君夷皋。'这好像不是事实吧。"

孔丘一向都很欣赏子夏凡事勇于质疑的精神，因此听了子夏的疑问，连忙放下刻刀，慈祥地望着子夏，温和地说道：

"晋国之君夷皋确实不是赵盾所杀，而是他的侄子赵穿所杀。之所以要写赵盾而不直书赵穿，是因为赵盾乃晋国执政，事发后没有使赵穿受到审判，因此要推罪于赵盾。"

"弟子明白了。先生这样写，是意在警示执政者不可徇私枉法吧。"

孔丘看了一眼子夏，点了点头。子夏见此，又大起胆子问了不少问题，孔丘都一一作答。

送别子夏后，孔丘又沉潜到《春秋》的修订工作中。

经过两年多的潜心整理，到周敬王三十九年，鲁哀公十四年（公元前四八一年）春，《春秋》的修订工作已经进入鲁哀公时代。为此，孔丘不仅有一种大功即将告成的喜悦，更有一种压力即将卸去的轻松。

三月初五，孔丘与往常一样，一大早就起来了。朝食过后，他像往常一样坐到了书案前，准备对鲁哀公时代的史料再进行一番爬梳整理，接下来就要开始艰巨的修订工作。

日中时分，在堆积如山的书简中埋头工作了两个时辰后，孔丘正想起身活动一下筋骨，突然南宫敬叔急急进来了。

"子容，何事如此急急慌慌？"孔丘见南宫脚步急促，连忙问道。

"先生，有件事要来请教您。"

"什么事？"

"昨日，国君率群臣出城往西郊外的大野狩猎，先生听说了吧？"南宫问道。

孔丘点了点头，表示知道。事实上，鲁哀公出城狩猎所闹出的动静，不仅孔丘知道，就是曲阜城里城外的普通百姓，也是人人皆知的。像鲁国历任国君一样，鲁哀公虽即位之后就被"三桓"所挟持，朝政皆由季孙氏独断专行，名为鲁国之君，实是一个傀儡，但毕竟还有一国之君的名分，所以，他出城狩猎的架势还是摆得很足的。

对于鲁哀公，孔丘原本是抱有极大希望的。鲁哀公即位伊始，他就满怀期望地从卫国返回鲁国，希望辅佐鲁哀公一展抱负。开始时，鲁哀公也确实想有所作为，经常召他进宫问政。但是，后来鲁哀公就越来越颓废了，近些年来则只知吃喝玩乐了。其中，狩猎可谓是他的最爱。因为只有狩猎时，他才能车队仪仗鲜明，文武群臣随行，可以彰显一下他作为一国之君的威风，满足一下虚荣心。

南宫敬叔见孔丘只点头没说话，知道老师早已对鲁哀公感到绝望，对他的事已经没有兴趣了。但是，今天所要报告的事如果不问老师，恐怕其中的困惑谁也解不开。想到此，南宫还是继续说了下去：

"国君昨日西狩,虽劳师动众,但却毫无所获。倒是叔孙氏一位名叫子鉏商的车士,在大野猎获了一只神奇之兽。"

"什么神奇之兽?"一听南宫说到神奇之兽,孔丘立即来了兴趣,连忙追问道。

"之所以说是神奇之兽,是因为大家从来没见过这种长相奇异之兽。"

"到底是怎样的奇异?"孔丘迫不及待地问道。

"这只神奇之兽,它头似马,却不是马;角似鹿,却不是鹿,而且只有一只角;身子像驴,但又不是驴;蹄似牛,却又不是牛。实在就是一个不鹿不驴不牛不马的'四不像'。"

孔丘听到此,立即神情严肃起来,未等南宫敬叔继续说下去,急切地问道:

"此兽现在何处?"

"车士子鉏商猎获此兽时,已经折断了它的前左腿。载送叔孙氏时,叔孙大夫因此兽形状怪异,以为不祥之物,已经令人弃之于郭外。但很多人知道后,都好奇地涌向城外围观。"

"快,快,快,快备车陪为师往城外一探究竟。"孔丘不等南宫敬叔把话说完,迫不及待地要南宫带他去看这只神奇之兽。

南宫是乘马车来的,不用准备,扶着孔丘上了自己的马车后,就径直出城了。

约有一个时辰,孔丘与南宫敬叔乘坐的马车驰抵城外叔孙氏弃兽之所。远远望去,就见到许多人围在一座小山之下。孔丘让驭手停下马车,下车与南宫敬叔径直向围观人群走去。费了不少劲,师生二人才勉强挤到围观人群的内层。在南宫敬叔的帮助下,孔丘终于挤到了人群的最前面,看到了那只神奇之兽。

不看则已，一看孔丘就目瞪口呆了。果然如南宫敬叔先前所描述的那样，眼前躺在地上奄奄一息的神异之兽，确实是似鹿非鹿、似马非马、似牛而非牛、似驴而非驴，特别是它的毛色及其身上的漩轮，更非鹿、马、牛、驴所有。再看它的狼额与牛尾，更让孔丘确信眼前之兽就是传说中的仁兽麒麟。

看了一会儿，孔丘一句话都没说，就转身挤出了围观的人群，让南宫敬叔径直送他回府。

回到府中，孔丘径直坐到书案前，痴痴呆呆了好久后，突然将案上堆积如山、整理完备、准备修订定稿的《春秋》简册悉数推倒，然后长叹一声道：

"吾道穷矣！"

南宫敬叔不明就里，连忙追问道：

"先生，为什么这么说？是因为看到'四不像'吗？"

可是，不论南宫怎么问，孔丘都一句话不说，只是痴痴呆呆地坐在案前。

南宫敬叔见此，犹豫了半日，最后还是决定退出，好让老师沉静一会儿。

走出孔丘书房，南宫敬叔坐上马车准备离去时，又从车上下来，跟立于孔府门口的一个小厮交代了几句，要他注意照看孔丘。然后，才重新上车，去找别的师兄弟了。

事有凑巧，当南宫敬叔坐在车里，正思考着要找哪一位师兄弟去劝解老师时，子贡的马车已迎面而来。

"南宫师兄，您从何而来？"

子贡从车内伸出头来的一声问，让深思中的南宫顿时惊醒过来，连忙探出身子往外张望。未等他反应过来，子贡已经驻马停车，走到了他的车下。

"啊，这么巧？正想到你，你就出现了。"

"师兄，您找我有什么急事吗？"子贡连忙追问道。

南宫敬叔立即驻马下车，然后就在路旁车下，将自己跟孔丘一起出城观看"四不像"的事情一五一十地详细道出。

"快，快，快，我们一起去看先生。"子贡听完，立即催促道。

说着，二人便各自上了车。子贡马车在前，南宫敬叔掉转马头，跟随其后。

不大一会儿，两驾马车便停在了孔府门前。停车未稳，子贡与南宫便各自从马车上跳将下来，急步奔入孔府，并径直进了孔丘的书房。

"麒麟啊麒麟，你为什么出来呢？为什么？"

子贡与南宫刚走到孔丘书房门口，就听老师反复说着这样一句话。一边说，还一边反转袖子擦拭眼泪。

二人犹豫了一会儿后，子贡迈步先进了屋，未及向孔丘行礼，就开口问道：

"先生，您说什么呢？为什么如此伤感？"

"先生，我们今天看到的'四不像'，就是传说中的神兽麒麟吗？"南宫也接口问道。

孔丘没有回答，忧伤之情仍然写在脸上。

"麒麟出现，乃是祥瑞，预示将有明主出现，天下将为之清平。先生不为之高兴，怎么反而为之忧伤呢？"

一听子贡这话，孔丘突然一改先前只顾伤心而一语不发的态度，情绪颇为激动地说道：

"阿赐啊，你有所不知，麒麟出现，必是因为天下有明主。今世无明主，而麒麟无故出现，这正常吗？"

"先生，麒麟出现，真的就那么稀罕吗？"南宫不以为然，怯怯地问道。

"麒麟乃神兽，含仁怀义，非平凡之物。鸣叫起来，其声犹如音乐；走起路来，行进中规，旋折中矩；生活起居极有规律，游必择上，居则有处；天性仁慈，不踏活虫，不折青草；性喜安静，不喜群居，不喜旅行；生性机警，远避陷阱，不入罗网。麒麟皮毛色彩粲然，光艳照人，其出必示明主在位。尧帝时，曾有麒麟现于郊外；周朝将兴，麒麟现于野。自尧帝而至周初，麒麟两现于世，皆示祥瑞于世人，以见明王在位。"

"既然历史上麒麟两现，都是祥瑞，今麒麟三现，先生为何独忧而不喜，还反复自语：'吾道穷矣'？"孔丘话音刚落，子贡立即质疑道。

"阿赐呀，你只知其一，而不知其二。麒麟现于世，虽是祥瑞，但今世无明主。且麒麟出现，而死于奴隶人之手，这是祥瑞吗？"孔丘激动地说道。

"先生意思是说，麒麟出现，不遇明主而遇害，就像先生生不逢时而道穷，所以您触景生情，引类自伤，是吗？"南宫若有所悟，轻声问道。

孔丘听了没有吱声，子贡则暗自点头，终于明白了孔丘悲伤的原因。

3. 梦周公

麒麟出现而遇害的事件，使孔丘精神上所受的打击是前所未有的。虽然以前周游列国所遭遇的挫折并不少,陈、蔡之厄甚至让他有生命之虞,但都没有打垮他的精神。这次却不同,他的精神堤防似乎全面坍塌。自卫返鲁后,他曾满怀激情,寄希望于鲁哀公与季康子,意欲振兴鲁国。可是,不久他就灰心了,因为鲁哀公与季康子都让他失望了。从此,他潜心研《易》,以此麻醉自己的精神。前年儿子孔鲤的去世,虽然再次给他精神上予以沉重一击,但他还是坚强地挺了过来,并在巨大的精神痛苦中实现了思想观念的转变,从对研《易》的痴迷中走出来,重新燃起改造现实世界的热情。为此,他日夜埋头于简册中,对《春秋》予以修订,笔则笔,削则削,别嫌疑,定是非,希望以此震慑乱臣贼子,使"周公礼法"得以恢复。而今,麒麟出现而遇害,预示从此再也不可能有明王出世了,他的理想再无实现的希望。这是他那天对南宫反复念叨"吾道穷矣"的原因,更是他从此心灰意懒,绝笔罢修《春秋》的缘故。虽然子夏多次劝慰,希望他毕其全功而为后世计,但都毫无效果。

　　面对精神日益消沉、身体也在日益消瘦的孔丘,众弟子都看在眼里,急在心里,但却无计可施。没过多久,精神抑郁的孔丘终于病倒了,卧床不起。在鲁国的弟子听说老师病倒了,都纷纷前往探视。有的甚至整月住在孔府,日夜照顾老师。而远在卫国、为卫大夫孔悝邑宰的子路,听说孔丘病倒,心急如焚。他想亲自往曲阜探病,可是身为邑宰,担负着一方父母官的重大职责,无法丢下百姓不管。不过,经过几天的矛盾犹豫,子路最终还是决定向孔悝告假,前往曲阜一趟,探望一下老师。得到孔悝许可后,子路星夜快马加鞭赶往曲阜。

　　见到孔丘,看到老师因病瘦得都脱了形,子路非常难过。每天除了奉汤侍药外,子路还向天地神祇祈祷,希望保佑老师快点病愈。

尽管是背着老师，但最终还是被孔丘知道了。

"阿由，听说你每天为我向天地神祇祈祷，是吗？"

"是。《诔》文上不是记载着向天神地祇祈祷的话吗？只要先生能够早点病愈，有什么不可呢？"子路坦然回答道。

孔丘虽然从不言怪力乱神，也不相信求神拜鬼能够治病，但他知道子路这样做是出于一片善心，最后也就不再说什么了。

经过众弟子的悉心照料，到鲁哀公十四年（公元前四八一年）七月初，孔丘的病渐渐好了。天气好的时候，在弟子的照顾下，他还能到附近走走，甚至还起念与弟子一起再到泗水观澜。

可是，好景不长，致命的打击接踵而至。七月二十三，南宫敬叔来看孔丘，说话间不经意提到了冉耕（伯牛）。孔丘因为很久没见到冉耕，于是就追问冉耕的情况，南宫只得告知他实情，冉耕得了一种古怪的传染病死了。孔丘听了不禁跌足长叹，悲不自禁。最后，硬是要求南宫陪他到冉耕住的陋巷，看冉耕最后一眼。但是，看到死了几天的冉耕后，他的精神彻底崩溃了，回来后又病倒了。

孔丘第二次病倒后的第二天，高柴从齐国到鲁国来看孔丘。得知师兄伯牛过世，他痛哭了一场后，准备前往孔府探望孔丘。高柴未进孔府，就见到南宫从里面出来了，于是就上前询问孔丘的病情，然后告知南宫一个消息。就在上个月，齐国田成子叛乱，弑齐简公而自立，师弟宰予（子我）在战乱中死去。南宫听了大为震惊，连忙叮嘱高柴，此事千万不能让老师知道。

虽然宰予的死瞒过了孔丘，但不久后颜回（子渊）的死，还是没有瞒过他。颜回是他最得意的弟子，而且才四十一岁，正是壮年，这让他无论如何都难以接受。所以，一连几天，他都只重复一句话："天丧我也！天丧我也！"

颜回死后，孔丘再一次病倒了，因为此时他已经知道宰予在齐国死难的消息了。这次病倒，相比于以往的几次，孔丘缠绵于病榻上的时间更长，毕竟他已是一个七十一岁的老人了。好在有许多来自各国的弟子轮流服侍照料，最终总算让孔丘熬过了鲁哀公十四年（公元前四八一年）这个苦寒的冬天，看到了来年春天的一丝曙光。

随着天气一天天暖起来，孔丘的身体也一天天慢慢复原。到鲁哀公十五年（公元前四八〇年）三月底，他终于告别了缠绵大半年的病榻，又能起来走动了。弟子们怕他晚境寂寞，有事没事都故意上门，向他问学求教，并顺便陪他聊天闲话。所以，这一年，孔丘过得颇是顺畅。可是，十二月二十八，当鲁哀公十五年（公元前四八〇年）就要画上句点时，一个石破天惊的消息从天而降，让孔丘再次犹如五雷轰顶，精神彻底被击垮了。

这天一大早，孔丘刚刚起来，就见弟子高柴急急从卫国赶来，向他报告了一个消息：前不久卫国宫廷发生了政变，子路死于乱兵乱刀之下。孔丘一听，立即悲伤得昏厥过去，第二天又病倒了。差不多有半个多月，孔丘每天都处于迷迷糊糊、梦呓不断的状态中。

"先生，国君看您来了，马车已经停在府前了。"

周敬王四十一年，鲁哀公十六年（公元前四七九年），正月十五，已到巳时了，孔丘还昏昏沉沉地睡着。

听到子贡报告说鲁哀公来了，孔丘犹如冬眠的蛰蛇突然被春雷惊醒，立即从睡席上强撑着要爬起来。

"先生，您病重，国君是知道的，就不必拘礼了。"子贡一边说着，一边想按住孔丘，让他重新躺下。

可是，孔丘执意不从，说道：

"君臣之礼不能免。阿赐，你扶我坐起来，好让我头向着东方，以表示对国君的欢迎。还有，你把我以前所穿的朝服找出来，盖在我的身上，带子要散开。"

子贡答应一声去了。这一切，他都熟悉得很，因为上次老师生病时鲁哀公来探视，他就侍奉在身边。

子贡刚把孔丘扶起来，并把朝服盖到他身上，鲁哀公就进来了。子贡连忙抱住孔丘的头，让他半靠在自己的怀里，正好面向东方，正对着进门的鲁哀公。

君臣见礼毕，鲁哀公显得非常体贴地问了孔丘最近的生活起居情况，然后说道：

"夫子是我鲁国之宝。鲁有夫子，是寡人之福，亦是国家之福。而今夫子年事渐高，当以保重身体为第一要务。鲁国的长治久安，今后尚需夫子出谋筹策。"

子贡一听鲁哀公这话，就很生气。但是，在老师面前，他不敢越礼，只得低头沉默。

孔丘听了鲁哀公的话，当然也觉得他很虚伪。如果他真的愿听自己的意见，应该在自己由卫返鲁后就予以重任。如果这样，鲁国的政局就不应该是现在这个样子了。但是，这些埋怨之言，拘礼的孔丘是说不出口的。所以，最后他只能非常谦恭地回答道：

"臣已老朽昏庸，对天下事知之甚少，对鲁之朝政又岂敢置喙？"

鲁哀公虽然平庸，但并不昏庸，知道孔丘的话的弦外有音，遂连忙转换话题道：

"夫子弟子三千，遍于天下。望夫子为国抡才，多多举荐贤能，以效父母之邦。"

"臣之弟子虽众，但现在或死或老，纵有可用之才，亦大多不得其用而云散在外。"

"那么,在鲁国的弟子中,难道就没有好学深思之辈吗?"鲁哀公故作诚恳地问道。

"说到好学深思,颜回可谓个中翘楚。其为人,不迁怒于人,不犯同样的错误,是个难得的人才,可惜短命死了。而今再也没有这样的人了!"

鲁哀公听出孔丘的弦外之音,说了一会儿闲话后就告辞了。

送走鲁哀公,子贡陪孔丘闲话了好久。但是,触及正题,说到孔丘一生为了"克己复礼"的目标,一再遭遇坎坷与挫折时,师生二人都不禁感慨唏嘘再三。最后,为了调整气氛,纾解孔丘的心情,子贡故作轻松地提了一个问题:

"先生博古通今,学识天下无人能出其右,政治才干与魄力也是有目共睹,却才大而不为世用,一生郁郁不得志。今垂垂老矣,尚清贫潦倒如此。对此,不知先生有怨悔否?"

没想到,子贡话音刚落,孔丘便莞尔一笑,脱口而出道:

"咽粗食,喝白水,弯起胳膊当枕头,乐亦在其中矣。不义而富且贵,于我如浮云。"

子贡知道老师说的不是心里话,因为他不是一个消极避世者,而是积极入世的人,一生抱持"克己复礼"的理念,满怀治国平天下的理想,无论遇到多少坎坷与挫折,仍然不肯放弃理想,即便是现在躺下来了,仍然没有出世的意思。不然,今天跟鲁哀公相见时,他就不会话中别蕴那么多怀才不遇的怨情了。只是子贡不想捅破老师的心思,于是转移话题道:

"先生,您身体还很虚弱,今天说了很多话,一定很累了。要不,您先睡一会儿?弟子到门外听候。"

孔丘慈爱地看了看子贡,见他这些天日夜侍候在自己身边,人都消瘦了不少,颇是心痛。于是,点了点头。

子贡退出后不久,孔丘就呼呼睡着了,睡得很沉很香,还做了一个梦。在梦中,他又回到了昔日与弟子们在一起的幸福时光。

那是在卫国赋闲的日子里。初春时节,一个阳光明媚的午后,孔丘正在小院中悠闲地晒着太阳,子路、曾晳、公西华陪着专程从鲁国前来的冉有来见孔丘。

孔丘一见冉有,倍感亲切。自从因"女乐风波"而愤然离开鲁国以后,师生二人分处鲁、卫两国,已有好多年没有见面了。不过,孔丘虽人在卫,却心在鲁。师生略叙了几句离别思念之情的话,他就问起了鲁国的情况,上自政坛异动,下及百姓生活、曲阜街巷市井。谈着谈着,冉有说到了自己在季孙氏府中任职的苦恼,觉得在季孙氏府中做个管家,苟且偷安,并非是他的人生志向。孔丘听了,立即反问道:

"阿求,那么你的人生志向究竟是什么呢?"

刚刚还侃侃而谈的冉有,突然间被孔丘这样一问,反而不好意思了,一时为之语塞。

孔丘见冉有窘迫的样子,连忙呵呵一笑,打圆场似的说道:

"我比你们的年纪都大,但不要因为这个原因,你们就不敢在我面前尽情地说出自己的志向。我知道,你们平时都喜欢说别人不了解你们。如果有人想了解你们,那你们应该怎么办呢?"

子路是个率尔纯真的人,见老师有鼓励之意,遂不假思索、脱口而出道:

"如果有一个千乘之国,夹处几个大国之间,外有强敌入侵,内有连年灾荒,让我去治理,只要三年,我就可以使其国民个个有勇气,人人懂道义。"

说完,子路得意地看着孔丘。但是,孔丘却莞尔一笑,未置一辞。

见孔丘不发表意见,其他各位也就不敢贸然说出自己的心声了。

孔丘了解他们的心理,遂点名问冉有道:

"阿求,你的志向如何?"

冉有犹豫了一下,然后怯怯地说道:

"如果有一个方圆六七十里,或是五六十里的小地方,让我去治理,三年期满,我可以让老百姓都能富足。至于礼乐方面,我不敢夸口,只好等待贤人君子来完成了。"

说完,冉有低头退到一旁,不敢抬头看孔丘。

孔丘没有立即评论冉有的说法,而是转向公西华,问道:

"阿赤,你怎么样?"

公西华看到老师直视过来的眼光,立即低下了头。但是,犹豫了一下,还是作了回答:

"治国安邦之事,我不敢说有那个能力,但是愿意学习。如果是宗庙祭祀,或是与外国盟会,我倒是愿意穿着礼服、戴着礼帽,做个小傧相。"

孔丘听了,也没说什么。眼光转向曾皙,问道:

"阿点,你怎么样?也说说看吧。"

曾皙本来在一旁调瑟,突然听到老师点名要他说说自己的志向,立即"铿"地一声结束了弹瑟,霍地站了起来,非常谦恭地说道:

"先生，我的想法恐怕跟三位都不一样。"

"不一样有什么关系呢？只是说说自己的志向而已。"孔丘鼓励道。

曾皙没有立即回答，而是顿了顿，才开口说道：

"暮春三月，春服裁成，穿上它，与五六位成人，最好还有六七个儿童，一起到沂水中洗洗澡，再到舞雩台上吹吹风，纳纳凉，然后唱着小调回家去。"

"说的真好！我赞赏阿点的主张。"曾皙话音未落，孔丘立即击节赞叹道。

子路一听，有点不乐意了。于是，又率尔说道：

"先生刚才听了弟子的说法，为什么笑而不答，似乎笑中还暗含某种玄机。"

孔丘见子路问得直接，看了看子路，也非常直接地回答道：

"阿由啊，治国以礼，你说话一点也不懂谦逊，所以为师笑你。"

"那子有的话也够谦逊了吧，您怎么也不认同呢？"子路还是不服。

"阿求所说的方圆六七十里，或是五六十里，怎么见得就算不得是一个国家呢？"

子路听孔丘这样说，虽觉得有些道理，但仍然不肯服气，乃反问道：

"子华只想做个小傧相，并没说治国安邦呀，您怎么也不认同呢？"

孔丘一听，莞尔一笑道：

"宗庙祭祀，诸侯会盟，说的不是国家之事吗？阿华如果只能做个小傧相，那么谁能做得了大傧相呢？"

大家都以为老师说到这个地步，子路一定是哑口无言了。没想到，孔丘话音未落，子路立即接口说道：

"弟子记得先生曾跟我们说过自己的志向：'老者安之，朋友信之，少者怀之。'请问先生，您以前所说的志向可是治国安邦啊！您刚才赞同子皙洗澡唱小调的志向，是不是说话前后矛盾？"

子路话未说完，已让众师兄弟惊讶得目瞪口呆。但是，子路却坦然地望着孔丘，等着他回答。

孔丘先是一愣，继而哈哈一笑，接着大家也跟着一起哈哈大笑起来。

……

子贡在门外突然听到房内老师的笑声，不知发生了什么事，连忙推门而入，发现孔丘还在沉沉睡着。子贡猜想，刚才老师的笑大概是梦到什么事了。于是，推了推孔丘。

"阿赐，我睡了多长时间？"孔丘被推醒过来，看着身旁的子贡，问道。

"不长，一个时辰左右。"

"扶我起来坐坐吧。"说着，孔丘就把手伸给了子贡。

正当子贡把孔丘扶起靠坐着的时候，南宫敬叔与子夏已悄然进来。

"先生，身体好些了吗？"

孔丘与子贡听到声音，连忙转头，发现原来是南宫与子夏。

"师弟，这些天都是你照料先生起居，太辛苦你了！你先回去休息休息,让我们替你一会儿吧。"南宫体贴地说道。

"师兄,看你都瘦了,还是回去休息休息吧。这里有我们,尽管放心。"子夏也附和道。

孔丘慈爱地看了看子贡,又疼爱地看了看南宫与子夏,就像父亲看孩子一样的神情。然后,语气温柔地对子贡说道:

"阿赐,那你就先回去休息休息吧,这些天没日没夜地陪着为师,确实让你累坏了。"

子贡深情地看了孔丘一眼,然后跪直了身子,站起,再慢慢地告辞而出。

之后,在南宫与子贡的组织下,在鲁国的弟子都排好了时间,轮流来陪侍孔丘。慢慢地,孔丘的身体好像日见恢复,有时还能挂着拐杖到外面走走。

周敬王四十一年,鲁哀公十六年(公元前四七九年),四月初四,一大早,孔丘背着手,拖着拐杖,独自出门,在门口逍遥漫步,一边走一边吟唱道:"泰山其颓乎,梁木其坏乎,哲人其萎乎!"吟唱毕,拖杖往回走,入门当户而坐。

子贡一连陪侍了孔丘七天,昨天刚刚回家休息了一下。今天一早起来,因心里仍放不下老师,于是没进朝食又赶了过来。远远听到老师边走边吟唱,就驻足听了一会儿。现在看见老师坐在门坎上,目光望向远方,似乎有什么心思。于是,连忙抢步趋前,问道:

"先生,您怎么这么早就起来了?刚才您吟唱说'泰山其颓乎,梁木其坏乎,哲人其萎乎',好像非常感伤,不知何故?"

孔丘看了看子贡,没有说话。

子贡看着老师忧伤的眼神,说道:

"如果泰山崩颓了,我们还有什么可仰望的?如果梁木烂坏了,我们还靠什么庇身？如果哲人离我们而去了，那我们还师从谁呢？先生，您是不是病得太重了，才说这种话？"

子贡一边这样说着，一边伸手把坐在门坎上的孔丘搀扶起来，慢慢地进了书房。

在书案前坐定，孔丘喟然长叹道：

"阿赐啊，你今天来得太晚了。我昨夜做了一个梦，见到了周公。还梦见我坐在两楹之间，受人祭奠。"

"先生，您不要乱想。不会的，您现在病已经好得差不多了，还有很多事要做呢，弟子们也还有很多问题要向您请教。"

孔丘摇摇头，继续说道：

"夏朝，人死了是殡殓于东阶之上，那是主人迎接宾客之地；殷商时代，人死后是殡殓于两楹之间，处于主人与客人之间。这个位置既不被主人看重，也不为客人重视。周朝时，人死了则是殡殓于西阶之上，这也是主人待宾的地方。而我是殷商后裔，死后处于两楹夹缝之中。如果后世没有贤明的君王，那么谁会注意处于夹缝中的我，并对我予以尊奉呢？阿赐啊，我将不久于人世了！"

子贡听了老师的话，非常感伤，但是他还是想多劝慰劝慰老师，让他重新振作精神。可是，嗫嚅了半天，也找不出合适的话来。

正在此时，子夏、曾参来了。

孔丘一看到子夏，脱口而出道：

"阿商，为师将不久于人世了。我死之后，你的学问会日渐长进。而阿赐呢，恐怕会日渐退步。"

"为什么这样说呢？"曾参怕子贡不高兴，连忙追问孔丘道。

孔丘看了看子夏，又看了看子贡，对曾参说道：

"阿商比较喜欢跟贤于自己的人相处，阿赐则喜欢取悦于不如自己的人。不知其子，可以看看他的父亲；不知其人，可以看看他的朋友；不知其君，可以看看他所重用之臣；不知其地，可以看看那里草木的生长情况。俗话说：'与善人相处，如入芝兰之室，久而不闻其香，乃为其所化之故也；与不善之人相处，如入鲍鱼之肆，久而不闻其臭，亦为其所化之故也。'盛丹之器，久而为赤；盛漆之器，久则变黑。故君子处世，务须谨慎选择相处之人。"

"弟子谨受教。"子夏、子贡双双跪下，齐声说道。

孔丘说完后，对三位弟子挥了挥手，说道：

"为师累了，想休息一下。"

子贡、子夏与曾参闻命，遂长揖而退。

七天之后，缠绵于病榻之上的孔丘溘然长逝，终年七十三岁。

附录 《论语》二十四则

1. 子曰:"学而时习之,不亦说乎①? 有朋自远方来②,不亦乐乎? 人不知而不愠③,不亦君子乎?"

【注释】

① 说:同"悦",高兴,喜悦。

② 朋:在同一师门受学者。泛指志同道合的朋友。

③ 愠(yùn):怨恨,恼怒。

【译文】

孔子说:"学习中不断地温习,不是很愉悦吗? 志同道合的朋友从远方来,不是很快乐吗? 别人虽不理解我,但我不怨恨,这不正是君子吗?"

2. 曾子曰:"吾日三省吾身①:为人谋而不忠乎? 与朋友交而不信乎? 传不习乎②?"

【注释】

① 三省（xǐng）：指多次反省检查。

② 传（chuán）：传授，指老师传授的学业。

【译文】

曾子说："我每天多次反省自己：为别人办事是否尽心竭力了？与朋友交往是否守信了？对老师传授的学业是否复习或实践了？"

3. 子曰："不患人之不己知，患不知人也。"

【译文】

孔子说："不担心别人不了解我，担心的是我不了解别人。"

4. 子游问孝。子曰："今之孝者，是谓能养。至于犬马，皆能有养。不敬，何以别乎？"

【译文】

子游问孔子怎样才是孝。孔子说："现在的所谓孝，认为能够供养父母就行了。照这样，连犬马也有人喂养着。如果不尊敬父母，那么供养父母与喂养犬马有何区别呢？"

5. 子曰："视其所以，观其所由，察其所安①。人焉廋哉②？人焉廋哉？"

【注释】

① 安：指心里满足、安心。

② 廋（sōu）：隐匿。

【译文】

孔子说:"观察他的所作所为,考察他做事的动机依据,了解他满足于什么。这样,这个人还怎么能隐藏得了呢? 这个人还怎么能隐藏得了呢?"

6. 子张学干禄①。子曰:"多闻阙疑②,慎言其余,则寡尤③;多见阙殆④,慎行其余,则寡悔。言寡尤,行寡悔,禄在其中矣。"

【注释】

① 干:求取。禄:官吏的俸禄。
② 阙疑:保留有疑惑的问题,不妄作推断。
③ 尤:过失。
④ 阙殆:义同"阙疑"。

【译文】

子张请教求官得禄的方法。孔子说:"多听别人说,保留有疑惑的问题,其余可确定的问题则谨慎表达,那样就能少有过失;多看别人行事,自己不做有疑惑的事情,其余可确定的事情则谨慎实行,那样就能少生后悔。言语少过失,行事少后悔,官禄就在其中了。"

7. 子曰:"人而无信,不知其可也。大车无輗①,小车无軏②,其何以行之哉?"

【注释】

① 大车:指牛车。輗(ní):牛车上车辕与横木连接处的活销,可衔接横木以驾牲口。

② 小车：指马车。軏（yuè）：性质与輗同，用于马车上称"軏"。

【译文】

孔子说："作为一个人，却不讲信用，则不知道他还可做什么。犹如牛车没有輗，马车没有軏，怎么能行进呢？"

8. 子曰："富与贵，是人之所欲也；不以其道得之，不处也。贫与贱，是人之所恶也；不以其道得之，不去也。君子去仁，恶乎成名①？君子无终食之间违仁②，造次必于是③，颠沛必于是。"

【注释】

① 恶（wū）：何，怎么。
② 终食：吃完一顿饭时间，形容时间很短。
③ 造次：急遽，仓猝。

【译文】

孔子说："财富与显贵是人人所向往的，但若不以正当的方法获得，君子不会去享有这样的富贵。贫穷与卑贱是人人所厌恶的，但若不是行为失当而得此结果，君子不会急于摆脱这样的贫贱。君子丧失了仁德，又怎么能成就声名？君子即使是在一顿饭的时间也不会违背仁德，在仓猝急迫时一定实行仁德，在颠沛流离也一定实行仁德。"

9. 子曰："朝闻道，夕死可矣。"

【译文】

孔子说："早晨明白了道理，即使晚上就死去也是可以的。"

10. 子曰:"贤哉,回也! 一箪食①,一瓢饮,在陋巷,人不堪其忧,回也不改其乐。贤哉,回也!"

【注释】

① 箪(dān):古代盛饭的竹器。

【译文】

孔子说:"颜回多么贤良啊! 一箪饭,一瓢水,住在简陋的小巷,一般人受不了这种穷困的忧苦,颜回却不改变他的快乐。颜回多么贤良啊!"

11. 子曰:"知之者不如好之者,好之者不如乐之者。"

【译文】

孔子说:"对于学问和事业,懂得它的人不如喜好它的人,喜好它的人不如以它为乐的人。"

12. 子贡曰:"如有博施于民而能济众,何如? 可谓仁乎?"子曰:"何事①于仁! 必也圣乎! 尧、舜其犹病诸②! 夫仁者,己欲立而立人,己欲达而达人。能近取譬③,可谓仁之方也已④。"

【注释】

① 何事:何止、岂止。

② 病:担忧。

③ 取譬:寻取比喻。这里的比喻指由自己出发而比方到别人,即上"己欲立而立人,己欲达而达人"的意思。

④ 方:方法,途径。

【译文】

子贡说:"如果有人能对百姓广施恩惠,能周济众人,这个人怎么样? 可以算是仁吗?"孔子说:"岂止是仁啊! 一定是圣德了! 尧舜恐怕都难以做到吧! 那仁者啊,自己想立身于世,也使别人立身,自己想做事通达,也使别人通达。能从眼前的实际事情这样去做,就是实行仁的途径了。"

13. 子曰:"志于道,据于德,依于仁,游于艺①。"

【注释】

① 艺:即六艺,指礼、乐、射、御、书、数。这是古代贵族教育、培养子弟的内容。

【译文】

孔子说:"志向在道上,据守在德上,依靠在仁上,游憩在艺上。"

14. 子曰:"三人行,必有我师焉。择其善者而从之,其不善者而改之。"

【译文】

孔子说:"几个人同行,其中一定有人可以做我的老师。我发现他们的优点而学习效法,看到他们的缺点而借鉴改正。"

15. 曾子曰:"士不可以不弘毅①,任重而道远。仁以为己任,不亦重乎? 死而后已,不亦远乎?"

【注释】

① 弘：宽广。毅：刚毅。

【译文】

曾子说："士不可以不宽宏刚毅，因为他们担当重任，且路途遥远。把实现仁道作为自己的任务，这不是很重大吗？奋斗到死方休，这不是很遥远吗？"

16. 子绝四：毋意，毋必，毋固，毋我。

【译文】

孔子绝无四种毛病：不主观揣测，不绝对肯定，不固执己见，不唯我为是。

17. 子曰："知者不惑，仁者不忧，勇者不惧。"

【译文】

孔子说："智慧的人不迷惑，仁德的人不忧愁，勇敢的人不畏惧。"

18. 子夏为莒父①宰，问政。子曰："无欲速，无见小利。欲速则不达，见小利则大事不成。"

【注释】

① 莒（jǔ）父：春秋时鲁国的一个城邑。

【译文】

子夏做了莒父的长官，他向孔子请教怎样为政。孔子说："不要图快，不要贪图小利。图快，反而达不到目的，贪图小利就不成大事。"

19. 子曰："君子求诸己，小人求诸人。"

【译文】

孔子说："君子严格要求自己，小人苛求别人。"

20. 子贡问曰："有一言而可以终身行之者乎①？"子曰："其恕乎！己所不欲，勿施于人。"

【注释】

① 一言：一个字。

【译文】

子贡问道："有没有一个字是可以终身遵循的？"孔子说："大概就是'恕'吧！自己不愿意的事情，不要施加于别人。"

21. 子曰："巧言乱德。小不忍，则乱大谋。"

【译文】

孔子说："花言巧语会败坏人的德行。小事情不忍耐，会毁坏大谋略。"

22. 子曰："君子谋道不谋食。耕也，馁在其中矣；学也，禄在其中矣。君子忧道不忧贫。"

【译文】

孔子说:"君子谋求道而不谋求衣食。耕田种地,却常会有饥饿;学习,则常能得到俸禄。君子只忧虑得不到道,不忧虑贫困。"

23. 孔子曰:"益者三友,损者三友。友直,友谅①,友多闻,益矣。友便辟②,友善柔③,友便佞④,损矣。"

【注释】

① 谅:诚信。
② 便(pián)辟:谄媚逢迎。
③ 善柔:当面奉承背后诋毁。
④ 便(pián)佞:善于花言巧语。

【译文】

孔子说:"有益的朋友有三种,有害的朋友有三种。与正直的人交朋友,与守信的人交朋友,与见多识广的人交朋友,是有益的。与谄媚逢迎的人交朋友,与当面奉承背后诋毁的人交朋友,与善于花言巧语的人交朋友,是有害的。"

24. 孔子曰:"君子有三戒:少之时,血气未定,戒之在色;及其壮也,血气方刚,戒之在斗;及其老也,血气既衰,戒之在得。"

【译文】

孔子说:"君子有三种情况应该警戒:年轻时,血气尚未稳定,要警戒迷恋女色;到了壮年,血气正当旺盛,要警戒争强好斗;到了老年,血气衰弱,要警戒贪得无厌。"

初版后记

在中国，孔子是一个太出名的人，每个人从小就要读他的至理名言。我也一样。

记得上初中时，我就开始接触《论语》与《史记》，并在心底萌发写一部历史小说的念头，想将孔子其人其事写出来。但是，随着年龄渐长，学问稍有长进，觉得这个少年时代的理想有点狂妄。因为古书读得越多，世事经历越多，少年时代头脑中清晰的孔子形象却越来越模糊了。再加上现实的人生命题，如考大学、考研究生、拿博士学位、升副教授、升教授、当博导，要这个要那个，要完成这个任务要完成那个任务，所以这个创作计划永远只是一个理想，就像孔子要"克己复礼"，恢复周公礼法，实现"天下大同"的理想一样，不可能实现。

虽如此，但理想一旦在心中萌发，就像钱锺书先生在小说《围城》中所说的那样，要想打消已起的念头，其实是比打胎还要难的。由于这个原因，加上二〇〇五至二〇〇六年在日本京都外国语大学做客座教授时有一段空暇，少年时代萌发的心愿开始有了实现的机遇。于是，在写完《远水孤云：说客苏秦》《冷月飘风：策士张仪》两部"蓄谋已久"的长篇历史小说后，再将孔子形象写出来的想法，也就自然演进为一种现实的计划。

为了实施这一计划，从二〇〇五年开始，我就开始准备。为了了解孔子生活的时代，写出反映那个时代风貌的生活细节，我除了大量阅读先秦历史文献、研读历史地理外，还经常深入日本京都古老的街巷与建筑，追索中国古代建筑与民俗的残存影像，观摹日本人的跪坐，体验睡榻榻米的感受。因为孔子说过"礼失而求诸野"，事实上中国古代的很多风俗习惯都还在日本人的现实生活中有所反映。二〇〇六年从日本回国后，我又趁着到山东开学术会议的机会，多次登临泰山，访问曲阜，观察山东人的生活。二〇〇九年二月到六月，我应邀到中国台湾东吴大学任客座教授，有意识地了解台湾的祭孔仪式。二〇〇九年九月，到山东大学开学术会议时，除了拜访孔子故里，看孔林、谒孔陵之外，我又特意参加了在曲阜举办的纪念孔子诞辰两千五百六十年的文化节，看"八佾舞于庭"的仪式，听古琴竽瑟合奏。慢慢地，我觉得我找到了感觉，便开始动笔创作长篇历史小说《镜花水月：游士孔子》。

之所以终于下决心写孔子，除了上述原因外，还有一个原因。二〇〇九年六月底，我在完成东吴大学客座教授任期，准备回上海前，曾到台北重庆南路拜访台湾商务印书馆主编李俊男先生。我在日本做客座教授时就一直与他联络，他是我的一部学术著作《古典小说篇章结构修辞史》的责任编辑。这次相见，主要是谈几部约定的学术著作的交稿日期问题，并送交签好的合同文本。谈到最后，偏了题，说到了历史小说。越谈越投机，最后我提到我那时已经修改好的两部历史小说《远水孤云：说客苏秦》《冷月飘风：策士张仪》，问他台湾商务印书馆有没有出版历史小说的先例，他说没有，但又说也不妨突破惯例。于是，我便将我的创作计划跟他说了。李先生竟然非常感兴趣，并当场给我定了书系的名字"说春秋道战国"。二〇一一年我的两部历史小说《远水孤云：说客苏秦》《冷月飘风：策士张仪》由云南人民出版社出版简体字版，二〇一二年这两部历史小说的繁体字版由台湾商务印书馆在中国台湾出版发行。接着，李俊男先生来函请我接着写"说春秋道战国"书系的第二组，并给我指定了所写历史人物，就是孔子与荆轲，一文一武。这样，我便加快了进度，同时开笔写《镜花水月：游士孔子》与《易水悲风：刺客荆轲》。

经过多年努力，现在总算写完了这两部酝酿已久的长篇历史小说，但是心中却颇是忐忑不安。特别是这部《镜花水月：游士孔子》尤其让我没有底气。因为孔子太有名了，不同的人对孔子又有着不同的认识，所以要让一个完整的、清晰的孔子形象栩栩如生地呈现在人们面前，并让大家接受，这是非常困难的事。

尽管如此，但我还是觉得有一种轻松感，因为少年时代的一桩心愿总算了结了。至于书中所呈现的孔子形象是否大家都能接受，那是读者的事，大家可以仁者见仁，智者见智。对我个人来说，我让孔子走下了神坛。在我的笔下，孔子不是神，也不是圣，而只是一个为理想而不懈奋斗的书生，一个诲人不倦的教书匠，更是一个与平凡人一样，有着喜怒哀乐的邻家老伯，一个和蔼可亲的长者。

但愿这样的孔子形象不要让大家感到愕然。事实上，孔子就是这样的形象。我只是将他身上被后人强加的光环拿开，使他的金身还原成真实的肉身而已。

最后，衷心感谢暨南大学出版社破例为我出版长篇历史小说，并且是以一个书系的形式，这是一个多么难得的机会啊！感谢暨南大学出版社的领导与书系策划人、暨南大学出版社人文社科事业部主任杜小陆先生的大力支持！感谢这套历史小说书系的责任编辑郝文女士！

衷心感谢许多学界前辈与时贤多年以来对我创作历史小说的关注与支持！特别是要感谢中国著名古典文学专家、台湾大学中文系教授、原台大中文系主任何寄澎先生，感谢中国著名古典文学专家、上海大学终身教授、原中国社会科学院文学研究所副所长董乃斌先生，感谢北京师范大学文学院教授、中国东方文学研究会会长王向远先生，他们都是学术界的权威，学术研究工作非常繁忙，但却花了很多宝贵的时间阅读我的这部拙作，不仅提出了许多宝贵意见，而且还为本书写了热情洋溢的推介语。王向远教授是我在日本京都外国语大学做客员教授时的同事，也是我历史小说的第一个读者。我在写《远水孤云：说客苏秦》与《冷月飘风：策士张仪》时，写完一章一节，他就看完一章一节，并提出宝贵意见。他是研究日本文学和日本历史小说的权威，我的很多写作思想与理念都受到他的影响。王向远教授是山东人，是孔子的同乡。我写孔子的计划，他尤其赞成，认为我的古文根底与创作实践可以胜任。正是得了他的鼓励，我才敢放手写孔子这个中国第一名人。

衷心感谢在此之前读过我的历史小说或其他学术著作的广大读者多年来的厚爱与鼓励！感谢我的太太蒙益给予的支持，她是一家世界五百强的德国公司中国区的财务老总，日夜忙碌，却还承担起儿子课业的辅导任务，这样我才能有足够的时间在学术研究与历史小说创作两条战线上左右开弓！感谢我的岳父蒙进才先生与岳母唐翠芳女士，他们从高级工程师与国有企业领导岗位上退下来后，十多年来一直帮助我们，替我承担了全部的家务劳动，这样我才能过着衣来伸手、饭来张口的少爷式生活，安心地坐在书斋中做学问并进行写作。

吴礼权

二〇一三年七月二十五日夜记于上海

再版后记

这部写孔子的长篇历史小说《孔夫子》，是根据我二〇一四年出版的长篇历史小说《镜花水月：游士孔子》（暨南大学出版社简体版、台湾商务印书馆繁体版）修改而来。相对于原版，此次修订版不仅文字上有很多修改，内容上也有大幅压缩，字数由原来的四十万压缩至二十多万。小说原版每章五小节，修订版压缩为每章三小节。

之所以有这个修订版，缘于二〇二二年疫情期间我跟复旦大学出版社编辑的交流。编辑向我约稿，我就想到了我已出版的长篇系列历史小说"说春秋道战国"中的四部：《远水孤云：说客苏秦》《冷月飘风：策士张仪》《镜花水月：游士孔子》《易水悲风：刺客荆轲》。复旦大学出版社经过讨论，决定先出版写孔子的这部。之后，就申报选题给上级主管部门。审批通过后，出版社希望我能将全书略作压缩，以匹配复旦大学出版社另一精品历史丛书的整体出版规格。我一向有不愿意修改自己已经成文的论文或著作的习惯，加上修改小说难度比起学术论著更难，所以就有知难而退的想法。但是，经不住编辑婉转耐心的劝说,最后终于硬着头皮答应下来。这样,就有了这样一个修订版的《孔夫子》面世了。虽然我是尽力了,但修订版的《孔夫子》是否比原版《镜花水月:游士孔子》要好,就要交由读者评判了。

最后,衷心感谢复旦大学出版社对我的厚爱!

本书附录"《论语》二十四则",是出版社编辑所加。在此特作说明,并致以衷心感谢!

吴礼权

二〇二五年一月二十八日于光华楼西主楼

图书在版编目(CIP)数据

孔夫子/吴礼权著. --上海:复旦大学出版社,
2025.7. -- ISBN 978-7-309-17986-6
Ⅰ. I247.5
中国国家版本馆 CIP 数据核字第 2025BV1873 号

孔夫子
吴礼权　著
责任编辑/邵　丹　张　炼

复旦大学出版社有限公司出版发行
上海市国权路 579 号　邮编:200433
网址:fupnet@fudanpress.com　http://www.fudanpress.com
门市零售:86-21-65102580　团体订购:86-21-65104505
出版部电话:86-21-65642845
上海盛通时代印刷有限公司

开本 890 毫米×1240 毫米　1/32　印张 11.5　字数 167 千字
2025 年 7 月第 1 版
2025 年 7 月第 1 版第 1 次印刷

ISBN 978-7-309-17986-6/I·1456
定价:45.00 元

如有印装质量问题,请向复旦大学出版社出版部调换。
版权所有　侵权必究